Roman Fantastique

幻想と怪奇

不思議な本棚

ショートショート・カーニヴァル

Roman Fantastique

幻想と怪奇

不思議な本棚

ショートショート・カーニヴァル

目次

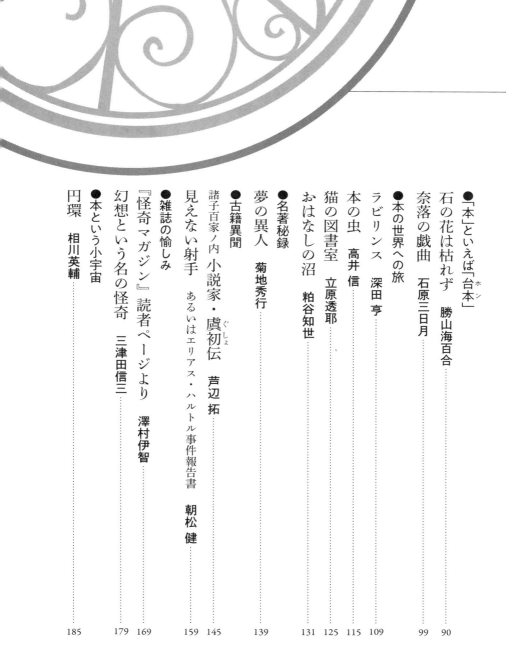

不思議な本棚の前で

「幻想と怪奇」編集室

ようこそ、物語のカーニヴァルへ。

本書には、ごく短い物語を、数多く集めました。御寄稿をお願いした小説家各氏には、短いこととは別に、もうひとつお願いをしました。

「本について、または本のある場所についての物語を書いてください」

本は、実在するものでも、架空のものでも。

場所は、あなたの部屋でも、書店や図書館、あるいは街角でも、そこに本さえあれば。

そして、今ここに、さまざまな本がさまざまな場所から集められました。読んだら死んでしまうかもしれない怖ろしそうな本や、魔力をもつ本から、歴史を動かした名著や、名だたる文豪の名作まで。遠い昔に書かれ埋もれた本も、これから書かれる本も。場所は書斎や図書館、書店や古本屋はもちろん、劇場、病院の待合室、旅行鞄の中、さらには誰も知らない、奇妙なところまで。

どの本にも、不思議な物語がかかわっています。どれも短い物語ですが、さらっと読めるとはかぎりません。短いが時間をかけて読み解くものも、短いだけに繰り返し味わいたくなるものもあります。

そして、本のある場所はどこも、不思議な空間になっています。だいたいは、心地よさに長居をしたくなるところですが、怖くてすぐさま逃げだしたくなるところも、中にはあるかもしれません。お気をつけて。

昨二〇二三年、『幻想と怪奇』初の試みとして、二十三作家による書き下ろし競作集『幻想と怪奇　ショートショート・カーニヴァル』を刊行しました。競作集というよりはむしろ、タイトルどおり物語のお祭りと呼ぶにふさわしいその一冊は、幸いにも読者の皆様に歓迎していただけました。

　カーニヴァルは本年ここに、二十七作家を集めて再び開かれました。そして、これからも続いていくことでしょう——おそらくは。

続くものがもう一つ。

　第一回『幻想と怪奇』ショートショート・コンテストは、昨夏に注目の新星を送り出しました。私たちは第二回を開催。前回を大幅に上回る数の応募作から、新たな才能による短い、そして不思議な四編の物語を入選作とし、ここに収録します。

　長い筆歴を誇る人から、ここに新たな一歩を踏み出した人まで、多彩な書き手による短い〝幻想と怪奇〟の物語を、お好みのところからお楽しみください。（M）

第一部　不思議な本棚

図書館にようこそ

奇書、あり⧄《ます》

石神茉莉

外観はごく普通だ。頑丈なのが取り柄というようなコンクリート造りの大きな建物。建て増し建て増しを続けているということで形はちょっと歪《いびつ》だ。

　ここは伝説の図書館。

　書棚は噂通り素晴らしかった。真ん中に吹き抜けがあり、遠い頂上に薄蒼い天窓が見える。階段は螺旋状で、書棚が並んだ回廊が見上げると眩暈《めまい》がするほど続いている。無限なのではないかと錯覚するほどに。この世のすべての本がここに存在している、という触れ込みは盛りすぎだとしても。

　そしてこの匂いはまさに上質な書物の匂い。革と紙と年月が醸し出すあの独特の香り。目を閉じても本に囲まれている気配が感じられる。照明は少し暗めだ。天窓から降り注ぐ光が空気を薄蒼く染める。何故か全く靴音はしない。静かだ。自分が亡霊になってしまったような不思議な気持ちになる。

　この本の群れの何処かに素晴らしい書物があるという。革の手触り、箔押しの文字、上質な紙。本好きであれば手許に置きたいと望むであろう美しい本。書体も目に美しく選ばれてる言葉の響きも滑らかに、一度読み始めたら最後のページまで手が止まらなくなるという。

ただし。一度読んだものは混沌に呑み込まれ、二度と「日常」へは戻れなくなる。

戻れなくなるってどういうことなのだろうか。異界へでも連れて行かれるのだろうか。それとも狂気に陥るという？

伝説の図書館の情報を教えてくれたのは作家仲間の結城《ゆうき》美月《みづき》だ。そんなに頻繁に連れだっている訳ではないが、ＳＮＳでは毎日のようにやりとりをしているし、面白そうな情報は共有するようにしているし、たまにイベントを一緒に企画もしている。年齢は美月が三つ年下だが、デビューの年は同じだ。同期の気の合う仲間だ。

その美月から図書館の話を聞いた時には胸の奥をぎゅっと摑まれたような気がした。どうしてもその図書館に行きたい。そして本の迷宮を歩き回り、その奇書を探したい。考えただけで息苦しくなった。まるで恋煩《わずら》いのように。焦がれているのに、たどり着けないであろう場所。

震える手でまずはインターネットで検索したところ、あっさりとヒットした。

住所も電話番号も載っていなかったが、地図は出ていた。入場無料、閲覧は自由、貸出は応相談。

奇書あり〼《ます》
何だこれは。ふざけてるのか？

何はともあれ、そこに向かってみるしかない。地図中の駅や目印を頼りに地図アプリで検索しようとすると何故かバグる。本当は教えてくれた美月を誘うべきなのだろうが、何かが引っかかる。こんなに簡単に見つかるものなのに、美月は「何処かにあるのにたどり着けない場所」と言っていた。まさか検索をしなかったはずはない。美月は見つけられなかったのに、私は見つけられた？

まずは一人で行ってみることにした。良さそうであれば、後で一緒に行ってもいい。ネットで検索した地図だけを頼りにおそるおそる出かけてみた。

あっさりたどり着けた。そして身分証明書を提示して記名するだけで簡単に入場できた。

受付にいたのはやたらに派手な人物だった。黒いシャツに黒いジャケット、黒のマントに黒のシルクハット。シャツはフリルで飾られ、帽子には黒い薔薇がついている。艶《つや》やかな黒髪を背中まで伸ばし、化粧はとにかく濃い。暗黒舞踏家並みに白く塗っていてアイラインは黒々と切れ長の目を縁取り、たっぷりのマスカラで彩られた睫毛《まつげ》は揚羽蝶《あげはちょう》の羽のように瞬き、口紅は玉虫色に輝いている。年齢も性別も判然としない。

「いらっしゃいませ」

ハスキーな声。やはり男性か女性か分からない。

「あの……ここ、図書館、ですよね？」

「はい。伝説の図書館です。貴方のお求めの本が必要な本が出合うべき本が必ず見つかる奇跡の場所です。私はここの司書をしております」

「司書の方なのですか。その……随分華やか、ですね」

他に利用者はいないようだった。静かだ。

「司書がゴスを着てはいけない、というルールはないので。この図書館の一部である以上、出来る限り美しくありたい、とそう思っております」

確かに。無限に続くような回廊と大仰な衣裳は似合わなくは、ない。

「ここにはどんな書物もある、と聞いていますが」

「勿論《もちろん》です。貴方のご著書も揃っていますよ」

小田島匠哉《おだじまたくや》、と先刻記名した書類を示してにっこりと笑う。残念ながら、名前を聞いて万人が即分かってくれるような売れっ子ではないのだが。見た目は派手だがさすがは司書、と感心した。勿論かなり嬉しい。

「ありがとうございます。でも自分の本を探しに来たのではなく」

「まさか、あれですか？」

司書は自分の背後の張り紙を指さす。

『奇書、あり〼』

「それです」

勢い込んで言う。本当に読めるのだろうか。もしかすると貸出中で予約も沢山入っているのではないか。

「あー、やっぱりそれですかぁ」

「音楽や絵画なら何となくありそうな気がするんです。聴覚からとか視覚から狂気に陥るというのはまあイメージはできるんです。でも『言葉』で、というのはレアじゃないですか。というかできるのか、そんなことって」

少なくとも自分が書ける気がしない。

「読みたいんですか？」

「それは読みたいですよ」

「何でまた」

「何でって」

「その本を読んでしまったが最後、理性の箍《たが》が外れて、混沌に呑み込まれるるんですよお。ヤバくないですか？　そんなに日常を失いたいんですか」

そういう触れ込みのもので正気を失った話など聞いたことがない。誇大広告もいいところだ。

「今までその本を読んだ人がどうかなった、というような前例があるんですか」

「そうですね。いろいろですが。狂気に陥るというよりも、日常空間そのものを歪められてしまうようです。理性というものはこれでなかなかいい仕事をしていてですね。見えてはいけないものは、認識しないようにに排除していたりするのですよ。で、箍が外れるとその見えてはいけないものが百鬼夜行の如く現れたり、中には動き回る腐りかけの死人に付きまとわれたというケースもあります。自分が崩壊する恐怖と闘いながら、必死に創作活動を続けた方もいらっしゃいますが」

「それがすべて『言葉』の力で、ですよね？　阿片とか覚醒剤とか使った訳じゃないんですよね」

「そんな薬物は置いていません」

「あなたは読んだことあるんでしょう？」

「伝説の奇書を？　まさか。読む訳ないでしょ」

「え、司書なのに？」

「この図書館の本、全部読んでないと司書失格ですかぁ？　そんなご無体な」

確かにそれは物理的に無理、だ。でも
「だけどそんなスペシャルな書物が手の届くところにあるのに読まずにいられるなんて」

司書はくすくすと笑った。

「読んでカオスに巻き込まれたら大変でしょう。理性なくしてここの司書など勤まらないですしねー。第一、腐りかけの人間になど付きまとわれたらどうしてくれるんですか。腐敗したたんぱく質なんて毒ですよ、毒。しかも匂いが酷いし」

そういう問題だろうか。

「また逆に、読んでも全くの無傷、通常運転だったとしたら、それはそれでヤバいでしょうが」

「どうして？」

「伝説の奇書が機能していない、なんてことになったら一大事じゃないですか。我が図書館最大の売りがなくなってしまいます」

そういう心配？

「売りはそれ一冊なのですか？」

「他にないことはないんですけどねえ。例えば読むと災いが降りかかる人魚の呪いがかかった本、とか」

「それ、十分スゴいと思いますが」

「でも読んでも読まなくても災いというもの、結構な勢いで降りかかりますからねえ。ちょっと売りにする奇書としては弱いんですよね」

「その言い方!!　人魚に怒られますよ」

「ではこの際、人魚の本で手を打ちませんか？　周知のことではございますが、人魚というもの、語られること白日の下《もと》に照らされることを嫌います」

　人魚に知り合いはいないので、初耳だが。

「人魚も混沌の属性ですからね。でも数ある人魚の本の中でまさにこれが『呪いのかかるほどの本』な訳です。ということはですよ。この本がいかに人魚の本質をついているか、人魚が最も触れられたくないことが語られているということですよね。どうですか？読む価値あると思いませんか？」

「もしくはあまりにでたらめで怒りをかったという可能性もありますよ。あなたは読んだのですか？」

「いやー、災いが降りかかるのも有難くはないですからねえ。でも、どうしてもどちらかを読まなければならない、としたら人魚の方を選びますね」

「私はやはりその一番の売りの方で」

「いやいやいや、よく考えてください。貴方の日常というものは貴方一人で形成されているものではないでしょう。貴方を支える人、貴方に支えられる人、いますよね？　そんな一時の気の迷いで混沌にしてしまっていいのでしょうか？」

　読むな、読むなと繰り返されるのは「読め」と背中を押されているようなものだ。この司書もそれを分かってやっているのだろう。口許にはからかうような笑みが浮かんでいる。面白がっているようにしか見えない。

「ところでその本の著者って誰なんですか？」

「いわゆる詠み人知らずというやつですが。伝説によると『鬼』が創ったと言われています」

「鬼？」

　唐突なものが登場したな。

「その鬼は信念をもっていました。世界はロゴスで出来ていなければいけない。言葉で表現できないものなど、存在すべきではない、と。森羅万象、すべてのものは書物となってこの図書館に並ぶべきだ、と」

「変わった鬼ですね。全く無害だし」

「鬼と言っても角があって金棒を担いで虎のパンツをはいていた訳ではないですよ。ただすべてを書物として並べようと努力するだけなら、問題ないのですが。いささか度が過ぎたところがありましてね。それが鬼と呼ばれた所以《ゆえん》です。言葉で表現できないものの存在は許さない、となると」

「度が過ぎていますね」

「その鬼が言葉にできない程の混沌と出逢ってしまい、死闘の末生まれたのがその本です。鬼は混沌を書に封じ込め、この図書館に安置することに成功しました。言葉にならないものは美しい装丁の本と化しこの図書館で眠り続けているのです。一度その書を開けば、もうページをめくる手を止めることはできません。心地よく流れていくような澄んだ言葉。決して忘れられぬものとしてその読み手の中に棲みつきます。読んだ日からその人は二度と日常には戻れなくなります。だって混沌が沁みついて離れなくなってしまうのですから」

読んだことはないといいつつ、まるで見てきたようなことを。

「読んだら最後混沌に巻き込まれるという状態では、本に封じた、といえるんですかね。そうなると混沌が勝ったのか鬼が勝ったのか」

司書は嬉しそうにくすくすと笑った。

「ま、誰も読まなければ無害じゃないですか」

「結局その鬼と闘ったとかいう混沌て何なのですか」

「言葉にもできないものですから、説明しがたいのですが。何というか神の類《たぐい》だったのではないか、と言われています」

「神が混沌？　神といえば『秩序の極み』というイメージがあるのですが」

「両極有、ですよ。キリスト教等でいうところの神は秩序の極み、コスモスの属性。で、古の神は大抵カオスの属性です」

「で、その奇書のタイトルは？」

「教えません。教えたら私が貴方を殺したも同然になってしまいます」

「この回廊の中から題名も分からずに探せと？　不可能ですよ」

「必要としている人は目をつぶってでも見つけられる、というやつです。貴方がこの図書館にたやすくたどり着いたのと同じようにね。まずはお好きなだけこの書物の迷宮をお楽しみください。休憩室もありますからご活用ください。飲み物と軽食の自販機とトイレがあります。休憩室以外での飲食は厳禁ですのでご注意ください。本を汚すような方は利用者様であっても容赦致しません。ではごゆっくり。何時間でも何日でも」

どうやってあの図書館から戻ってきたのか、記憶にない。

読んだ。読んでしまった。呼吸することも忘れるくらい一気に。言葉に引っ張られていく。もっと奥へ奥へ、見たこともない場所へと。

まず感じたのは嫉妬だ。鬼だか何だか知らないが、『言葉』だけでこんなものを創り上げたモノに対する嫉妬。本は手許にはないが、私の隅々にまで浸透している。言葉が私に、浸透しているのだ。細胞や神経の隅々にまで。言葉が私を揺さぶる。揺さぶられ理性の箍が外れ、私の奥底に渦巻いていている深い混沌に気が付く。言葉が魑魅魍魎《ちみもうりょう》と化して押し寄せてくる。私は闇と自分の境目を見失う。今までは未知のものだった『死』がはっきりとした手触りになって膨張していく。理性が引き裂かれ悲鳴をあげる。果てしかなく湧き出す痛みと恐怖。まさに地獄の苦しみだった。私はパソコンに向かい、憑かれたようにキーボードを叩く。わずかに残っている理性の光が闇を照らす度に繰り返し浮かび上がる恐怖。それを描く。懸命に言葉にする。

違う。この言葉ではない。この響きではない。

苦しい。息もできない。私は今、私の形をしているのだろうか。ヒト足りえているのだろうか。分からない、分からないままただひたすらに書き続ける。

「匠《たく》さん？　聞いてくださいよ。見つけたんです、例の図書館」

スマートフォンから美月の明るい声が響く。ヒトの声。久しぶりだ、

「伝説の図書館か？　悪いことは言わない。やめろ。行くな」

「あー、やっぱり抜け駆けしましたね。そうだろうと思った」

美月は笑う。

「私が教えてあげたのに、独りで行っちゃうなんて、ずるいですよお。誘ってくれればよかったのに。私も

今から行ってきます。奇書が読めるなんて夢みたい」

「やめろ」

声にならない声を電話に叩きこむ。

「あれは本当に読んではならない本なんだ。頼むからやめてくれ。こんな目にあうのは俺だけで十分だ」

「またまたまたあ」

美月の笑顔が目に浮かぶ。美月はまだ若い。家族仲もいいはずだ。十近く年の離れた妹を溺愛している。みんな悲しむぞ。先月発売された新作の売れ行きも悪くない。廃人になっていいはずがない。

「あ、そうだ。昨夜匠さんの夢、見た。外国の映画に出てきそうな真っ黒な綺麗な馬車で匠さんが運ばれていくっていう夢。周囲には何か影みたいな小さいモノが沢山いてね。鐘をならしたり、葬儀の歌を歌ったり踊ったりで大いに盛り上がっているの」

「俺、死んでいたか」

「ううん。死んでない。夢ってそういうの分かるじゃないですかー。ちゃんと生きていて柩の中に隠れているの。そこで目が覚めちゃったからアレだったけど、もう少し夢が続いていたらきっと匠さんも馬車から飛び出してお化けたちと一緒に踊ったんだと思う」

「ハロウィンのパレードかっ」

「そうそう、そんな感じ。綺麗だし、楽しそうだった。多分この間雑誌掲載された匠さんの短篇読んだせいだと思う。あの『幻想交響曲』ってやつ。作風、今までと全然違ってましたねえ。面白かった。荒唐無稽でいて、なのに文章が端正で。あの奇書を読んでからのー、ブレークスルーなんでしょう？　理性の箍が外れるってそういうことでしょ」

私はすでに生きているのか死んでいるのかもわからなくなっている。もしかして身体はとっくに冷たくなって腐りかけながら動いているのかもしれない。分からない。生と死、その境目さえ見失っている。

この手であとどの位文章を綴れるのか。あの本の中に溢れていた美しい言葉たちを想う。日常を崩してしまうほどの「言葉」を紡ぎたい。混沌から溢れるモノを語りたい。だがもうしがみ付く理性が残っていない。照らす光がない。闇に呑まれてしまう。もし、もう私が出来ないのであれば。

その時は。

私の奥底で黒々とした何かが静かに微笑む。

「やめろ」「やめろ」と空しく響く言葉は美月をあの

図書館へと追い立てるだけなのだろう。あの図書館でゴスな司書に大仰な仕草で思いとどまるように繰り返し言われて笑っている美月、眩暈がするような回廊で美しい奇書を見つけて目を輝かせている美月の姿が浮かんできた。

「あの図書館に近づくな。あの本は絶対に読まないで。頼むからやめてくれ、美月」

私は微笑みながら最後にもう一度、背中を押す。

怖しい本

読むと死ぬ

織守きょうや

歯科医院の待合室で、茉優花《まゆか》はその本を見つけた。

背表紙に書かれた「十二歳」という文字が目に入り、興味を惹かれたのだ。「十二歳のあなたへ」とか「十二歳のための」というような冠《かんむり》がつくタイトルの本はよくあるから、そういった類《たぐい》のものだと思った。

茉優花は二か月前に十二歳になったばかりだ。ちょうど、今の自分に適した本ということになる。

手にとろうとしたところで、焦げ茶色の背表紙に書かれた箔押しのタイトルの全体が見えて、ぎょっとした。

『十二歳が読むと死ぬ本』

自分の目を疑ったが、間違いなくそう書いてある。

茉優花が小さいころから通っている歯科医院は、小児歯科に力を入れていることもあり、待合室には幼児が遊べるキッズスペースがあるほか、絵本や子ども向けの本も充実している。何冊か漫画もあって、診察を待つ間、それを読むのが楽しみだった。

治療しなければいけない虫歯があったら、待合室でそんな風にのんきにはしていられなかっただろうが、両親の方針で茉優花も妹も半年に一度の定期健診を欠かさないので、虫歯は一つもない。毎回、歯磨きがきちんとできているかのチェックと、クリーニングをしてもらっておしまいだ。気楽なものだった。

十一歳までは、母が連れてきてくれていたが、十二歳になってからは、一人で来るようになった。同時に、十歳になったばかりの妹を健診に連れてくるのも、茉優花の役目になった。誕生月と、その半年後、年に二回ずつの健診だから、茉優花は自分の健診と妹の健診とで、一年間に合計四回、この歯科医院に通っていることになる。歯科医師はもちろん、歯科衛生士とも受付の女性とも、すっかり顔なじみだ。

妹の花音が名前を呼ばれて診察室へ入っていき、一人になった茉優花は、いつものように本棚の前へ行き、その本を見つけたのだった。

十二歳が読むと死ぬ——。ホラー小説の類だろうか。

こんな過激なタイトルの本があったら、前回来たときに気づいていそうなものだが、覚えがなかった。新しく入った本なのかもしれない。

十二歳、と年齢を指定している意味もよくわからなかった。怖い話が大好きな妹なら喜んで手にとったかもしれないが、茉優花からすると、ちょっと子どもっぽい気がする。読者として十二歳をターゲットにしているのなら、成功しているとは思えない。

院長か、スタッフの誰かがホラー好きなのかもしれないが、小児歯科に力を入れている歯科医院が待合室にこんな本を置くのはいかがなものか。「悪趣味だ」と子どもの親から苦情が出そうだ。大丈夫だろうかと、心配になった。

棚にあった、別の一冊を手にとって椅子へ戻る。小学校高学年向けの、海外の伝承や昔話を集めた本だ。読み始めても、棚に残したあの本が気になって、なかなか集中できなかった。

怖い話は好きではないのに、どうしても、意識がそちらへ向いてしまう。

各国の昔話をどうにか三分の一ほど読んだところで花音が診察室から出てきて、茉優花は本を棚へ戻した。

次に歯科医院を訪れたのは、自分の健診のためだった。予約しているから、待ち時間はほとんどない。本を手にとる必要もなかった。

不気味な本のことは忘れていたのだが、会計手続きをしているとき、三、四年生くらいの子どもが本棚の前で本を選んでいるのを見て、思い出した。このあいだのあの本は、まだあるだろうか。

茉優花は、本棚の前の子どもが、今にも「何この本」と声をあげるのではないかと思いながら待った。

しかし、子どもは「これにしよ」とカラフルなイラストの表紙の本を選ぶと、母親のいる椅子へと戻って読み始める。

おかしな本があることに気づかなかったのだろう。もしくは、あの本は、もうとっくに、誰かの苦情を受けて撤去されたのかもしれない。

わざわざ本棚を見て確かめるほどのことでもない。

茉優花は本棚から目を逸らし、会計を済ませて、歯科医院を出た。


その次に花音を連れてきたとき、待合室には茉優花しかいなかった。

いつものように本を選ぶため、本棚の前へ行く。

別に、あの本を探したわけではない。少なくとも、茉優花にそのつもりはなかった。しかし、端から順番に背表紙に視線をすべらせていくと、見つけてしまった。

赤みがかった焦げ茶色の背表紙に、箔押しの文字で書かれたタイトル。乗り物図鑑や宮沢賢治の本の間に紛れて立っている。

撤去はされなかったようだ。茉優花が思うほど、皆気にしていないのかもしれない。

茉優花の手は焦げ茶色の表紙の前を素通りし、前に来たときに読みかけていた昔話の本をとって、席へ戻った。

そのまま座って読み始めればいいだけなのに、やはり、無性に、本棚のあの本が気になってしまう。

ページを開いて文字を目で追っても、昔話が頭に入ってこない。

いわゆる怖い本には、興味がない。それなのに、何故か、気になって仕方がない。

何が書いてあるのか。十二歳が読むと死ぬというのは、どういう意味なのか。何のためにそんなタイトルをつけたのか。

茉優花はとうとう、昔話の本を椅子の上に置いて立ち上がった。

棚の前へ行き、『十二歳が読むと死ぬ本』を手にとる。

じっくり読むのは抵抗があるが、流し読みなら大丈夫なのではないか。その場に立ったまま本を開いた。

『警告』

と書かれた文字が目に入る。その二文字だけが太字で、赤いインクで印刷されていた。その下に、黒い文字が何行か続いている。

『この本は、十二歳が読むと死ぬ本です』

『十二歳の人は、この本を読んではいけません』

『あなたが十二歳なら、すぐに本を閉じてください。警告を無視して先へ進むなら、何があっても、私たちはいっさい責任をとりません』

ぞくっと寒気がして、本を持った指が、ページにはりつくような嫌な感じがした。

茉優花は本を閉じる。

反射的な行動だった。

これ以上読んではいけない気がした。

端的に言えば、怖くなった、ということなのだろう。こんなものは子どもだましだ、それを真に受けるなんて、と恥ずかしく思う気持ちもあったが、誰が見ているわけでもないのに、意地を張っても仕方がない。十二歳はまだ子どもなのだから、子どもだましを怖がっても仕方がない。自分にそう言い訳をして、本を棚へ戻した。

棚の前を離れて椅子へ戻ると、ふっと体から力が受ける。

息を吐いた。

こんなに緊張して、馬鹿みたいだ。

この歯科医院は本選びの趣味が悪い。それだけの話だ。

しばらくして、花音が診察室から出てきた。「虫歯なかったー」とにこにこしている。

ほっとして「よかったね」と声をかけ、並んで座った。花音が本棚のほうへ目を向けたので、

「何か、おやつ買って帰ろうか」

急いで、花音が食いつきそうな話題を振る。思ったとおり、花音は「賛成！」と本棚から茉優花のほうへ向き直った。

「何にする？　どこに行く？」

「えーっとねえ、商店街のお店でカスタードのたい焼きかー、駅の前のチョコワッフルかー」

意識は完全に本棚から離れたようだ。ほっとして、花音がおやつの候補を挙げるのに相槌を打つ。

十分もしないうちに受付に呼ばれ、母から預かった

お金で会計を済ませた。

結局、おやつは、人気のベーカリーのメロンパンを買うことに決まり、茉優花は上機嫌の妹と二人、少しだけ遠回りになる道を歩いた。

あの不気味な本のことは、花音には言わないことにした。話をしたら、興味を持って読みたがるかもしれない。

読んだら死ぬなんて、本気で信じているわけではない。そもそも、花音は十二歳ではない。

それでも、妹があんな本を読むのは、なんだか嫌だった。


次に、自分の健診のために歯科医院に行ったとき、本棚を見たら、『十二歳が読むと死ぬ本』は棚の同じ場所にあった。

しかし、不思議と、前ほど不気味には感じなかった。これまでのように、妙に気になる、手にとりたくなる、ということはなく、ただそこにあるだけという印象だった。

確かに同じ本なのに、なんだか、急に色褪せてしまったようだ。

茉優花は、本を手にとった。どうということはなかった。ぞくりともしないし、あの、触れた指先がねばつくような嫌な感覚もない。

それでもしっかり読む気はなく、ぱらぱらとめくってみるだけのつもりでページを開く。

すべてのページが白紙だった。

ちゃんと中身のある本ではなくて、ジョークグッズだったらしい。

なあんだ、と思わず笑みがこぼれた。

ほっとしたような、がっかりしたような、微妙な気持ちで本を棚へ戻す。

茉優花はつい先週、誕生日を迎えて十三歳になっていた。


次に花音を連れて歯科医院にきたとき、あの本は、棚からなくなっていた。今ごろになって、誰かから苦情が出て、撤去されたのか。

妹を待つ間、昔話の本を読みながら、ふと思う。

もしかしたら、茉優花が十二歳でなくなったから、もう見つけられなくなったのかもしれない。

もしも十二歳のうちにあの本を開いていたら、警告のページから先へ進んでいたら、読むことができたのだろうか。

何が書いてあったのだろう。読んだら何が起きたのだろう。

もちろん、あれは単なる子どもだましのジョークグッズだったとわかっている。それでも、もしかしたら——そんなことを想像した。

ほんの少しだけ、惜しいような気がした。


花音は、歯科医院の待合室の本棚に、奇妙な本を見つけた。

この歯科医院には、何年も前から通っているが、これまで見かけたことのない本だった。

『十二歳が読むと死ぬ本』。悪趣味なタイトルだ。子ども向けのホラー小説だろう。

そういえば、花音が十二歳になるまで定期健診のたびに付き添ってくれていた姉の茉優花が、何度か、待合室でそわそわしていたことがあった。そのとき、姉が本棚のほうを気にしているようだったのを思い出す。

もしかして、この本を見つけたからだったのだろうか。

しっかり者に見えて、姉は怖がりなところがある。

花音は小さく笑って、棚から焦げ茶色の背表紙の本を引き抜いた。

赤い文字で『警告』と書かれたページを流し読みして、次のページをめくる。立ったまま読み進める。

予想したとおり、中身は怪談集だった。どこかで聞いたことがあるような話ばかりで、正直に言って、どうということもない内容だ。

タイトルが、怖さのあまりに死んでしまう、という意味だとしたら、完全に名前負けだった。

途中で呼ばれて、診察室に入り、健診を終えて戻ってきてから、会計待ちの間に続きを読んだ。薄い本で、一ページに書いてある文字数も多くないので、すぐに読み終わる。

最後のページに呪いの言葉でも書いてあるのかと期待していたら、そんなこともなかった。

特におもしろいとも怖いとも思わないまま、本を閉じ、棚に戻した。

もちろん、何も起こらない。

もうちょっと、何か仕掛けがあるとよかったのに、と残念に思った。たとえば、最後のページに不気味な絵が描いてあるとか、死の予告——「これを読んだあなたは三日後に死にます」とか――が書いてあるとか。タイトルの割に、パンチが足りないのだ。

もしかして、人は誰でもいつか死ぬとか、そういう意味だったのだろうか。だとしたら、読者が十二歳だろうが十三歳だろうが関係ない。

くっだらない、と小さな声で呟き、鼻で笑った。


会計を済ませた後、キッズ用携帯を取り出して、姉の番号に電話をかける。

近くで買い物をしている母と姉と合流するために、終わったら電話をすることになっていた。

終わったよ、今どこ？　と言う前に、あの本読んだよ、と花音が言ったら、姉はびっくりするだろうか。読んでも何もなかったよ、死んでないよ、と伝えて、安心させてあげたい。そんなの最初から信じてない、と姉は怒るかもしれないが、本当は気にしていたに違いないのだ。

しかし、電話はつながらなかった。呼び出し音が続いた後、留守番電話サービスに切り替わる。母の番号にもかけてみたが、やはりコール音が鳴るだけだ。二人して、買い物に夢中で気づかないのだろうか。


花音は携帯電話を耳に当てたまま歯科医院の建物を出る。

もう一度姉にかけた。何度かのコールの後、留守番電話に切り変わったので切って、またかける。出るまでかけるつもりだった。

どうしてこんなに落ち着かない気持ちになっているのか、自分でもわからない。

『十二歳が読むと死ぬ本』のことが、ふっと頭に浮かんだ。

不安になるのは、あんな本を読んだ後だからだろうか。

関係はない。あるわけがない。けれど、思い出した。『警告』の赤い文字。『これは、十二歳が読むと死ぬ本です』という言葉。

そういえば――十二歳が読むと死ぬ、と書いてあったが、読んだ本人が死ぬとは、どこにも書いていなかった。

どこからか、救急車の音が聞こえている。近づいてくる。

電話はまだつながらない。

怖しい本

黒い爪

飛鳥部勝則

通りすがりの女の子を路地裏に引きずりこんで絞殺した。

おそらく高校生だ。

濃紺のセーターを着た短髪の少女で、寒さに抗して走っていたのか、かすかに汗の匂いがする。後ろから革紐で締め上げた。弾力ある若い肉体の圧力を、怒張した性器が感じとる。小麦色のうなじがまぶしい。

陶然としているうちに、少女の動きが止まる。細い体を抱えると、指先が失禁の湿りに触れた。死体を苦労してブロック塀の向こうに投げ込む。よく考えての行動ではなかった。一月一日午前十時、私こと本間瑞樹は、元旦から快楽殺人を犯している。

周りを見回すが、誰にも見られていないようだ。

呼吸が治まるまで数分を要した。冬の大気が海底のように重く垂れこめ、辺りは静まり返っている。ありふれた住宅街だ。表札には〝長井五郎〟とある。普通なら大騒ぎになるだろう。

騒ぎは起きなかった。

門松が掛けられている家は数軒あるが、元旦にもかかわらず、ひと気はない。少年時代に見られた、羽子板で遊ぶ姿もなかった。窓の向こうで、おせち料理やお雑煮は出ているのかもしれないが、今の子供がカル夕取りなどするのだろうか。

長井の家はとりわけ静かだ。通常の家だったら、家人が留守にしているのでなければ、こうはならない――と思った瞬間、金属が擦れる耳障りな音がした。鉄柵の門が音を立てて開いたのだ。

脳天に杭をぶちこまれるほど驚いた。

電信柱の陰に素早く隠れる。

出てきたのは、白いコートを着た少女だった。殺した女と同じくらいの年頃だが、黒くて四角い物を持ち、力なく歩く姿は亡霊のようだ。漆黒のストレートな髪が腰くらいまである。少女が角を曲がって姿を消すと、開け放したままの門に向かう。覗くと、死体が落ちたであろう場所に、ブルーシートが掛けられていた。驚きよりも不可解さが勝る。

少女は誰なのか。死体をとりあえず覆ったのは彼女なのか。死人を見たら、普通の感覚なら警察に通報するはずだが、どうして呼ばないのか。一瞬、中に入ろうかと迷ったが、やめた。今は彼女の後をつけてみたい。

道に出て、曲がり角まで走ると、白い姿が目をかすめた。陽炎のように実在感なく歩いている。手にしている四角いものは和凧だ。

十分ほど歩き、少女は河川敷に出た。

緩やかに流れる、中州のある広い川が、薄曇りの空を冷たく映し出している。下流にマンションや工場や配水塔が鼠色に並び、その奥に青灰色の沈鬱な山並みがわずかに顔をのぞかせていた。気温は低く、時々強まる風が体温を急速に奪い去る。白衣の少女は歩道を外れ、コンクリートの斜面を進み、石の上に敷かれた砂地に出た。

周囲を確認してから少女にゆっくりと近づき、離れた場所から声を掛ける。

「凧揚げにはいい所ですね。広いし電線もないし、ちびっ子たちもいません」

彼女は黒一色の凧を胸に抱き、途方にくれたようなまなざしを向ける。

瞬間、背筋を電気が走り抜けた。

別次元だ。彼女はすぐに伏し目になったが、惜しいと思った。切れ長の大きな目に吸い込まれたままでいたい。長い睫毛《まつげ》が半ば落ちると、薄い瞼《まぶた》がくっきりと眼球を描く。彼女は心なし低い声で、凧の揚げ方がわからないのです、という。

「――凧ですか」ようやく声が出た。視線が合う前なら、別のことを訊いただろう。「揚げるには、ですか。……二人で」やったほうがうまくいくのです。あなたは両手を上げて凧を水平に支えて下さい。僕が糸巻きを持ちます。その前に風向きを確かめたほうがいいですね。指を濡らして、冷たくなる方が風上です。

子供の時やったように、人差し指を舐めた。風向きを探ると、凧を支えた少女を風下に立たせ、糸を伸ばし、数メートル風上に進む。「二人で風に向かって走るんです。僕が〝放して〟と声を掛けたら、タイミングを合わせて手を放して下さい。行きますよ」

行けなかった。一緒に走ることができない。

何度やっても息が合わなかった。二人で走ることなど夢のまた夢だ。少女は走れるのかと疑うほどだった。なんて不器用なのか。何度も躓き、よろめく彼女の姿を見て、悲しくなった。何もできない。凧を揚げることすらできはしない。彼女は他人に合わせる、ということをしたことがないらしい。いいだろう。僕がやる。凧など僕が揚げてやる。手にすると紙でもなくビニールでもない、皮のような独特の感触だ。一人で走り出す。三十男が、小娘のために凧を持って河川敷を駆け回っている。少しずつ糸を伸ばすと、緩やかに上昇し始めた。糸を引いたり緩めたりしながら、十メートルほど送り出し、安定させる。

「揚がりましたよ。あなたもやってみましょうか」少女が近づいてきたので、糸巻きを渡す。指先が触れ、恋に落ちた子供のように、背中が震えた。「凧糸を張ったままに保つんです」

白衣の少女が力なく糸巻きを引く。

灰色の空高く舞い上がった凧が、暗く輝く宝石に見える。

「あなたにも揚げることができました。良かったですね」

少女の顔を見ると、わずかに目尻が下がり、唇の両端が上がっている。笑ったのかもしれない。それで、充分だったのだ。凧が宙を泳ぐ生き物のように空を横切り、次の瞬間、堕ちた。川に落下し、流れていく。糸が伸びきると、彼女は糸巻きを無造作に川に放る。

少女から距離を取り、「お名前は何というのですか」と訊く。

答えはない。長い沈黙が生まれる。逆に、あなたの名前は何ですか、と訊き返された。

「僕は」本間瑞樹です。人殺しです。三十過ぎの変態です。「破廉恥な男です」

彼女は、流れる黒い凧を目で追ったまま、ではあなたのことを破廉恥漢さんと呼びます、とつぶやいた。男ではなく漢を選ぶところが彼女のセンスなのだろう。

少女は何もいわず、背を向ける。立ち去ろうという気らしい。

低い囁きが聞こえたような気がした。

――あなたが死体を投げ込んだのですね。

追おうとは思わなかった。捕まえても太刀打ちできまい。正月休みももうすぐ終わり、つまらない日常が始まる。食品機械の部品を製作し、神経をすり減らす日々だ。揮発性の洗浄液の臭いを毎日嗅ぎ、鼻が利かなくなった。職場では、本間さんは逞しくて男前なのに何故独身なのかとよくからかわれる。暗いからですよ、趣味は読書です、と答えることにしていた。

昼食は犯行現場近くのラーメン屋でとった。女一人でやっている店で、女将《おかみ》の口数が多い。大晦日と元旦に営業し、二日に休むという。近所に住む長井五郎のことに話を振ると、案外盛り上がった。

長井が店に来たことはない。絵馬龍騎《えまりゅうき》というペンネームで小説を書いており、兼業のため寡作だが、乱歩の再来といわれていた。覆面作家で、実生活でもマスクや黒眼鏡で顔を隠している。『陰獣』が好きなんでしょう、といっても通じなかった。妻子はない。年末年始にかけては房総で過ごす。現在、留守宅になっているはずである。

「今朝、あの家から女の子が出てきたような気がするんですけどね」

狸づらの女将は大きな目を見開いた。

「お化けでも見たんじゃないの。あの家にはお嬢さんなんかいないはずよ」

「お正月だから親戚の女の子が遊びに来ているとか」

女将は下品に嗤った。本人がどっかに行ってるんだからさ、お客さんなんて来るわけないじゃないの。

落ち着かず、街をさまよった。

白い少女は何者なのか。気づくと、人差し指をしゃぶっている。

時間と共に風が強まり、雲は厚く垂れこめ、微かに雨が降った。冬の嵐になりそうだ。

夜が更けた頃、足が自然と長井の家に向かう。家の周りを一周してみると、一階の窓に一つだけ明かりが灯っている。少女がいるとしたら、あの部屋だろう。門は開け放たれたままだ。庭に足を踏み入れた途端、稲光りがした。雷鳴が轟く。近い。

雷で浮かび上がったテラスに、違和感が残る。

ペン型の懐中電灯を取り出して照らすと、テラスは白い石張りで、ベンチが置かれ、寄せ鉢でガーデニングがされている。壺型の鉢にはシダが繁茂し、中央の四角い鉢には黄色い斑の入った厚手の葉が放射状に開いていた。その隣のテラコッタの鉢には短く黒い海草のようなものが生えている。近づくと海草は髪だとわかった。茶髪が頭にへばりつき、巻き目までよく見える。鉢はちょうど、人の頭が入るくらいの大きさだった。

生首が入っている。

投げ入れた死体は、首を切断されていた。

誰がやったのか。白衣の少女か。何故首を切ったのか。そんな必要がどこにある。警察にいえば済むことだ。何故通報しなかったのか。そもそも彼女が死者を見たとしたら、どうして平然としていられるのか。

庭を回って少女の侵入経路を探す。

灯りの点いた窓から覗くと、誰もいない。大量の本が並んでいる。裏手に回って、割れた窓を見つけた。鍵が開けられている。音を立てないように忍び込む。床にガラスの破片が散らばっている。書斎を目指した。廊下の向こうに灯りの漏れるドアがある。

ノブに手を遣り、わずかに開く。誰もいない。

地を揺らすような雷鳴に脅され、素早く室内に入った。窓に向かって木目入りのデスクが設置され、黒い布張りの肘掛け椅子がある。大型の椅子で肘掛けも太いが、背もたれは肩くらいまでの高さだ。壁の左右は床から天井まで本棚だった。取りあえず黒い椅子に腰かける。こうしていればいつかは彼女に会えよう。鼻は利かないが、古紙の臭いに血の臭いが混じっている気がする。

周囲を見遣った。ほとんどが江戸川乱歩とその関連書だ。乱歩の初刊本から特装本、全集、文庫、他者による評論などを含めて、かなりのコレクションが並んでいた。

雨脚が強まっている。雷鳴が窓ガラスを揺らす。

突然ドアが開き、少女が何気なく室内に入ってきた。

真っ白いコートが濡れている。お帰りなさい、外食でもしてきましたか、と声を掛けると、やはり来ましたね破廉恥漢さん、と応えた。ドアを開け放したまま、彼女は音もなく書棚に近づき、背を凭せ掛ける。おもむろに少女に訊いた。

「あなたは誰なんですか。長井五郎の家族や親族ではない。窓を割って入った、不法侵入者ですよね」

「私はただの通りすがりの女子高生です」

「金目当てでやったのではなさそうですね。小説家の家だから入ってみたくなったのですか」

「理由の一つは絵馬龍騎先生の蔵書を見たかったからです。先生を知っていますか」

「全部読みました。つまらないと思います」

「私は大好きです。ある短編では実際の事件をなぞり、不評を買いました。以前起きた猟奇殺人をモデルにしたのです。被害者は背中や腹、顔の皮膚を剝ぎ取られていました。犯人は逮捕されていません。先生はその事件を元に短編を書きました」

かなり前にネットで炎上していた。

「小説の中で殺人者は、剝ぎ取った皮を張り付けて、凧を作りました。凧は犯人の好きな色、黒で着色します。ラストでは河川敷で凧揚げをして、子供たちと一緒に大はしゃぎするのです。『黒い凧』という短編です」

今日触れた、黒い凧の奇妙な肌触りが掌に甦る。しかし、女の肌であるはずはない。少女の妄想だ。

「世間では、先生が現実の事件を悪用したとののしりました。被害者に対する配慮が微塵もない。冒涜である。でも熱烈なファンである私は違うと思ったのです。根本的に話が違う。あれはフィクションではなく、先生は凧に貼るために女の肌が必要になり、肌を剝ぐために本当に人を殺したのではないでしょうか。女を殺したと考える方が素敵ですよね。ならば、黒い凧も実在しているはずです。私は人間凧を探しました」

「それで何度も忍び込んだと」

「三回ほど侵入しています」

「あなたはおそらく僕以上に……」狂っている。「ついに黒い人間凧を見つけたのですね。そして今日、凧揚げをしてみたいと思った」

白い少女は否定も肯定もしない。

「僕は、絵馬龍騎さんは駄目だと思います。乱歩は好きですが真似は嫌いなのです」

話など聞いていないかのように、彼女はいった。

「あなたは乱歩が好きですか」

「僕は」乱歩好きです。短編では『人間椅子』が、長編では『孤島の鬼』が好きです。ありきたりでしょうか。

「私は」乱歩憑きです。『芋虫』を特に愛します。負傷兵を黄色の芋虫というの、大好きです。あれは〝極端な苦痛と快楽と惨劇とを描こうとした小説で、それだけのものである〟というセンスも、とても素敵です。『芋虫』が好きなのなら」壺の中の頭を思い描きながら、「手足を切断すればよかったじゃないですか」

漂っていた血の臭いが強まったような気がする。「あなたが死体の首を切ったのですか」

「絵馬先生に喜んでいただきたくて、必死でした。最初に書斎に入った時、絵馬先生も乱歩憑きだと確信したのです。彼は乱歩を真似て、ある物を製作すらしていました。しかしもう一つ、ピースが足りません。それをくれたのはあなたです」

「死体ですか。家の庭に女の子を投げ込んだのは確かに僕です。けれども、何故首を切断しなければならなかったのですか」

「本当にわからないのですか、破廉恥漢さん」白い少女は少し寂しそうに笑った。「明白ではないでしょうか。首を切るのは当然であり、必然です。だって――」

彼女の細い指がこちらを指す。

何故か気おされ、頭を引いた。首筋が肘掛け椅子の背もたれを圧する。瞬間、総毛立った。黒い色のため気づかなかったが、肩くらいまである布張りの背もたれが、確かに、何かでじっとりと濡れている。

「だって首を切らなきゃ、女の子の死体が椅子に入らないじゃないですか」

「絵馬先生は」少女の声が呪文のように響く。「一寸法師みたいな人なのでしょうか。私も人間椅子に入ろうとしたのですが、無理でした。頭までは入りません」

「それで首を切ったのですね」

腹の底から深い溜め息が漏れた。

ポケットの中を確かめながら、「イメージですよ」とつぶやく。

妙な間が開いた。彼女は我に返ったかのように目をしばたたかせている。

「イメージです。オモチャで良かったのです。絵馬龍騎は実際に入ろうとしたわけではありません。書斎に人間椅子の作り物があれば満足でした」

黒い椅子から静かに立ち、ズボンの右ポケットからキーホルダーを出す。

「結局、作品は読者のものです。読者は作品を守り、作者を支え、時には」少し可笑しくなった。「示唆すら与える。あなたの愛は伝わりました」

ドアの前に進み、施錠してから、キーホルダーを掲げる。

銀色のプレートに各種の鍵が下がっていた。

「書斎の鍵、玄関の鍵、車の鍵です」一つ一つ示し、「どういうことかわかりますか」

彼女の口が、驚きで丸く開く。

「僕の家なのです。僕が、兼業の覆面作家です。絵馬龍騎は筆名で、長井五郎は偽名、本間瑞樹が本名で、ついでに破廉恥漢が綽名です。正月は房総で過ごす予定でしたが、気が変わって帰ってきたのです。衝動殺人を犯し、とりあえず人目につかないよう死体を自分の庭に投げ込みました」よく考えての行動ではなかった。自分の家でなかったら、大騒ぎになったことだろう。「見ず知らずの女の子が人間椅子に人体を詰め込むとは思いもしませんでした」

ズボンの左ポケットから細い革紐を取り出す。

「白い少女が僕の家から出てきた時は度肝を抜かれましたよ」事実、脳天に杭をぶちこまれるほど驚いた。

「あなたは死体を見て、後々使えると考えたのでしょう。目につくところにあった——庭のゴミ箱に掛かっていた——ブルーシートで死体を覆った。まずは凧を揚げたかったのです。河川敷に行き、二人は出逢いましたね」彼女に心奪われていなければ、僕の家で何をしている、と詰問したに違いない。「凧揚げに成功すると、あなたは引き返す途中で、死体を切る道具——例えばノコギリや、返り血対策の雨合羽などを用意しました」一方、こちらは家に帰る気にならず、夜までぐずぐずしていた。ラーメン屋では絵馬の情報を小出しにし、少女の正体に探りを入れたが、無駄だった。女将は近所の長井についてはそこそこ知っていた。

「あなたは絵馬に喜んでもらいたくて必死に首を切断し、不要な頭部を鉢に入れ、体を書斎に運び、椅子に詰めた。お昼は食べていないのかもしれません。重労働でお腹が空いたのか、夕食を食べに行き、さっき帰ってきたというわけです。私がいなければ——」玄関からではなく、あえて少女の侵入経路を辿って窓から入った。「今頃は、人間椅子に座って悦に入っていたのでしょう」

　革紐を舐めると乾いた血のような味がした。

「人間凧の話にも驚かされました。川に流れた凧は、皮に似た合成樹脂が張ってあるだけでしたから」おや、震えていますね。怖がることはないじゃないですか。あなたはファンなのでしょう。それとも喜びに震えているのですか。女の皮を剝いで凧を作っていたら素敵だと、いってくれたはずですね。同感ですよ。素晴らしいと思います。あなたに求愛したいのです。河川敷で目が合った時、恋に落ちました。凧揚げをした後は、あなたを熱愛しています。心から愛してすらいたのです。この気持ち、受け取ってくださいから慕っているのです。この気持ち、受け取ってください。普通の人ならこんな時、結婚してください、花嫁になってくださいというのでしょう。

　しかし乱歩の再来たる僕はこういいます。

　殺されてください、僕の黒い凧になってください、と。

怖ろしい本

億年書庫

西聖

ちょっとした必要から庭に穴を掘っていると、一冊の本が土に埋まっているのを見つけた。取りあげてみると本というより手帳のような、やわらかい砂色の板紙にそれなりに書き心地のよさそうな紙を一センチほど綴じたもので、しかしぱらぱらめくってみれば印字された日本語が整然とつらねられており、つまるところそれは、やはり本と名状するよりほかないものだった。

とはいえ驚くことでもない。彼の掘った穴はまだ膝下程度の深さである。誰が埋めたのか知らないが、おおかた母、父かその兄、せいぜい祖父母といったところだろう。まさか妻や息子のしわざだとも考えにくい。彼は生来ごく普遍的な常識をもった人間であったので、このようなできごとに動じもせず、処分についてまず考えてしまうくらいだった。

さて、本の内容といえばどうだろう。捨てるでも焼くでもなくわざわざ地中に埋められたような本である。まさかたしかめないということもあるまい。軽い気持ちで本をひらき、すると今度はぎょっとした。そこに記されていたのは、ある男の出生についての記録だった。

——19××年9月3日。二昼夜続いた長雨がようやくと止んだ明け方、最初の陣痛が加隈芳香《かくまよしか》をおとずれた。かねてより自宅出産を予定していた芳香はすぐさま夫の隆之《たかゆき》を揺り起こすと彼を助産婦の迎えにやり、ややあって、同居の義母に声をかけた。なにしろ初産《ういざん》である。同居を始めて一年足らず、気兼ねない間柄とは到底いえず、ほとんど押しつけるようなかたちで自宅での出産を決定させた……そのような望ましからざる義母であっても、このひとりの不安をやわらげてくれる家族であることには換えがなく……。


19××年9月3日。

彼の出生日である
果たしてその本は母と父、そしてまだ物心つかないころに病死した祖母たちのおりなす彼の誕生のようすに始まると、それからのおよそ一年、この家であった出来事を克明に、まるでみずから経験してきたことのように記録していたのだった。

彼は終わりまで読んだ本をそうっと閉じると、その裏側を見つめた。砂色染めの厚い紙をもちいた、やはりなんの変哲もない本である。ただし表紙にはなにも記されておらず、背も同様、奥付もない。題名、作者、出版社……一切の情報もなく、ただ記憶だけをたずさえている。

個人史、というものなのだろうか。

自費出版というかたちで個人や家族の歴史を本にする、などという話を聞いたことがある。では、父母のどちらかが個人史として、その大きな一ページとしてわが子の誕生を記録した……と考えてみるにはいささか剣呑な内容ではないだろうか。母のかかえた義母への好ましくない感情、父への不満、その逆に父から母に向けられたその性根に対する後ろ暗いおもい……。本には普通語るにははばかられるような内心までもが赤裸々に記されている、それはさながらかれらの影が肉体を離れてはその秘密をあからさまに叫んだような、じっとりと暗い家族の記憶であった。

果たしてこれを誰が語ったのか……。

彼はしばしば読むでもなくページをめくり、その隙間に挟まった土がこぼれるのをぼんやりと眺めていたが、やがて本をもとあった場所へつきたてると、掘ったばかりの土をかぶせてしまった。

わざわざ厄介事を掘り返すよりも、このまますべてを埋めなおしてしまおうと決めたのだった。

そうして彼は、ふたたび穴を掘りはじめた。

美しい春の日だった。家からは、掃除中の妻がたてつけの歪んだ窓を開閉するがたぴしという音や、ときおり息子が廊下や階段を駆け抜けるどたどたとした足音が聞こえてくる。それらはけして耳ざわりではなく、そよ風にゆらぐ竹林のざわめきや、田畑を耕す農機具の震動と混じり合い、さながら人と自然のおりなす重奏とでもいうようなこころよい響きを帯びてくる。

そんななか、無心にシャベルを振っては掘り返した土を地上へ放っていくのは、爽やかな肉体の疲労とともに、陶酔に近しいよろこびを彼にもたらしていた。

それだから次なる本を見つけたとき、彼はすぐさま埋めてしまおうかと思ったくらいである。

しかしそうした思いとは裏腹に、彼の手はひとりでに本を取りあげていた。ページをひらいて目を通す、そこに至っては迷いすらなかった。それは好奇心が、じっとりと甘い秘密の引力が、彼を惹きつけてやまなかったのである。

二冊目の本は砂色無地の表紙に厚さはやはり一センチ程度、先のものと外観に違いはなかったが、そこに記されていたのは陰惨な、かつて家にあったおそろしいおこないの記録だった。

曰《いわ》く、戦地にて片脚をなくして帰った祖父を、祖母は慈《いつく》しむのでなく蔑《さげす》んだ。その肉体、精神をくり返し虐《しいた》げ、またそうした行為には曾祖母も加担した。その背後には集落を三軒隔てて暮らす宗家の力があり、生活の全土を激しい加虐に支配されたあわれな祖父は間もなく心を病んでゆき……。

彼は背すじがあわ立つのを感じた。

記されていたのは祖父に与えられた虐待の記憶である。彼は祖父を写真でしか知らないが、右脚の切断を余儀なくされるほどの負傷によって戦争を終えたとは聞き及んでいた。しかし、そんな祖父の生活を、祖母は支えたのではなかったのか。彼が幼い頃に両親より聞かされた物語は、そういったやさしいものだった。まさか……あえて切断した脚を縛りつけ、逆さ吊りにし、その心身をなぶろうなどとは……。

彼はやにわに本を放り投げシャベルを手に取ると、さらに穴を掘りはじめた。果たしてどんな本を探したのか、先の記録が単なる作り話であると示すような物語を求めたのか、あるいはさらなる悪徳を欲したのかは知れないが、ともかく、彼は早々に行き着いた。

土の底で、ぽっかりと横穴が空いたのだ。

おそるおそる、かすかな陽の光をたよりに地下の横穴を覗き込むと、そこには洞穴が続いていた。

人ひとりが立って歩けるほどの、ときには身をかがめて通れるほどの洞穴は、さながら蟻の巣のように無数に枝分かれをくり返しながら、どこへとも知れない先まで伸びていた。

そして洞穴の壁には無数の本が、広大な地底のすべてを書棚とするかのように無垢なる背を彼に向け、じっとしずかにたたずんでいたのだった。

そのとき彼の全身をふるわせたのは、ひんやりと湿った地底の空気だろうか。

彼は一冊の本を土中より抜き出すと、そのページをひらいた。


――さてこの三ツ池《みついけ》の地では加隈、谷浦《やうら》の両家が権勢を誇っていた。かれらに共通していたのは残酷な暴力の性質である。両氏はいずれも、諸手川《もろてがわ》の水利を基とした広大な農地を有しており、代々多くの小作人を抱える地主であった。そうした権力が暴力の源泉となったか、あるいはその逆であったのか……いずれにせよ、暴力は似た隣人の存在を決して許さない。これまで奇跡的な成り行きで併存していた両氏の平衡が崩壊をみせはじめたのは、18××年3月。〈黒疵《こくし》〉の民が三ツ池の地へ流れ着いたことに端を発するのだが……。


その先に記されていたのは、語るもはばかられる残酷な物語である。水利を牛耳《ぎゅうじ》るべし、谷浦を屈服すべしと望んだ加隈家は黒疵と称される流民団と手を組み、その〈黒い香箱《こうばこ》〉の呪いを施す。だが黒疵は谷浦家にも同様の力を与えており、香箱の被害は集落二十件余すところなく及んだ。かくして谷浦の一族は滅んだものの、加隈家もまた存続のために血が必要であり、すべてを知る黒疵が家に混じることを拒めなかったのだという……。

果たしてその記憶は、驚きと同時にうたがいを彼にもたらした。事実だとすれば、記録は江戸末期のものである。それほど近年の事件が、集落全件に被害が及んだというのであれば、生まれてから数十年をこの地で暮らした彼の耳に入らないものだろうか。また、この〈黒疵〉とは、〈香箱〉とはいったいなんであろうか。やはり聞いたこともない――つまりこれは偽史、というよりは、何者かが面白おかしく創りあげた単なる物語ではないのか。

そうした本への疑念が――あるいは信じたくないとする欲望が――彼に一千年をさかのぼらせた。

そこで彼の目にしたものは、やはり到底信じがたい出来事の数々である。〈大昇天《だいしょうてん》〉、〈三十六教徒《さんじゅうろくきょうと》〉の集団入植とその排斥、〈天舟《てんしゅう》〉のもたらした偉大なる恵み……記録は集落からその成立する以前のより原始的な共同体へとさかのぼりながら、段々とその外側へ、境をまたぎ海すら越えた全世界と思わしき広大無辺な領域へと広がってゆき……。

そこでふと、明かりが途絶えた。

夜になったのだ。彼は気付いた。慌てて手探り壁をたどりながらほのあかるく射す夜光をめざしてゆくと、愕然となった。縦穴におどろくほど青い光を降らせる満月はいまやはるか高く、そしてその高さと同じほどに、地上は遠ざかっていたのである。

まるで一千年掘り続けたかのような深さだった。

彼は大声をあげた。おおい。おおおーい……。しかし、地底の声は洞穴を反響して彼のもとへと戻るばかり。意を決して縦穴をよじ登ろうにも、指をかけた途端に土はもろく崩れてしまう。すぐに家族が気付くだろう。そうして七昼夜を無為に待ち続け、とうとう彼は決心をした。進むよりほかに手はない。人為と思わしき洞穴の構造や、書棚に並んだ本の数々。人の手によるのならば、いずこかに出口があるのが自然ではないか。

決意を固めた彼は洞穴を奥へ、シャベル片手に奥へ奥へと進みはじめた。掘り進めるうち地底の空間はせばまってゆき、本は段々崩れゆく棚から落ちちらばり、そのすべてを彼は読んでいった。

――千夜期《せんやき》、およそ三万年前に起きた大噴火により地上は十数年にわたる暗黒に覆われ、その時代、地上の支配者となったのは無数の洞窟群より姿をあらわした〈深生物《しんせいぶつ》〉たちであった。かれらは暗闇より這い出るとまたたく間に人類を、地上のあまねく生物を侵略した。その体は小さく、しかし数は膨大であり、一度に数千キロを飛翔できる強靭な羽をもち、硬質の顎を大群で鳴らすのでさながら悲鳴のような騒音が……。

――人類の祖先たる〈古き人《ふるひと》〉が直立、二足歩行を獲得するにあたり、いわば啓示とでもいうべき知恵を授けたのが、偉大なる〈草樹《そうじゅ》〉たちである。のちに繁栄する植物の始祖であるかれらは、ふとその存在に疲労を感じ、ひと眠りすることにした。そのあいだ、憎き海底の〈神々《かみがみ》〉や外宇宙からのたびかさなる〈飛来《ひらい》〉よりいたいけな大地を守るべく類人猿に進化をうながした……そうして、古き人は霊長として地上を間借りするに至り……。

――巨大隕石の衝突により地球の環境は激変した。蒸発した海水は高高度まで巻き上げられた塵とともに山脈のような積乱雲を形成、多量の有害物質を含んだ豪雨による海洋汚染が進行し、また地上でも土壌悪化、森林の消失が急速に進んでゆき、長期にわたり生物の生息環境がうしなわれていった……そんな折、地上で勃発したのは生存をめぐる熾烈な闘争であった。〈深生物〉や〈神々〉、対立する〈征服者《せいふくしゃ》〉と〈良き支配者《よしはいしゃ》〉、さらには隕石とともに到来していた〈色《いろ》〉による侵略。最終戦争かくのごとき転変により、地上にて残存していた生物はそのほとんどが滅亡し、ただ鳥たちは飛翔により、昆虫、微生物のたぐいは小さきゆえに生き延びたものの、侵略者との交雑をまぬがれることはできず……。

彼は本を読み進めた。いつしか掘り進むべき土そのものは本へとかわり、地を成すすべてが本となり、その堆積が形成する知恵の地層の深くへともぐっていった。それはまさしく探求であった。大地は書庫であり、そこには過去が、歴史が、記憶が残されていた。土の一粒が本の一冊であり、この地球に起きたすべてを保存しているのだと彼は知った。

そして彼は……私は、自身がもう地上へ戻れないのだとわかっていた。

小さな好奇心、ただ一冊の本が最初である。だが一度知れば最後、欲求は際限なく膨張を続け、もはや私には知る意外の望みはなくなってしまった。いまや記録は億年、この大地を形成する土のはじまりまでさかのぼっている。それでも本は続くのだ。いつ尽きるとも知れない、無限とも思われる深淵がいまだ足もと深く続いている。私は掘ろう。どこまでも行こう。そして命が尽きるまでこの大地の記憶を読み解き、願わくば、これが誰かへ伝わるようにと……いや、余談が長くなった。彼はふたたび本を読み進めた。地球で最初の藻類、その誕生には〈飛来〉が——より正確を期すのであれば〈飛来〉の原始的な形態、〈飛散《ひさん》〉がかかわっており……。

＊

そこで彼は手記を——この男にならって言うのであれば、本を——閉じた。

男は深さ二メートルほどの穴の底で死んでいるのを、訪問販売におとずれた牛乳屋が発見した。ひとまず田舎交番の巡査長である彼が呼ばれたが、変死であるために検視官への引き継ぎを待っている、という状況だった。

彼は死んだ男のようすをたしかめた。どれほど長く穴を掘っていたのかは知れないが、頬がこけ、体はすっかり痩せ細り、とてもかたわらのシャベルを扱えるようには思えない。先んじて部下に聞き込みをさせたところ、隣数軒のひとびとが口を揃えるのは、男への不信感だった。曰くめったに家を出ない。たまに顔を見ても挨拶もしなければ目も合わせない。家庭ももたずひとりで住んでいる。なにをして生きているのか知らないが、早逝した両親のたくわえがあったのだ……。

当然、と言うべきかはわからないが、本に記してあったような深い穴や洞穴、地底の書庫は見つからなかった。死んだ男のかたわらには一冊の本が、文庫本ほどの手帳に手記、あるいは物語のような、意味は通るが理解には苦しむ内容をインク代わりの土で手書きした、やはり一冊の〈本〉というよりほかない本が落ちているばかりだった。

つまり、なんらかの疾患をもっていたのだろう。それか薬物の可能性も……と彼が結論づける頃になり、二台の警察車両が家の前で停車した。車を降りてくる顔見知りの刑事たちをたしかめながら伝達すべき事項を頭の中で整理していた折、ふと視界のはじで穴の底に無地の背表紙をとらえたように思われたが、刑事たちと会釈を交わしたのちにふたたび穴を覗くと、そこにはただ湿った土があるばかりだった。

　その後、早々に引き継ぎを済ませた彼は交番へ戻って報告書を作成、日常業務を片付けてその日の勤務を終えると家へ帰り、ちょっとした必要から庭に穴を掘りはじめた。どんな必要があったのか彼はもう思い出すこともないが、ともかく数十センチも掘っていると土中に本を見つけた。砂色の背表紙。本をひらいてみると、そこには彼が自身の墓へ埋めようとまで決意をした過去の記憶が記されていた。いつしか彼もまた穴の底にいた。

怖ろしい本

本葬

斜線堂有紀

　最近は本葬というものが流行っているんですよ、と担当者は言いました。私はそのまま「ほんそう」と繰り返して言い、担当者は聞き違いをしたのか「本当ですとも」と返してきたのです。

「近年の墓不足を鑑《かんが》みて一番いい方法なんです。ほら、人間は本によくたとえられるでしょう？　人生の総決算が本の形になるっていうのはね、示唆的じゃありませんか。費用も安く上がりますし、ねえ」

　一番最後の理由が最も重要視されるところなんだろうと思いましたが、敢《あ》えて言いませんでした。お恥ずかしい話、実際に私には父の葬儀に金を出せるだけの余裕がなかったもので。そうでしょう？　安くあげたいと思わないなら、ここの担当者に相談したりなんかしません。

「具体的にはどういう手筈になるんですか」

「通常の火葬の前に本葬の為の処置が加わるだけです。そして身体の一部を本に加工して、葬式の後にお引き渡しします」

「渡された本はどうすればいいんですか」

「仏壇に飾る方もいらっしゃいますし、本棚に納められる方もいます。あるいは、こちらの本葬館にお預けになる方も」

「引き取ってくださるんですか」

「ええ、ええ。本葬館を見学なさりますか？」

　私は一も二もなく頷きました。信じていただけないかもしれませんが、私は元より本が好きなんです。昔は小説家になりたいと思っていたこともあります。ジャンル……ジャンルは無いですよ。書きたいと思っていただけで、書きたいものなんてなかったわけですからね。ああでもそうだなあ……読むのはミステリが好きでしたよ。今じゃ、何の本が好きだったかもまるで思い出せませんが。あれだけ読書に時間をかけていたのに、なんなんだろうって感じですよね……。

　そんなわけで、本葬館の見学には乗り気でした。本葬というものにはまだ抵抗があったが、それらがどんな風に所蔵されているかには興味があったもので。はい。どんな場所だったか……ですか。そうですねえ、見学させてもらった本葬館は、私の理想とする「図書館」そのものでした。資料よりも実物の方がずっと良いなんて、なかなかないですよね。

　入った瞬間、新しい木の匂いと、古びた本の匂いが鼻腔をくすぐりました。温度と湿度が一定に保たれ、本の管理に適切な環境が整えられているのが一目でわかった。やわらかな照明が天井から降り注いでいましたが、太陽光ではなかったはずです。紫外線は本を焼いてしまいますから。

「本は適切に管理すれば半永久的に保つメディアです。野晒《のざら》しの墓よりも、棚に収まっている方がずっと共に在る感じがしませんか」

「本当にその通りですね」

　私は本葬館の雰囲気につられて頷きました。墓というものの持つイメージと、整然と並んだ本のイメージはまるで違い、人間を本に加工する悪趣味さが極限まで薄められているような気がしたんです。担当者側も、その部分をいかに脱臭するかに賭けていたように思います。やはり、死骸を本に加工することはなかなか抵抗があるでしょうから。そういう人間を本葬館に通したら意識が変わると思います。

　きょろきょろと棚を見回る私に対し、担当者は優しく言いました。

「よければ、その焦茶色の棚の本を手に取ってみてください」

「触っても大丈夫なんですか」

「本人と遺族に許可を取っています。本葬がどんなものなのか、具体的にどのような姿になるかも気になるでしょうから。気になるのなら手袋も――」

「あ、はい」

本当は、触るのには抵抗がありました。けど、清潔な手袋を渡されてしまうとね、手に取りたくないとは言えなくなったんです。深緑色の皮が張られた本はずっしりと重く、両手で抱えるような形になりました。

「それが人の重みですよ」

担当者はわざとささやくような声で言いました。それで……私はごく自然に本を開いたんです。

中身は……それこそなんの変哲も無い本でした。特徴の無い文体で、平凡な物語が綴られていました。退屈でしたよ。電車の快速と特急を間違えた話など、誰も読みたがらないでしょう。けれど、あれは本であって本ではないのですよね。あれは、そういうものではないのです。

「この中身というのは、一人一人違うんですか？」

「勿論ですとも」

「誰が書いているんですか」

「それが、本葬を行うとそのまま浮かび上がってくるんですよ」

……嘘だと思いますよね。実際、私も信じられませんでしたし、本葬のことを調べたところでそんな奇妙なことなんか書いてありません。ははは、そんなものを堂々と掲げてたら、流石に抵抗を覚えますでしょう？　だから、こうして直接見せて、抵抗感を削いでから話すんでしょうね。

……私も最初は信じませんでしたとも。で、言ったんですよ、それは嘘でしょう。どなたかが書いているんじゃありませんか……ってね。

でもね、担当者はまるで落ち着き払った様子でした。

「これだけの文字数を本葬の過程で書いていられませんよ」

言われてみたらその通りなのですが、私は今だに信じられませんでした。浮かび上がってくる？　本当に？　だとしたら、それは恐ろしいことなのではないか？　私はさっき読んだ、あまりにも退屈で凡庸な文章を思い出しました。あれが、その人の本に自然と浮かび上がってきたものなのか？

父親が本になった時、一体何が書かれているのだろう。

私は少し悩んだ末、担当者に言いました。

「本葬に決めました。よろしくお願いします」

実を言うとですね、私は邪な気持ちで本葬を選んだんですよ。

本葬が自分の想像していたよりも良いものだってのは認めますけどね。はい。それでも、自分の大切な人を本葬にしたいだなんて、普通の人間は思いやしませんでしょうよ。だって……はは、ねえ、本を持った時の重みが凄くて。骨をいくつかと皮と、それとあと……ああ、横隔膜《おうかくまく》？でしたっけね、それを使ってね、本なんて作ろうなんてね。人皮の本って、何冊か話題になったことあるでしょう。そんなものよりもね、ずっと——。

まあ、あれが話題になるくらいですから、人間で作った本っていうのが、なんだか魅惑的なものだってのは認めます。でもね、本葬館の穏やかさよりも、人皮の本の魅惑よりも、私を突き動かしたものは本の中身でした。

私と父親は長い間二人暮らしだったんですよ。母親は早くに亡くなってね。男手一つで育ててもらいました。でもまあ、そんなに感謝の気持ちが抱けなかったのは、父親にとって私は奴隷代わりでしかなかったからでしょう。母親が死ぬ前は、母親が奴隷代わりでね。本当に——……助けてあげたかったですけどね。私にはどうすることも出来なかった。

死んでせいせいしたとも思ってないですよ。むしろまだ恐ろしいほどでね。今でも私はね、家に帰る度に父親がぬうって出てくるんじゃないかと思って怖かったんですよ。

昔はいい父親だったはずなんですけどね。部屋には本がいっぱいあってね。ああ、そういや私はそれで本を読むようになったんだったなあ。

本葬の手続きはスムーズに済みましてね。すぐに本が出来上がりました。式はあげませんでしたよ。私は死体をどうにか出来れば、それでよかったくらいでしてね。

私はね、持ち帰らないことに決めていました。帰る度に父親が生き返ってないか恐ろしく思うくらいだから、家に本が置けないのもわかるでしょう？　だから、予め本葬館に収蔵していただくことに決めていました。収蔵を希望しても、追加料金はかかりませんでしたので。追加料金がかかるようであれば、私は持ち帰っていたでしょうねえ。そのくらいの気持ちです。
父親は三階の真ん中の棚に収められていました。何色になるかと思えば、それが綺麗な青色でね。海みたいな色なんです。あの人がこんな風な色になるなんてなあって思いながら、私はいよいよ父親を手に取りました。
期待してなかったといえば嘘になります。私にはもうあの人のことがとんとわからなくなってしまっていましたから。その中に、あの人の人間性の一欠片でもね、見出せたらいいなって思ったんです。ああ、勿論、分厚い本に何かを書き込む時間なんてなかったと思いますよ。担当者は、本当に手早く、父親を本にしました。
なんて書いてあったと思います？
あかいうまはばすていにぶつかってもとまらないよ
え？　だから言ったじゃないですか。一言一句その通りです。ええ。私も驚いて、ページを捲《めく》りましたよ。
あかいうまはばすていにぶつかってもとまらないよ
あかいうまはばすていにぶつかってもとまらないよ
あかいうまはばすていにぶつかってもとまらないよ
あかいうまはばすていにぶつかってもとまらないよ
書いてあったのはそれだけですね。意味がわかりません。最初はね、父親の本葬を担当した人間が手を抜いたんだろうと思ったんですよ。でもね、手を抜くにしたってそんなやり方がありますかね？　こんな意味のわからない……本当にどんな意味なんでしょうね？
でも私はその文字から目が離せませんでした。丁度「つ」って文字を見ていた時に気づいたんですけどね。最初から、少しおかしいと思ってたというか。印刷がところどころ薄いなあと思ってたんですよ。それで、じっと目を凝らしてみたらね。
その文字、引き伸ばされた父親の顔なんですよ。死に顔よりずっと酷い父親の顔が、じっと見てないと気が付かないくらいの速度で、その時もまだ引き伸ばされ続けてて。文字が、段々と歪んでいきましてね。あれ、そのもので書かれてるんだって気づいた瞬間にね、思わず本を閉じました。
世界がひっくり返るみたいで、でも、本葬館の天国みたいな光は変わんないんですよ。あそこには数百、数千、もしかしたら万を超える本が並んでてね。

それを見たらもう――私の気持ちがわかるでしょう？　ねえ。

だから、火を着けたんです。あんなものはあっちゃいけない。人を本にするなんて、あっちゃいけないんです。どれだけの人間が巻き添えになろうと、私はやらなくちゃならなかった。火事に巻き込まれた死んだ数人と、本葬された魂の数を比べてみてくださいよ。どっちが重要か、わかるはずでしょう。

私は死刑なんか怖くありませんよ。ただ私が望むのはね、私を本葬にしないでくださいってことです。本葬にだけはしないでくださいよ。あれにさえならなければ、私は死んでも構いませんから。

ああ、お父さんには悪いことしたなあ。悔やんでも、悔やみきれないです。

地獄がもしあるんなら、地獄で詫びます。

書店と古書店

李賀書房

森 青花

京都は丸太町通、京大熊野寮の斜め向かい、熊野神社前バス停からしばらく歩いたところに、その古本屋はあった。

古く、黒ずんだ、木造の小体《こてい》な建物、屋根の上には「李賀書房」という看板が置かれている。

そして、古書店には珍しく、ショーウィンドウがある。磨き上げられた硝子の向こうには、一冊の『李賀詩選』が飾られている。かなり古いものだ。

開け放された引き戸から薄暗い店内をのぞいてみた。正面の帳場には、痩せて禿げた老人が座っている。客は、一人もいない。

潰れるんじゃないかと心配になるが、店の古さを見ると、数十年は営業しているようだ。

店に入ってみた。正面、店主らしき老人の横の書棚には、李賀、李白、杜甫、白楽天、王維、屈原、曹操、曹植といった中国の詩人の本が並べられている。

紙が黄ばんだ古書もあれば、比較的新しい岩波文庫もある。ほかの書棚には、日本の推理小説、歴史小説などが、置かれている。変わっているのは、大学の教科書らしきものが置かれていることだ。京都は学生の街、おそらく大学生が売ったものだろう。そして、教科書を必要をする新入生が、きっと買ってゆく。

店から出て、ショーウィンドウの『李賀詩選』を眺めた。下に小さな紙があり、そこには「非売品」と記されている。この本は、おそらく、この店の象徴なのだ。

二十歳《はたち》の私は、涙をこらえて店から出た。新幹線の時間も迫っていた。

****

俺が、李賀書房の店主だ。隣にいる老人、俺は「仮の店主」と名付けているが、彼が集めて店に並べた本を、俺が、管理している。一冊として万引などされぬように監視している。

老人は、毎日、乱れた書棚を、配架する。ここは古書店には珍しく、日本十進分類法に従って、本を並べている。俺が、彼に助言した。図書館を使い慣れている学生にとって、一番探しやすい並びだと思うから。

老人が、この店を造り、「李賀書房」と名付けた。俺の先祖はショーウィンドウに飾られた『李賀詩選』とともに日本に来た。俺は『李賀詩選』の頁の間で生まれた。すぐに李賀の頁を食べ、李賀の詩を読んだ。

俺は小さい。一センチにも満たない。しかし、俺は博識である。俺は本を読む。書から得た知識を仲間で共有している。俺の仲間は、世界のあるゆる場所にいる、書籍のあるところには。フィレンツェのドォーモの近所の古書店の棚に。霧深き倫敦《ロンドン》の裏通りの古書店の棚に。俺たちは書物を食べながら、読む。

俺のからだは銀色で平べったい。そう、俺は紙魚《しみ》である。

李賀の詩の世界は、幻想的で、途方もなくうつくしい。俺も李賀に魅せられた、隣の老人同様。ショーウィンドウの『李賀詩選』は、老人の父親が、昔、中国で買い求め、日本に持ち帰ったものだ。彼は李賀を愛し、帰国してからも、書物を買い集め、読み耽った。

そして、大きな机の上に『李賀詩選』を拡げ、味わっていた最中《さなか》に、脳卒中であの世に行った。

彼の死を見つけたのは、いつまでも書斎から出てこないことを訝《いぶか》った彼の息子だった。息子は『李賀詩選』の頁に顔を埋めて冷たくなっている父親を見つけた。救急車を呼んではみたものの無駄であることはわかっていた。

残った書物は彼の息子、すなわち、老人のものとなった。父の葬儀が終わり、すこし落ち着き、彼は、初めて、『李賀詩選』をひもといた。

　そして、衝撃を受けた。「恨血千年土中碧」……。「恨みのわが赤き血は千年後地中の碧となる」。「碧」……。うつくしい。あおみどり。なんと強烈なイメージなのだろう。父はこの世界を愛し、命をかけて、この書を日本に持ち帰った。父親と同様、彼も李賀に取り憑かれた。

　中国の詩全般に興味を持ち、本を買い集め、読んだ。けれども、彼にとって、最高の詩人は、常に李賀であった。家の本棚がたわむほど、本が多量になった。彼は集めた本で、古書店を開くことにした。会社を早期退職し、その退職金を開店資金にあてた。五十歳の時だった。それから、二十年、彼は、帳場に座り続けている。古書組合にも入り、たまに交換会で古書を仕入れる。

　ただ、古書店主には多いのだが、彼も人づきあいが苦手だった。店にお客さんが入ってくると、小声で「いらっしゃい」と言う。愛想がない。しかし、彼にはそれしかできなかった。

　彼は「李賀書房」に住んでいる。帳場の後ろの板戸を引くと、そこは彼の居室だ。冬は炬燵《こたつ》が置いてある。部屋の襖《ふすま》を開けると、狭い廊下があり、トイレと台所に続いている。風呂はない。週に一度、銭湯に行く。

　店の古い柱時計が六時をさした。閉店時刻である。老人は、入り口の引き戸を締め、ショーウィンドウを保護するために設置したシャッターを下ろす。

　そして、今日、来店した十数人のお客さんが少し乱した書棚を、きちんと配架する。

　それから、彼は、帳場に戻り、後ろの板戸を開け、居室に入った。

　しかし、彼は店に戻ってきた。白い丼を手に持って。帳場に置いてあるメモ帳から、紙を一枚取り、細字のサインペンで書き付けた。

「お買い上げの方は、古書の値段のお金をここに入れてください。お売りの方は、文庫本は百円、単行本は三百円、ここから取ってください。店主敬白」

　うわ。ついに「いらっしゃい」と言うことすら面倒になったのだ。

　これは、これまで以上に、俺が書籍の管理をしっかりしなければ。万引しようとした客には、俺と、俺の仲間が襟首から背中に入り込む。ぞわぞわ……。あまりの気持ち悪さに、客は本を取り落とす。

　俺と仲間たちがいる限り、この「李賀書房」は安泰だ。

「李賀書房」は年中無休。午前十時開店、午後六時閉店である。

　閉店すると、俺たちの食事の時間だ。仲間おのおのが、好みの書籍に取り付いて、頁を読みつつ食べる。そして、少し眠る。

　しかし、ある冬の朝。

　その日に限って、老人は十一時になっても、居室から、出てこなかった。当然、帳場は無人だ。まだ客は来ていないからいいようなものだが。俺は、心配になって、居室の引き戸の隙間に身を滑らせた。

　昨日、閉店時に、老人はシャッターを下ろすのを忘れていた。俺は、嫌な予感がしていた。

　老人は炬燵に入ったまま、白目を剝いて、冷たくなっていた。炬燵の上には、一冊の岩波文庫が。『李賀詩選』……。

　李賀は、鬼才と呼ばれている。中国語で「鬼」とは「幽霊」のことだ。彼の詩風が、あまりに冥く、幻想的であったために、若くして、幽霊に冥土に連れていかれたのではないかと。そういう意味も含んだ「鬼才」である。

　そして、李賀に取り憑かれた人間も、李賀に呼ばれるように、冥土に引きずり込まれる。

　彼も、彼の父も、そうであった。

　しかし、彼が死んでも、李賀書房は存在し続けねばならない。俺たちにとって、ここは、とても、居心地がよいからだ。

　幸い、無人店舗の準備は、彼がしておいた。白い丼と紙。

「お買い上げの方は、古書の値段のお金をここに入れてください。お売りの方は、文庫本は百円、単行本は三百円、ここから取ってください。店主敬白」

　隣の部屋にある老人の死体だが、この寒さだ、腐敗することもなく、おそらくミイラとなるだろう。

　俺は、いつもと変わらず、お客さんが来るのを待った。

　昼を過ぎて、ひとりの学生が、入り口の引き戸を開け、入ってきた。

「じいさん、入り口、閉まってたぞ。今日は休みか。あ、いないのか。岩波文庫の『論語』もらっていくわ。

そうそう、金谷治《かなやおさむ》先生のこれだ。授業で要るんでな。いやあ、新本で買うと高いしなぁ」

そう独りごちて、ちゃりん、ちゃりんと、百円玉を二枚、丼鉢に落とした。

＊＊＊＊＊＊＊＊＊＊＊＊＊＊＊＊＊＊＊＊＊＊＊＊＊＊＊＊

二十歳の時に訪ねた京都を、七十歳になって、また、訪ねてみた。人生の終わりに近づき、ふと、昔が、懐かしくなったのだ。二十歳の時、三度目の受験に失敗し、不本意ながら就職した私は、まさに「二十心已朽」（二十にして心已に朽ちたり）という気分だった。若気の至りとは恥ずかしいものだ。畏れ多くも自分を李賀と重ねていた。

そして、古びた「李賀書房」と出会った。二十歳の私は、運命的なものを感じた。ショーウィンドウに飾られた『李賀詩選』、欲しかったけれども、非売品ならば仕方がない。

その後、必死で働いた甲斐あって、妻をめとることもでき、三人の子どもにも恵まれた。一戸建ての家も買った。今は曾孫《ひまご》が十人もいる。いい「じぃじ」だ。悪くない人生だったと思う。

そして、人生の最後に、もう一度、悲惨な精神状態だった時の思い出を訪ねてみたくなったのだ。二十歳の私に言いたい。「お前の人生、それほど悪いもんじゃないぞ」と。

東京から新幹線に乗って、京都で下車。市バスに乗り、熊野神社前バス停で降りる。向かいに京大熊野寮のコンクリート三階建の建物が見える。

冬には珍しく暖かい日だった。丸太町通の北側を、杖をつき、「李賀書房」に向かってゆっくりと歩く。五十年も経っているのだ。あるわけがない、と思いながら。

「え？」と思った……。「李賀書房」が、ある。昔と何も変わらぬ姿で。ショーウィンドウに『李賀詩選』が飾られて。

おずおずと店に入ってみる。帳場には誰もいない。レジスターの前に白い丼鉢が置いてあり、その前に紙がある。「お買い上げの方は、古書の値段のお金をここに入れてください。お売りの方は、文庫本は百円、単行本は三百円、ここから取ってください。店主敬白」

無人店舗か。金払わずに本持っていく輩はいないのだろうか。しかし、五十年前に来た時、店主はかなりのお年寄りだった。たぶん、六十は過ぎていただろう。とすれば、もう死んでいてもおかしくない。そして、後継者がいなければ、店はどうなる？　その答が、この無人店舗なのだろうか。

裸電球の灯りに照らされた店内は、不思議な清潔感があった。この先、百年も二百年も、この店は存在し続けるのだ。そう思うと、なんだか嬉しくなった。

もしかしたら、ものすごく、怖ろしいことなのかもしれないが。

私は正面の書棚を眺めた。『李賀詩選』。

そう、青春期に没頭した本を七十になって読み返すのもいいだろう。

私は、岩波文庫『李賀詩選』を取り出した。その時、書棚から、小さな銀色の虫が、ぽとりと落ちた、本の上に。私は、反射的に、虫を指で潰した。その瞬間、ひどい悪寒がした。風邪か。いや、この店には暖房がない、寒い。早く、本を買って、店を出よう。それにしても、虫がいるなんて嫌だなぁ。不潔だ。私は、少々不快になった。

けれど、この店と李賀に対する懐かしい想いは消えることはなかった。

本に目を落とす。虫の死骸を指で払い、床に落とす。岩波文庫の裏表紙に値札が貼ってある。二百円。安い。就職してからは働くことに精一杯で、この五十年、本を買って読む暇もなかった。今、私は、引退して暇だ。

残りの人生、李賀の世界に没入しよう。そう、途方もなく幻想的で魅力的なあの世界に。

百円玉をふたつ、丼鉢に落とす。

そして、ゆっくりと、店を出た。

書店と古書店

降霊本

江坂遊

天川さんと知り会ったのは、何かの忘年会だったと思う。天川さんの方から、僕を見つけて近寄って来られた。

「よく古書店でお見受けします。作家の上坂先生ですよね。お声かけしようかどうか迷っているうちに、いつも機会を逸しています。わたしは妖怪本コレクターの天川です」

妖怪に関する本を集めているだけのことがあるなと思った。天川さんは逆三角形の顔で唇がツンと前にせりだし、愛すべき河童の雰囲気が備わっている。

「古本屋にはよく行きます。探している本がいっぱいあるので」

「そうですか。先生、わたしは古書店を三つほどやっています。本のタイトルをお教え願えれば、わたしも見つけるのに協力させていただきますよ。かなり希少な本も扱っていますし」

僕はこれはチャンスとばかりに、財布にひそませていた紙切れを手渡した。

「先生、マニアックですね。これとこれ、持っています。絶版でなかなかお目にかかりませんものね。お譲りしましょうか。それと、後は知り合いに言えば何とか調達してくれそうな気がします」

僕は小躍りしそうになったが、グッと感情を抑え込んだ。

「古書店に行くのは運動不足解消ということもあってね。今度、天川さんのお店に足を運ぶよ」

「お待ちしています。名刺の裏に地図を印刷してあるので、他のも月末までには揃えておきます。いらっしゃってください」

「ありがとう。あるところにはあるんだ」

僕は普段したこともない握手を自ら手を差し出して誘った。指切り減摩《げんまん》の代わりのつもりだ。

「先生、じゃ、今度はわたしが探している本をどこかでお見つけになられたら、ご連絡いただけないでしょうか」

「プロが見つけられない本なのに、僕が見つけられるとは思わないけれどなぁ」

「いつ市場に現れるか、それは誰にも分かりません。タイミングが合えば大物も釣り上がります」

「そういうことはあるんだろうね。じゃ、本のタイトルを聞いておこうかな」

「はい。竜宮書房が昭和初期に出した『降霊本』です。『降霊本』とそのままのタイトルの、牛革で装丁された希少本です」

「降霊術の手引書か何かなのかい」

天川さんは首を激しく横に振った。

「違います。先生なら信じていただけると思いますが、この本そのものが妖怪だと言っていいかと思うのですがね」

「噛みついてくるのかい」

「そんなことはしません。本は本です。でも不思議なことを起こします」

「そう、もったいぶらなくてもいいだろう」

「先生のご同業の作家さんも手に入れておられると聞いています。あのベストセラー作家の湯川さんなんかもご利用とかで」

「興味がわいてくるね」

「話せば、先生も欲しくなること、請け合いです。お貸ししますから。いえ、わたしがお借りするということでもかまいません」

「天川さん、乗せるのがうまいね」

「そうですか。ありがとうございます。この本はどう言ったらいいかなぁ。あのその。この世にない本を降ろしてきて、本の白いページを埋めてくれるというものでして。イタコというのはご存じでしょ。よく似ています。依代《よりしろ》ですね。亡くなった人の霊を自分の身体に降ろしてきますよね。そう、イタコみたいなことをしてくれる本だと言えばお分かりになられるでしょうか」

「何となく分かった。今、この世にない本まで探し出して来て、その本の中身を写し取ってくれる本ということか」

「先生、ご明察です。まさにそれが『降霊本』です。この一冊があれば、読みたい本はもうバッチリです。ただ、誰かが中身を読みだすと、読んだ行は順に消えていきます」

「驚いた。妖怪本の真骨頂だね。でも写メを撮っておけばいいんだろう」

「そうですよ、その手があります」

そんな奇妙な本があるはずはないだろう。しかし、天川さんの創作としてもなかなか面白い話だったので、大いに満足した夜だった。楽しかった。

それから半月ほどして、天川さんからメールが届いた。

――先生、いつもお世話になっています。先日お話していました『降霊本』が手に入りました。まさかと思いましたが、九州の古書店で眠っていました。それで、急なお話で恐縮ですが、お願いがございます。今週末にこの本の指図に従ってわたしが探している本を降ろしてみたいと思っています。が、協力者がわたしの他に三人必要でして、二人は妻と長男で事足りるのですが、もう一人足りません。ここは是非、先生にご協力願えないかとメールした次第です。先生のメモにあったお探しの本はすべてそろいました。ご協力いただけるのなら、お代は結構です。差し上げます。それとの引き換えで協力してほしいと言うのも身勝手ですが、先生もご興味がおありだったようなので、お誘い申し上げています。よろしくご検討ください――

果たして、出向かないわけにはいかなくなった。

天川さんの家は想像以上に広大な敷地面積を持っていた。日本の和風建築の粋を集めたと言ってもいいほど立派なお屋敷だった。古書店は道楽だからやり続けられるのだろうと納得した。

「先生、こちらへ。離れの茶室でやります。本の序文にうるさいことが書かれていまして、御足労をお願いしてしまいました。この廊下の突き当りの部屋でやります。妻と息子はもう中でテーブルを囲んで待っていますが、真っ暗闇なので足元に注意なさってください。今日は息子に取り仕切らせますので、どうかよろしくお願いいたします」

「こちらこそ」

少し顔が強張った。凶悪な妖怪が本をこの世に欲しい本を現出させるには、相当な見返りを要求してくるのではないか。理不尽なことを言ってくるのではないだろうか。たとえば、若い男の子の生き血を飲ませろとか、作家の灰色の頭脳をなめさせろ、などとあれこれ。あらぬ妄想をしてしまう。すると、知らず立ち止まっていた。

「先生、妖怪は出て来ませんから、ご心配なく」

天川さんに見透かされていた。

茶室から廊下に二人が、のそのそと這い出て来た。

「上坂先生、いつも父と母がお世話になっています」

ご長男らしい。礼儀正しくて好感が持てる。

「先生、ご挨拶遅れましたが、先生のお家の近くの古書店でご贔屓《ひいき》になっています。天川の妻です」

「これはどうも、そうでしたか。いつもお世話になっています。そうでしたか、奥様でしたか」

額に玉の汗が浮かぶ。店頭ワゴンのセール中の本しか買っていないので、いっぺんに恥ずかしくなった。

「今日は、お呼び立てしてしまい申し訳ありません。今日は、息子のためにわざわざありがとうございます」

頭の中にハテナマークが立った。

「いや、先生、息子もある本を探していまして」

「御子息の本でしたか。いや、なかなか仲の良い家族で結構ですな。この中ですか、そうか、妖怪が出てこないのなら進んで参加しますよ。僕は怖い話が書けなくて、編集者に愛想をつかされているんです」

余計なことを言いながら、にじり口から入ると、茶室の中は真っ暗だった。

手探りで座卓を見つけ、続いて座椅子があったので、そこに腰かけた。暗闇の中に身を置くと、ぞくりとした。なかなか目が慣れない。

――エロイムエッサイム。天川良一が探し求める本をこの世に降ろしてください。サロイムセッサイム。ではご唱和ください――

僕はなにぶん不意なことだったので、よく聞き取れず、口の中でごにょごにょと言うにとどまった。

――探し求める本の名は、教聞社から来年出版される『東京大学入試過去問題』解答例付きです。どうかお間違いなきようお願いいたします――

えっと思った。

「受験生なので、まだ世に出ていない本ですが欲しいんですよ、試験を受ける前に試験問題と解答を逸早《いち》く手に入れておこうと言う魂胆です」

なるほど、今、この世にない本を降ろしてくれるというのは、そんなこともできるということなのだ。彼にとっては切実な願いだということはよく分かる。僕も神妙に祈ってあげることにした。

もしかすると、ベストセラーを連発している湯川氏は、タイトルを思いついただけで、この『降霊本』にすがっているのではなかろうか。エロイムエッサイム……。

僕も『降霊本』で売れるお話が書けるかも知れない。

書店と古書店

書物の神様

荒居蘭

闇のなかを、男がゆく。

あとに続く神は火を忌むから、道を照らす松明は男が掲げている。露払いならぬ灯り持ちである。

生きていたころ、男はすぐれた語り部であった。

夜の森に潜むもの、いまは亡い長老の霊、ひそやかな星々のささやき。それらは彼の声を借りて皆の前にあらわれた。人々は夜になると決まって男を火のそばに座らせ、ものを語る対価として鹿の肉や木の実を与えたものだが、彼は続きを口にすることなく病で黄泉《よみ》路《じ》を降りた。

ここに、男の死を惜しむ一柱の神がいた。彼の語りの、その果てをどうにかして知りたいと、黄泉神《よもつかみ》に掛け合って男をこの世に連れ戻すことにした。

神は男に言い含めた。

生者の国に辿り着くまで、決してうしろは振り返るまい。振り返れば再び黄泉に戻される。ものの語りの果ても、とこしえに失われよう……。

産道のような狭い坂道を粛々と上っていくと、やがてゆく先に光が射した。

小さいが、たしかな光。

一歩ごとに迫る、生と死の境界面。

しかし新たな語りが降って湧いたか。あるいは気がゆるんだか、それとも光に目がくらんだものか。

男がつい、うしろを振り向くと――。

◆　◆　◆

うしろを振り向くと、平台に並ぶ新刊本が目に入った。

カバーには、ふたりの人物が連れ立って闇をゆく姿が描かれている。知らない作家だ。しかも表紙だけではどんなジャンルの、どんな小説か見当がつかない。だが厚さも手ごろであるし、なんとなく気になるカバーイラストだ。たまには表紙買いも悪くないと、手に取ってレジへと向かった。

男は、書物の神を祀《まつ》る宮司である。

大阪天満宮などは本とゆかりが深く、境内にたたずむ御文庫《おぶんこ》には十万冊もの和書漢籍が奉納されている。ぶじ初摺りにこぎつけたことへの謝意もあるだろう。同時に、大火で版木が失われても再版できるよう、備えの意味合いもあった。

男が祭祀《さいし》するのは、そのような有名どころではない。記紀にも名が見られぬ小さな神であり、ご神体はいつのものとも知れぬ古い木簡である。

社には禁忌が伝わる。

大祭の朝、潔斎沐浴《けっさいもくよく》で心身を清めたのちの、自宅から本宮までの道すがら――決してうしろを振り向いてはならぬというものだ。

なぜ禁忌なのか、わけは縁起にも伝わっていない。しかし神罰はそれは激しいものであるらしい。真偽はさだかでないが、何代か前の宮司がうっかり振り向いてしまい、その場で頓死したとも聞く。

先日執り行ったばかりの大祭で、男はこの禁忌を破ってしまった。まだ夜も明けきらぬ時分、たまたま手洗いに起きた子どもに「お父さん」と呼びかけられ、玄関先でつい振り向いてしまったのだ。

父である先代からは厳しい斎戒を求められているし、祭神への崇敬もある。書物の神を祀る家の者として、幼いころから本に親しんでもきた。田舎道を四十分ほど車で飛ばし、駅前の書店で目についた本を買いこむ程度には、読書を好んでいる。

とはいえ、すんでしまったことは仕方あるまいとも思う。迷信と軽んじるつもりもないが、いまのところバチが当たったわけでも祟りに遭ったわけでもなく、穏やかに過ごすことができている。

レジで財布を開くと、札入れから泣き笑いのような顔がのぞいた。社で頒《わ》けている、祭神の御影である。書物の神ならばもう少し思慮深い顔つきでもよさそうなものだが、眼は何かに期待するように輝いているのに、口元だけがいまにも叫び出しそうなほど歪んでいる。ずいぶん複雑な表情だ。

書店を出ると、男は買ったばかりの本を小脇にカフェに入った。子どもは修学旅行で、帰宅は三日後だ。妻は友人と買い物に出かけ、帰りは夜になるという。それまでコーヒーの甘く苦い香りに包まれて、のんびり読書を楽しむつもりだ。

「ほう。主人公は神職なのか」

まず、自分と似た境遇の登場人物に親近感を覚えた。主人公と謎の襲撃者の息詰まる攻防を描いたホラー作品であるらしい。著者はこれがデビュー作だろうか。ベテラン作家のようなこなれ感はないが、読者を逃がすまいとするかのような、気迫あふれる筆づかいに引き込まれた。

テンポよくページをめくっているうち、真っ黒な端末の画面に不穏な影がよぎるシーンで、カップを口に運ぶ手が思わず止まる。

背後に襲撃者が迫り、うしろを振り向くと――。

うしろを振りむくと、平台に並ぶ新刊本が目に入った。

知らない作家だ。カバーには、ふたりの人物が連れ立って闇をゆく姿が描かれている。なんとなく気になるイラストだが、表紙だけではどんなジャンルの、どんな小説か見当がつかない。ただなぜか、主人公は代々続く神社の宮司であるような……そんな気がして親近感を覚えた。

レジで財布を開くと、自身が祀る書物の神の御影が顔をのぞかせる。

何かへの期待がこもったようなまなざしに、いまにも叫び出しそうな口元。バチが当たったのでも祟りに遭ったのでもないはずなのに、複雑な顔つきのそれと目を合わせてはいけない気がして――男はもう一度、うしろを振り向いた。

書店と古書店

洋古書の呪い

植草昌実

七〇年代のペーパーバック・ホラーを三、四冊抱え、店主手書きの邦題帯で有名な洋古書店を出ると、僕を呼ぶ声がした。

振り向くと、白髪の紳士がいた。矢《や》田《だ》耕《こう》二郎《じろう》先生だ。いつになく沈んだ顔で、普段は塵ひとつないコートの肩に赤茶けた埃《ほこり》が落ちている。古い洋書の、灼けたページの欠片《かけら》のようだ。

「書店《おみせ》に寄ったが、きみはもう上がったと聞いてね。古本屋に寄り道しているだろうと読んだが、正解だったな。コーヒーでも飲まないか。頼みがあるんだ」

二十世紀も末、好況の波に乗ろうと懸命な友人たちを見て、僕は就職への意欲をなくし、そのまま大学を卒業した。今は神田神保町の洋書店でアルバイトをしながら、雑誌に短編小説や記事を翻訳をして、わずかながら原稿料を貰いはじめてもいた。矢田先生は僕の翻訳の師で、店のお得意様でもあるのだが、それだけではない。矢田耕二郎といえば、海外ホラー翻訳の名手にして、アンソロジストなのだ。

すずらん通りにあるお気に入りの喫茶店まで歩くあいだ、先生はなぜかときどき立ち止まっては、振り向いたりあたりを見まわしたりした。僕はその視線を追ってみたが、夕暮れの通りに目につくものはなかった。

本にちなんだ名の喫茶店に入ると、先生はコートを脱ぎ、肩の埃に気づいて、苛立たしげに払った。席に着くと、僕が買ったペーパーバックを遠慮なく手に取っては眺めていたが、マスターがコーヒーを置いてカウンターに戻ると、声を絞って切り出した。

「読むと死ぬ小説を知っているかい」

ぼくは噴き出しそうになるのを堪えた。夏に読んだ、新人作家のホラー小説を思い出したからだ。怨念がビデオテープに録画され、それを見たら一週間後に死ぬ、という話だった。

「なかなか興味を惹く宣伝文句《コピー》だろう」

「むしろ、人騒がせだと叩かれそうですね」

「そうかな」先生は鞄から一冊の本を取り出した。文庫くらい大きさの、黒い表紙の薄いハードカバーだ。

「これだよ」

こんな前振りをされては、どうも手に取りづらい。そんな僕の様子を先生が面白がっているのがちょっと気に障り、無造作に開いた。赤茶けたタイトルページには「*The Mortal A Novella*《ノヴェラ》 *by Hans H.*」とだけ文字が並んでいる。中編小説とはいっても、実のところは長めの短編だろう。

「題は『死すべきもの』より『死者』と訳したほうがよさそうな話だ。最後のページを見てみたまえ」

最後のページは飾りたてた手書きの文字で埋まっていた。「ドイツ語ですか」僕は大学で第二外国語に選択したが、得意ではない。

先生が言った。「こう書いてあるんだ。『此の物語は我が呪いなり。読まば〈獣の数字〉の総和たる十八日の後《のち》に死すべし』ご丁寧に『6+6+6=18』とまで書いてくれている。『死を免《まぬか》るるには他の者に此の物語を読ませよ。ＨＨ記す』読めば死ぬ小説の所以《ゆえん》さ」

「怖がらせて人目を惹くつもりだったのかな。これ、先生はお読みになったんですか」

「もちろん」先生はこの本のことと、物語のあらすじを話してくれた。「これを載せたがっている雑誌があるんだ。訳してみないか」

「十八日後に死すべし、ですか。訳し終える前に死ぬかもしれませんね」

「真に受けることはないさ」先生は声高に笑った。

「自分でできればいいんだが、締切の近い仕事があってね。支払いは原稿と引き換えでどうだろう」

小畠健一《おばたけんいち》という担当編集者の名刺を渡され、雑誌のタイトルを見て納得した。『ナスカ』はＵＦＯや心霊現象や、超古代文明の記事をぎっしり詰め込んだ、中高生に人気の月刊誌だ。「読んだら死ぬ」という触れ込みの小説には、たしかに似合うことだろう。編集部は洋書店からほど近い、古いビルの一室にある。

「本は原稿と一緒に小畠君に渡してくれればいい」と先生は言った。会計を済ませて店を出ると、矢田先生は、足早に地下鉄の駅に向かって歩いていった。立ち止まりも、あたりを見まわしもせずに。

アパートに帰ると、僕は『死者』に目を通しながら、矢田先生から聞いた話を思い返していた。英語の本だが、活字の字体から今世紀初頭、おそらく一九一〇年代前半に、ドイツで製作されたと思われる。たしかに著者の名前、ハンス・Ｈもドイツ風だ。何者かはわからないが、エドガー・アラン・ポーに心酔していたようで、要素を拝借しているばかりか、文体も模倣している。もっとも、イギリス人のベックフォードがフランス語で『ヴァテック』を書いたように、外国語での創作はさほど珍しいものでもないだろう。

催眠術師Ｔ博士が瀕死のＷ氏に暗示をかけ、死んでしまったあとも生かしておく、という設定は『ヴァルドマール氏の死の真相』そのままだし、結末は『早すぎる埋葬』か。私家版で見逃されたのか、おおらかな時代だったのか。Ｔ博士が死んだＷ氏を意のままに操り、殺人を重ねる、という筋は映画の『カリガリ博士』に似ているが、この本の方が古そうだ。

卒業論文をポーで書いていたからか、僕はこの『死者』を結構楽しく読んだ。Ｔ博士が飼っている鴉が「Nevermore.」と鳴くくだりには笑ったが、文体模写もさまになっている。Ｗ氏がナイフを手に娼婦を襲う場面は、切り裂きジャック事件を下敷きにしているようだ。ポーとフランスの残酷劇グラン・ギニョルを折衷したような、いかにも趣味的な創作で、呪いめいた後書はやはり不似合いだ。

それにしても、ぼくも読んだ以上、二週間と四日たったら死ぬのだろうか。いや、怖いのは締切のほうだ――などと考えて、その夜はなかなか寝付けなかった。

翌朝、玄関の前に赤茶けた埃が落ちているのに気づき、掃除をしてから出勤した。昼休みに少し翻訳を進めようと、鞄には『死者』とポケット版の英和辞典、もちろん原稿用紙も入れてある。

　勤め先は洋書の輸入会社が直営している、小さな書店だ。すぐそばの大手書店にも洋書売場があるが、そちらにはない本を置いていたり、こちらのほうが新刊の入荷が早かったりするので、固定客がついている。一階は雑誌とペーパーバックと日本関連書、二階には絵本とコミックブックを置いていた。

　昼すぎ、質の悪い紙の、古びて茶色に灼けた細片のようなものが、店の入口から吹き込んできた。お客がいないのを良いことに掃除をしていると、二階担当の水野《みずの》テアが出勤してきた。

「変な埃ね」と、テアが言った。「お祖父《オーパ》ちゃんの本棚にたまってたのみたい」

　テアは大学生で、当初は夏休みの子供向けイベントの短期要員としてこの書店に来た。父親はドイツ人、ミドルスクール卒業までボストン在住で、今は母親の実家から通学している。日独英のトライリンガルなうえ、接客がフレンドリーなのが店長に気に入られ、彼女も書店の仕事が性に合い、店が大学から近いこともあって、アルバイトは長期に変わった。

　あの本を持ってきたのは、テアに手書きのページを読んでほしかったからでもある。ドイツ語が不得手な僕を、矢田先生がからかったのではないか、確かめたかったのだ。それに、自分には霊感があると、たまに冗談めかして言う彼女なら、何か気づくかもしれない。

「この物語は我が呪い……」テアは矢田先生とほぼ同じ訳を口にしてから、こう言った。「ティーンエイジャーが書いたみたい。こんな気持ちになったこと、なかった？　まわりの誰もが敵に見えたときとか、失恋したときとか。このハンス・H《ハー》って人、これを書いたときは文学好きな高校生だったのかも。今だったら、黒ずくめの格好でゴシック・ロックを聞いていそう」

「たとえば、バウハウスとか？」僕は「ベラ・ルゴシ《Bela Lugosi's》は死んだ《Dead》」と口ずさんでみた。テアは笑い、「Un-dead」のリフレインで声を合わせた。

「その本、借りてもいい？　休憩のあいだに読み終えるから」テアが言った。

「読んだら十八日後に死ぬかも」

「大丈夫、それだけ時間があれば、打つ手は考えられる」僕が返事をする前に、彼女は本を手に事務室に入っていった。

勤務時間が終わった。テアに『死者』を貸していたので翻訳はできなかった。あの後書どおりなら、僕が助かってもテアが十八日後に死ぬことになる。真に受けることはない、と不安を抑え込んだ。彼女も「打つ手は考えられる」と言っていたし。

帰宅後の翻訳は結構はかどった。日付が変わる頃、疲れた目をふと窓に向けると、外に立ち止まった人の影がガラス越しにぼんやり見えた。カーテンを閉め、机に戻ってから気づいた。ここは二階だ。おそるおそるカーテンを開いてみたが、もちろん誰もいなかった。

翌朝、外に出ると、アパートの通路にも、僕の部屋の窓の下あたりの路地にも、あの赤っぽい埃が散らばっていた。

休み時間にも翻訳を進めようと思いつつ出勤したが、駅にも車内にも、埃がついてきた。さらに、誰かにつきまとわれているような気がしてならなかった。駅から出ても、洋書店に着くまで立ち止まっては何度も振り返り、あたりを見まわした。だが、目にとまるものはなかった。

洋書店に着いてようやく安心した。赤い埃は目につかなかった。開店の準備をしていると、今日は早番のテアが声をかけてきた。「翻訳は進んでる?」

「まずまずだね」僕は答えた。「あの小説、どう?」

「まちがいなくポー・マニアの創作ね。最初に思ったとおり、ごく若い人が書いたのでしょう。でも、人を殺す呪いがかけられるような人とは思えない。本気だったら、呪いも英語で書いて、印刷しただろうし」

たしかに、そのとおりだ。

昼前にテアが休憩に出たあと、一人で店番をしていると、店の前に若い男が立っているのがガラスのドア越しに見えた。古風な形の赤褐色のスーツを着ていたので、セピア色の古い写真のように見えた。服は上下とも擦り切れ、毳《けば》だっているようだった。顔つきからすると、ヨーロッパのどこかから来た人のようだ。旅行者にはよく道を訊かれる。僕は外に出た。

誰もいなかった。通りを見渡しても、古ぼけたスーツの白人青年は見えない。だが、彼がさっきまで立っていたところには、あの赤い埃が積もっていた。

テアと交代して、昼休みに出た。靖国通りを渡って、しばしの行列のあと天丼の中盛りをかっこむと、妙な男のことは忘れていた。

店に戻り、テアに声をかけた。

「お疲れさま。忙しかった?」

「忙しくはなかった」彼女は言った。「でも、幽霊《ゲシュペンスト》が来た」

「ゲシュペンスト? 知り合い?」

「知らない幽霊。古ぼけた赤茶色の服の、若い男。顔つきからするとドイツ人かもしれないから、知らなくてもつながりはあるかも」

しばらく声が出せなかった。

「……きみも見たのか」

「もしかして、あれがハンス・H?」


閉店後、僕とテアは作戦会議を開いた。洋書店の裏手の路地、タンゴの流れる喫茶店で、ビールとジャンバラヤを前に。

「十八日の呪いは、いちおう気をつけておく、というくらいでいいと思う。まだ日数はあるし、あの幽霊がハンス・Hだとしたら、やっぱり人を呪いそうには見えなかったし」テアが言った。

「あいつがハンス・Hである確証は?」僕は訊ねた。

テアは郵便局の切手袋を取り出した。「本と比べてみて」

袋の中身はあの埃だった。埃というよりは古い紙の細かい断片で、『死者』のページと見比べると、灼けた色がそっくりだった。

「確証とするには弱い、せいぜい状況証拠だけれど、幽霊が理由もなく現れはしないでしょう。それに、この埃が出てきたのは、あなたがこの本を店に持ってきた日からだった」

確かに。僕のアパートでもそうだった。

「翻訳の締切はいつ? まだ時間はありそうだけど、早く上げれば次にどうするか考える余裕ができる。どこまで訳したの?」

僕は原稿を見せてから、『死者』を開いてページを指さした。「ここまでだよ」

「後半はわたしに訳させて。下訳でいい。そうすれば作業時間は短くできる」

いい考えだ。「この本のコピーを取ろう」

「黙っててごめんね。昨日、借りてるあいだにお店のコピー機で取らせてもらった」

「かまわないさ」

「原稿料は五分五分《フィフティフィフティ》にしてね」

さすがに、しっかりしている。「もちろん。共訳者だからな」
袋の中の埃に目を落としたとき、本を僕に渡したあとの矢田先生の様子が、ふと思い浮かんだ。

それからは、仕事が上がるとすぐ帰って翻訳に取り組んだ。赤茶けた影が、駅の離れたところからそっとうかがっていたり、アパートの通路の先に立っていたりするのに気づくと、そのたび原稿の催促だと思った。散らばったり積もったりしている古い紙の欠片を掃除するのも日課になった。そうとでも思っていなければ、怖いばかりで翻訳が進まない。

幽霊はテアのまわりには現れていないようだった。彼女が後半の翻訳を上げるのは、僕が前半を訳し終えるよりも早かった。幽霊につきまとわれていないぶん、集中できたのだろう。原稿用紙でなく大学ノートに書いてあるのは、そのほうが慣れているからだそうだ。

前半をワードプロセッサで清書し、プリントアウトを見ながらテアが訳した後半を入力した。彼女の翻訳は確かで、下訳あつかいにはしたくないほどだった。彼女が国文科で、卒業論文は森鷗外の『諸国物語』にするつもりだ、と言っていたのを思い出した。文章を前半と合わせる手間も、さほどかからなかった。

全文をプリントアウトし、文書データを記録したフロッピーディスクと、原書と共に封筒に入れた。

翌日の昼過ぎ、出勤してきたテアと交代して休憩に出ると、『ナスカ』編集部の小畠さんを古ぼけたビルに尋ねた。矢田先生に言われた締切よりも早かった。

風貌も服装もこざっぱりした小畠さんは、にこやかに僕を迎えてくれた。封筒を受け取り、原稿にざっと目を通すと、原稿料を渡してくれた。

洋書店に戻り、テアに原稿料の半分を渡してから、矢田先生に電話をした。留守番電話になっていたので、原稿を小畠さんに渡した、とメッセージを入れておいた。先生が出たら、幽霊を見たか聞きたかったのだが。

その夜は、幽霊も埃も見なかった。

翌日の最初のお客は矢田先生だった。

「お疲れさま。締切より早く貰えたと、小畠君から聞いたよ。ところで、今日は謝りにきたんだ」

僕は言った。「幽霊のことですか」

「やっぱり、きみのところにも出たか。あの本は、南澤書店の古書部でたまたま見つけたんだが、このあいだまで持っていたことを忘れていた。思い出して読んでみたら、白人少年の幽霊がつきまといだしてね。本を手離せば出なくなるかと思ったが、人にあげるわけにもいかないし、捨てて怨まれたら余計にまずいし。貸したらどうなるかとひらめいて、雑誌の話を急いで取りまとめたんだ。きみには悪いことをしたな……」

　二階から下りてきたテアが、店の外を見て言った。

「幽霊が来たみたい」

　入口に目を向けると、小畠さんがいた。無精髭の伸びた顔は青ざめ、着ているものはすっかりくたびれて、昨日のこざっぱりした印象はない。手には黒い表紙の『死者』を握りしめていた。すぐ後ろに、連れ立って来たかのように、赤茶けた影が立っていた。

「……ゆうべ残業していたら、こいつが編集室に入ってきて……もう終電も出たあとだから……この本と原稿を持って別の部屋に行ったら、ついてくるんです……ただ立ってるだけで……何もしないけれど……」

「次はそっちか」矢田先生が言った。

　小畠さんが泣きだしそうな顔で店に入ると、幽霊もあとからついてきた。スーツの裾や袖から、赤茶けた埃がパラパラと落ちた。これだけ近くで見るのは初めてだ。線の細い容貌は、テアが想像したように、十代の少年に見えた。「結局こいつ、昨夜《ゆうべ》からずっと一緒にいるんです……これ、あと十七日も続くんですか……私、死ぬんですか？」

「静かにして」テアが言った。小畠さんは何か言い返そうとしたが、彼女の顔を見て黙りこんだ。

　幽霊が何か言おうとしていた。唇が動き、かすかな声がした。

「……僕ノ《マイン》、小説《ロマン》……」これくらいのドイツ語なら僕にもわかる。

「ハンス！」テアが呼びかけた。幽霊が目を向けると、彼女はドイツ語で話しはじめた。今度は言葉数が多くて、聞き取れない。

　ハンスはかすかな笑みを浮かべた。テアはさらに話しかけた。最後の一言だけわかった。英語だったからだ。「ネヴァーモア」

　テアが言い終えると、ハンスはうなずいた。その姿が薄らぎ、消えた。あとには赤茶けた埃の小さな山が残ったが、それも水たまりが日差しに乾いていくように、消えていった。

「彼に何と言ったんだ？」僕は尋ねた。

テアは笑みを浮かべた。「やっぱり彼、ハンスだった。こう言ったの。『あなたの小説はすばらしい。わたしたちは日本語に翻訳し、雑誌に載せて多くの読者に読んでもらえるように準備している』って」

「最後の『ネヴァーモア』は？」

「自分のいるべき世界に帰りなさい、もうこっちにいることはない、って言ったあとで、彼の好きなポーの引用で一押ししてみた」

　小畠さんが床にへたり込んだ。その手から矢田先生が『死者』を取った。僕は事務室から椅子を持ってきて、小畠さんを座らせた。

「先に気づけばよかったな。小説を書いたくらいだから、英語でも通じただろう」矢田先生が言った。「でも、それどころじゃなかったんだ。怖くてね。手書きの呪いも気にかかっていたし」

「まったく、死ぬかと思いましたよ」小畠さんがか細い声で言った。

　翌月、小畠さんが発売日より早く『ナスカ』の最新号を二冊、洋書店に届けてくれた。ハンスの小説は袋とじになっていた。「週刊誌のヌードグラビアみたい」

とテアが呟いた。

　袋とじの表紙には最終ページの写真が大きく載り、タイトルの『死者』、著者名の「ハンス・H」と共に、訳者として僕とテアの名前が並んでいた。写真の下には呪いの言葉の日本語訳が小さい文字で入り、最後に（訳・水野テア）と表示してある。タイトルの前に、こんな文章が載せてあった。

〈八十年前、エドガー・アラン・ポーを愛したドイツの若き詩人が、己《おの》が不遇に世を恨み、読者に呪いをかけた禁断の小説を発掘！　読後十八日で死を迎える？　読む勇気のある方だけ開封してください〉

「際物扱いね」テアが言った。

「そういう雑誌だからなあ」と、僕。

「でも、ハンスが可哀想じゃない？」

　ふと閃《ひらめ》いた。『死者』を中心にした、ポーのトリビュート・アンソロジーの企画を、出版社に持ちこんでみよう。ロバート・ブロックやマンリー・ウェイド・ウェルマンと一緒なら、ハンスも淋しくはないだろう。

「いい手がある」僕は言った。矢田先生も借りを早く返したいはずだ。

書店と古書店

本を買わせろ

木犀あこ

二泊三日の出張だというのに、本を鞄《かばん》に入れるのを忘れていた。

だいいち、急に話を振ってくる上司が悪いのだ――東京駅近郊のホテルはどこも満室で、航空券など早割でなければ買える代物ではない。なんとか提示された予算内で新幹線のチケットと郊外の宿を押さえたのが、昨日の夕方。そのうえ放っておけない仕事が立て込んでいて、会社を出たのはもう日付が変わろうという時刻であった。帰宅して慌ただしく荷造りをしたものだから、読みかけの本を放り込んでくるのを忘れたというわけだ。

今、私は新神戸駅にむけて車を走らせている。本を忘れたことに気がついたのが、ほんの十分前のこと。取りに戻る時間はない。今朝は起きたときから重い頭痛がしていて、家を出る時間がぎりぎりになってしまったのだ。自分の段取りの悪さに苛立ちを覚えながら、信号を待つ。家に置いてきた、読みかけの本のことばかりが頭に浮かぶ。

駅前の駐車場に車をすべりこませながら、私は考えた。売店に立ち寄る時間くらいはあるだろう。土産《みやげ》を置いている店の一角で、本を売っていたはずだ。読みかけのものを中断することになるが、仕方がない。とにかく一冊でも本を確保して、それを旅の供としようじゃないか。

　キャリーケースとビジネスバッグを抱え、足早に駅構内の売店へと入る。腹は減っていない。口を潤《うるお》す程度の飲み物と、本さえあれば不足はないのだ。ドリンクの棚から適当に水を取り、狭い通路を抜けて本のある一角を目指す。今日はやけに人が多い。行楽と移動のシーズンだからなのか？　スーツの集団やら家族連れやら、ごちゃごちゃと――。

　ごった返す店内。人と人の隙間を縫うようにして歩きながら、私は冷たい汗をかく。

　……ない？

　焦りを覚えた。人が多くて見通しが悪いが、棚のレイアウトが変わっていることくらいはすぐにわかる。以前は本を置いていたコーナーに、キャラクターのコラボ商品らしいものが展開されているのだ。ほかの棚にも衛生用品が置かれているだけで、本はおろか新聞雑誌のたぐいさえ置いてある様子がなかった。

　本のコーナーはどこへ行ったんだ？　振り返るが、店の隅までは見通すことができない。立ち止まる私に、高齢の男が舌打ちをしてすれ違っていく。

　どうする――もう一度店内を回ってみるか。迷うが、選択の余地はない。発車まであと五分。手に持ったペットボトルを、とにかく元の棚へ戻した。逡巡する足を引き剝がすようにして踏みだし、私は改札へと向かう。切符を通し、ホームへの階段を駆け上がる。登り切ると同時に車両が到着し、キャリーケースを引いた海外の観光客らがホームへと降りたってきた。間に合った。いや、間に合ってはいない。まだ読むべき本を確保できていないのだ。引き返し、いっそ三宮に寄ってから後発の便に乗るか。ぐらつく心を抑え、車内へ乗り込む。

　二時間四十五分、何も読む本がないなんて！　駅も駅だ。旅の玄関口なのだから、本の一冊くらい置いておけばいいものを――。

　目の前の車両に飛び乗ってしまったので、私は指定席をおさえた十三号車へ移動する。たっぷり六両分は歩かなければいけない。揺れにふらつきながら通路を進み、乗客たちの顔を見るともなく見て回る。みんな――スマートフォンだな。寝ているか、スマートフォンを触っているかだ。たまにパソコンを開けている人がいるくらいか。今の私にとっては、目の毒にならなくていい光景なのかもしれない。通路側で本を読んでいる乗客がいれば、すれ違いざまにその本を奪い取っていたであろうから。

ようやくのことで十三号車にたどり着き、自分の席を見つける。二列席の窓側には客が座っていた。黒いダウンジャケットを着て、腕を組んでいる男。男は私の気配に気づいて目を開け、軽く会釈をした。礼を返してキャリーケースを荷物棚に乗せる。席に腰をおろし、ビジネスバッグを足下に置く。ふう、と息が漏れた。昨日は四時間しか寝ていないんだ。着いたらすぐに移動しなければ、約束の時間に遅れてしまう。よし、今のうちに寝よう。眠りさえすれば、あとはゆっくりと——。

本。

だめだ。

読みかけの、本。

だめだ。

道中で読むための、本——。

だめだ。

眠れない。

目を開け、腕の時計を確かめる。席に座って一分しか経っていない。車両の移動に時間を使ったような気もしたが、次の新大阪までまだ十五分はかかるだろう。くそ、多少自腹を切ってでも、空路にすればよかったか。機内には読むものがおいてある。紫綬褒章を受けた大御所が書いているエッセイが載っていたりして、意外に退屈しないものなのだ。このさい活字であればなんでもいい。いや小説、最低でもエッセイ、新書、めったに読まないが実用書でもいい。とにかく文字が書いてあって、なんらかの情報を私に伝えてくれるものであれば、なんでもいい。

こうなると、身の回りのあらゆる文字が気になりはじめる。座席のテーブルに書いてある注意事項。バッグのロゴ。電光掲示板を流れるニュース。確かに文字だ、情報だ。だが、違う。私は文字が読みたいんじゃない。本だ、本。神か悪魔か魔神か知らないが、私の運命を決めている存在よ、聞いてくれ。紙が綴じてあって、文字が書かれていて、それが意味をなしていて、そういうのが本だ。この手元に本が欲しいんだ。読みたいんだよ。この閉鎖された空間、みだりに歩き回れもしないこの走る檻の中で、二時間四十五分。私はほんとうに、こういう場で読むものがないことに耐えられないんだ。一冊でいい、短くていい。たとえ二百ページに満たない文庫だって、それを繰り返し読みながら時間を潰すから。いいか？　神だか悪魔だか魔神だかの存在よ、頼む。本だぞ、本。哀れなる私のこの手元に、一冊の本をもたらしたまえ。

目を閉じて、深呼吸をする。念じながら目を開け、手元に視線を落とす。

何もない。鞄があるだけ。舌打ちをして、自分の馬鹿らしさを呪った。隣の男が横目でこちらを見たので、軽く会釈をする。いや、あなたに腹を立てているんじゃない。あまりにも自分が滑稽で、むかついているだけなんだ。

万が一、と思って、ビジネスバッグの中を探ってみた。書類ケースを引っ張り出し、その中も探してみる。ない、か。いや、ひょっとしたら？　立ち上がり、キャリーケースを棚から下ろす。隣の男の足に当たらないように注意しながら、ファスナーを開けた。手をねじ込み、中をあさる。……ない。シャツの替えと靴下の替えを引っかき回しただけだ。

アナウンスが響き、車両のスピードが落ちる気配がする。（次は、新大阪。新大阪）。大阪、梅田か。（お出口は向かって右です）。大型書店もある。二、三十分もあれば本屋へと寄って、駅のホームに戻ってこられるはずだ。（車両と歩く場所の間が大きく開いているところがありますので、お気をつけください……）。東京行きなら本数も多い。一本遅らせても間に合うか？　いや。

逡巡しているうちに、乗客がぞろぞろと乗り込んでくる。蛍光色のジャケットを着た集団が、大きな荷物を抱えて席番号を確かめていた。なんだ？　マラソン大会でもあるのだろうか。乗客は海外の人間が多い。というより、私と隣の男以外、みな海外の人間であるような気がしてきた。乗り慣れた車両なのに、どことなく疎外感を覚える。それもこれも読む本がないせいだ。本さえあれば、細かいことなど気にせずにいられるってのに！

「――多いですね、人」

声に振り返れば、隣の男がこちらを見上げていた。やけに赤い目と赤い鼻をしたやつだ。キャリーケースを棚に戻してから、私は微笑を返した。

「ええ……春だからですかね」

「聞きましたか？　車内のアナウンス、変わったんですね」

「アナウンス？　ああ、そうでしたか。すみません、捜し物をしていたせいで、ろくに聞いていなくて」

言い回しが変わったかな、程度には思っていた。何事も過剰な親切が求められる時代だ。以前の文言にクレームでも入ったのであろう。

「どちらまでですか」

席に着く私に、男はなおも話しかけてくる。

「東京です」

「お仕事で？」

「ええ。まあ……」

気もそぞろであることが伝わったのか。私の曖昧な返事に、男はそれ以上のことを聞こうとはしなかった。走行音だけが響く。次は京都。まだ関西を出てすらいない。

「本を忘れましてね」

独り言のような私の声に、男が視線を投げてくる。飛ぶ景色を男の顔越しに見ながら、私は自嘲めいて続けた。

「二泊三日の出張だというのに、読む本を忘れていたんですよ。駅でも買いそびれましてね。電子書籍を使えばいいのでしょうが、何せ目が悪いし、古い人間なもので。紙の本でないといけないんです」

「そう、ですか」

要領を得ない返事だ。まあいい。壁に話しかけているのだと思って、愚痴る。

「東京に着けば、いくらでも買えるでしょうがね。この時間が耐えられないんですよ。本がなければ、手持ち無沙汰すぎる。とにかく読むものが欲しいんです」

私の話が終わらないうちに、男は再び目を閉じてしまった。そっちから話しかけておいて、妙な人間だ。

腕を組み、こちらも目を閉じる。眠気よ来いと呼んでみる。来るはずがない。何度も何度も読み返した本の文言を、はじめの一行からたどってみることにした――違う、違う。読みたいんだよ。物語を反芻すればいいってもんじゃない。私はとにかく、読みたいんだよ、本が！

時間は進まない。石のように進まない。〈次は京都、京都〉というアナウンスを聞いて、発狂しそうになった。出発して、まだ二十分？　三十分か？　のぞみとはいえ、まだ名古屋、横浜、品川と駅を経由しなければいけない。特に名古屋を出てから関東圏に着くまでの、あの地獄のような時間といったら。本が一冊ありさえすれば、こんな大げさなことにはならないってのに。

　未練がましく鞄をあさってみる。京都から乗り込んできた乗客たちが、ぞろぞろと傍らの通路を歩いていく。こちらの客もまた、そろって蛍光色のジャケットを身につけていた。やはり関西で大規模なマラソン大会でも開催されているのか。静かになった車内で、無機質な声のアナウンスが流れていた。（置き引き、スリ、暴力、ご注意ください）。やはり時流を受けて、車内アナウンスが一新されたらしい。物騒な時代になったもんだな。

　頭痛がひどくなってきた。背もたれに身を預けたまま、うっすらと目を開ける。通路を進んでくる、何やら四角いかたまり。ん？　身を起こす。瞼《まぶた》をこすってから、もう一度目をこらす。

「コーヒー、紅茶、お飲み物、お召し物。いかがですか」

　やはり、間違いない。車内販売だ。東海道新幹線では廃止されたのではなかったか？　いや、グリーン車には残っているのだったか。それに、文言が変わっている。売るもののラインナップを多少変えて、再開したということなのかもしれない。

「コーヒー、紅茶、お飲み物、お召し物。いかがですか」

　前の座席の乗客たちは誰も手を上げない。ゆっくりと進んでくるワゴンを、私は一秒千秋の思いで待った。もしかしたら、雑誌や新聞のたぐいも売っているかもしれない。この際雑誌でもいいんだ。エッセイくらいは載っているであろうから。新聞でもいい。連載小説のひとつやふたつあるだろうから。ワゴンが近づいてくる。自分の座席の横に車輪がさしかかったところで、すかさず手を上げる。

「すみません」

　私のうわずった声に、販売員は笑顔で応えてくれた。飲み物のメニューを差し出してくる。

「ああ、いや、コーヒーじゃないんです。本か、雑誌はありますか。週刊誌でもなんでも、あればいいのですが」

「ざっし、でございますか」

「はい。ありませんか?」

「あいにく、お取り扱いをしておりません」

「じゃあ、新聞はどうですか。何でもかまいませんので」

「あいにく、お取り扱いをしておりません。コーヒー、紅茶、お飲み物はいかがですか」

「そんな――いや……いいです。飲み物は、いりません。呼び止めておいて申し訳ないですが」

販売員は軽く頭を下げ、また同じ文言を繰り返しながら去って行った。その後ろ姿を見送り、私は絶望的な思いで膝に手をついた。名古屋……名古屋まで、耐えよう。駅に着けば、乗客の乗り降りのために数分は停止しているはずだ。

真っ先に下りてホームへ出る。キオスクを見つけて、そこで本を買うんだ。そうだ。それしかない。そうとなれば、出口で待っておくんだ。

立ち上がり、席から近いデッキへと向かう。ドアの近くの壁に身を預け、あとはひたすら耐えた。窓の外の景色を見ながら、とにかく名古屋が近づいてくるのを待った。本、本。何でもいい。目に入ったものを買うんだ。トイレに立つ乗客たちが、私にいぶかしげな視線を投げていく。どいつもこいつも、蛍光色のジャケットを着やがって。飛びすさぶ景色に見える駅の名前は読めない。

待てど暮らせど、名古屋に着く気がしない。いや、そんなはずはないだろう。京都を出てから名古屋までは三十分ほどかかる。時間の進みが遅いだけだ。遅く感じるだけだ。とにかく、待て。駅に着いてからの動きをシミュレートしながら、とにかく、待つんだ。

(この列車は、のぞみ号、東京行きです)

無機質な車内アナウンスが響く。私は、以前のアナウンスのほうが好きだった。

(次は、東京。東京に停まります)

今。

今、なんと言った?

目をかっ開き、あたりを見回す。自分の席がある車両に入る。電光掲示板に流れる、「次は東京」の文字。待て。違う。そんなはずはない。腕の時計を確かめた。京都を出てから、ほんの二十分しか経っていない。私が気を失っていたわけでも、夢を見ていたわけでもない。なのに――この列車は――。

ふらつく足を支えながら、なんとか自分の席へと戻った。赤い目をした隣の男が、座る私の姿をじっと見守っている。背を丸め、頭を抱え、私はぽつりと言葉を漏らした。

「私、知らなかったんです」

文字通り、蚊の鳴くような声しか出なかった。

「京都から東京に行く、直通の便が――出ていたんですね」

東京に着くまで、あと二時間近く。

手元に本はない。どうあがいても、読むべき本はここに存在していないのだ。


(――東京。東京。お出口は両側です。お忘れ物などございませんよう、今一度……)

ドアが開くやいなや、私は転がるようにしてホームへと飛び出していた。

ビジネスバッグを肩に下げ、キャリーを体に密着させるようにして引く。小走りで人の波を縫い、頭の中で東京駅の構内図を描きながら階段を駆け下りた。

あの場所と、あの場所。それに、あの場所。とにかく、どこでもいい。はじめに見つけた本屋に飛び込んで、手につかんだ本を買うのだ。時間がない。けれど、買わねばならない。立ち止まらずに買うのだ。中身もタイトルも見ずに買うのだ。本、本、本。とにかく本を買うのだ。それだけを考えて構内を歩く。蛍光色の波にすら見える人混みを縫って、ひたすら歩く。ここ、ここだ。この角を曲がれば、あるはずなんだ。キャリーケースの音を響かせながら、歩く、角を曲がる。強いにおいが鼻をついて――。

見えてきたのは、ボディーソープやバスボムのたぐいを売る店だった。

「そんなはずは」

言っている暇はない。移動したのか、撤退したのかはわからないが、とにかく他の本屋を探さねば。あの角。ない。こちらの通路。ない。この改札の前。ない。ない、ない。どこにも、どこにもない。売店の一角。ない。土産屋の片隅。ない。嘘だ、嘘をつけ！　東京駅だぞ!?　一件も本屋がないなど、あってたまるものか。ほんの二ヶ月前に来たときには、あっちにもこっちにも、そこやかしことは言わないまでも、何件も店があったじゃないか。

なのにどこを見渡しても、ない、ない、ない。ごちゃごちゃ、うねうねと行き交う人間たちは、足を止めもしない。誰も――誰も、この光景になんの疑問も感じていないかのように。行き交う人間はみな他人で、うっすらと敵だ。声をかけられるわけがない。私はほとんど開くことのないスマートフォンをバッグから取り出し、不器用な操作でインターネットのブラウザを開いた。ぽちぽちと文字を打つ。とうきょうえき……ほんや。ええい、予測変換というものはないのか、この機種には。本、と屋、一文字ずつ漢字を打ち、検索をかける。わずかな間があって、簡素なページが表示される。

東京駅　本屋　の検索結果はありません

喉が、詰まる感じがした。

……東京。本屋。検索。

東京　本屋　の検索結果はありません

雑踏の音が消えた。

巨大な駅の片隅、誰も気にとめないような壁に身を寄せて、私は縮こまっていた。恐怖に、さみしさに、ボロボロと涙をこぼしていた。次第に頭がクリアになり、浮ついてた意識が縫い止められる心地がする。そうだ――妙だったのは、私のほうだったんだ。はじめから、私は、いったい何を探していたんだろう。本を……そう、ホンと呼ばれるものを、読むべきものを、ずっと探していたんだ。長い道中、本がなければ地獄のような時間を過ごさなければいけないから。それに、耐えてきた。亀の歩みほどにも進まない時間を呪いながら、なんとか東京までたどり着いた。東京に着けば、東京に来さえすれば、本屋があると思って。

けれど、ない。どこを探しても、そんなものはない。それでは、私は――はじめから、何を探していたというのだろうか？

顔を上げる。新幹線で隣に座っていたあの男が、哀れみを込めた目で私を見ていた。

「大丈夫ですよ。あなたや世界が、おかしくなったわけじゃないから」

妙にさえきった頭で、私はとりとめもないことを考えていた。並行世界。わずかに違う現実。移動してしまえば「この世界」が現実となる。過去も未来も一瞬のうちに代わり……忘れる、という概念すらない。はじめは違和感を覚えても、すぐになじんでしまう――。

「ここはそういう世界、あなたが探すものがない世界であるというだけです。移り変わったんですよ、そういうふうにね」

　嫌だ、と叫びそうになったが、その衝動もすぐに消え去ってしまった。本、本、本。ホンという響きだけがかろうじて、私の頭の中に残っている。なければ退屈で、ただでさえ灰色の人生が地獄になってしまうもの。それを探していたはずなのに……忘れている。というよりは、はじめからなかったことになっている。あの渇望も、苛立ちも、それゆえに生まれる希望も、すべて。

　ふらり、と私は足を踏み出した。黒いジャケットの男が、こちらを見つめている気配がした。

「本というものがね、あったんですよ。私が元いた世界になのか、過去の世界になのか、それはわかりませんが」

　行き交う人々は、みな一様に蛍光色の服を着ている。私と男だけが、夜のように真っ黒な衣服をまとっていた。

「面白かったんですよ、それはもう。私ごときがいうまでもなく。あちこちに本屋というものがあって、旅に出るときは……いつも一冊は、本を――持って――」

　見知った場所、見知った文字の看板に導かれるようにして、私は歩き始めた。どこに行くべきかはわかっている。仕事の約束のことも覚えているし、今夜の宿がどこかもわかる。自分の外見に変化はなく、記憶に大きな改変が起きているようにも思えなかった。それでいい……妙な安堵がある。本屋が消えたわけじゃない。私が違う世界に移り変わっただけだ。また違う世界には変わらずに本があって、今日も誰かが本を買っている。本屋がそこかしこにある世界が……どこかには存在している――。

　私はこれまでと変わらず、ただ生きていくしかないのだ。服と書類とスマートフォンだけが入った荷物を抱えて、ひたすらに歩く。

　この地獄のように退屈な世界を、この先も、ずっと。

魔法の本

修復師見習

北原尚彦

あたしは室内ガス灯のコックをひねった。炎が大きくなり、部屋のすみずみまで光が届く。作業机の上の小箱——螺鈿《らでん》の宝石箱が、真珠光できらめいた。この宝石箱は蓋が完全に外れているけど、幸いにも螺鈿はぜんぶ残っている。手に取ってじっくり眺めると、二つの蝶番《ちょうつがい》を留めていた本体側の木ネジがなくなっていた。蓋側に残っている木ネジの大きさを調べ、ネジ箱から同じ大きさのものを取り出す。でも木ネジを嵌めようとしたところ、空いていた穴が大きくて空回りしてしまう。どうやら強い力がかかって外れたみたい。さてどうしよう、とちょっと考える。細かい木の粉を混ぜ混んだ接着剤を穴に詰め込むことにして、少し乾いてきたところで木ねじを嵌《は》める。今度はうまく固定できた。そのまま動かさず、懐中時計で時間を計り、一時間ほどたってから蓋を開け閉めしてみる。……よし、うまく直った！　直ったものを撫で回すこの瞬間が、たまらない。

あたしは壊れたものが「直る」のが好き。動かなくなってしまった時計、割れてしまった器、汚れてしまった絵画が、修復されるのが。美しさを取り戻したり、以前の役目を果たすことができるようになったりするのが嬉しかった。修復されるのを見るのも、自分でやるのも大好き。

あたしの一族は、代々骨董商を営んでいる。十七世紀の末頃から、十九世紀の終わりが近づいている現在まで二百年ほど、そこそこの歴史がある。ルイスの地で商売を始め、今ではロンドンのグレイヴズエンドに屋敷を構え、チャーチ街に大きな本店――一族の名を冠した「スウィンナートン骨董店」――を置いている。王侯貴族の所有するような宝石や陶器から東洋の刷り物まで、何でも扱う。もちろん、美術品以外も。現在、商売を取り仕切っているのはあたしの父さん。

古いものを取引していれば、壊れたもの、不完全なものを扱うこともある。そのため、一族の中にいる「商売の才はなくとも手先が器用な者」は、修復師の役割を担うことになるのだ。ぶつけたり落としたりしてへこんでしまった金属器を打ち直したり、割れた陶器を継いだり。

いま修復師をしているのは、一族の傍流出身のノーマ叔母さん。お母さんの妹だけれども、叔母さんはお母さんの十歳も年下だったので、あたしからすると「お姉さん」という感覚に近い。叔母さんは未婚だから、なおさらその印象が強い。そんな叔母さんは、小さい頃にお母さんを亡くして寂しがるあたしの世話を何くれとなく見てくれた。

ノーマ叔母さんは研究熱心で、東洋での陶器の継ぎ方「金継ぎ」までできるほど。一方、修復師には、知識や手先の器用さだけでなく、腕力も必要とされる。刃物を直すために、金槌と金床で鍛冶屋の真似事をすることだってある。だからノーマ叔母さんの腕は、筋肉質で引き締まってる。

この修復の仕事は、顧客からの依頼も引き受ける。うちから買ったものでなくても。その期待に応えれば、今後もうちと取引してくれるから。

あたしも修復をするようになったけれど、二十歳で経験も浅く、まだまだ修復師の「見習」だ。叔母さんから色々と技術を学び取っている最中、というところ。

ある日のこと。屋根裏部屋に上がり、探しものをしていた。修復の練習に使えそうな、壊れ物でも埃を被っていないかと考えたから。

「何かないかなあ」と、ランプの光を照らす。

これまでにも同じように物色しているから、そうそうは見つからない。あちこちひっくり返しているうちに、開けたことのないブリキ箱を見つけた。

上の方にはとても価値のなさそうな書類が詰め込まれていたけど、一枚一枚その書類を片付けているうちに、箱の底の方から古い書物が出てきた。薄茶色の革で装丁されている。ただし、表紙どころか前半部分がない、後半部分だけだ。どこかに前半部分があれば直すことが出来るのに。箱のまわりを片っ端からひっくり返したけれど、それらしい物は見つからなかった。当たり前だけど、パーツが揃わなければ修復はできない。……あーあ、がっかり。

頁をぱらぱらとめくったところ、意味不明な文章が、ずらずらと書き並べられている。どうやら、小説ではないみたい。巻頭にでも、これが何の本であるか説明されているのだとは思うけど。仕方なく、元通り箱にしまった。

それから三か月ほどたった。あたしはまた、同じような探しものをしていた。でも今度は、場所が違う。地下室だ。今回はさっそく収穫があり、二つに割れたティーカップが見つかった。これは使える。

陶器の皿――残念ながら壊れていない――のセットが入った大きな木箱を力任せに動かすと、その後ろから小さな金庫が出てきた。金庫にしまってあるようじゃ、かえって壊れ物じゃなくて貴重品かな……と思いつつ、開いてみた。鍵は掛かってなかった。

そこに入っていたのは、半分だけの本だった。薄茶色の革装丁に見覚えがある。屋根裏部屋にあったものを、誰が地下室へ持ってきたんだろう。……いや、ちがう。よく見ると、これは後半じゃない。前半部分だ。真っ二つに割れた本がどうして屋根裏と地下室に別々にしまわれていたのかは謎だけど、両者を一緒にすれば今度こそ本を直す練習材料になる。

ここでの収穫、割れたティーカップと半分だけの本を自分の部屋に運んでから、屋根裏部屋へ。記憶に間違いはなく、本の残り半分は、前に見たとおりの場所にあった。

それを持って、また自室へ戻る。そして本の前半と後半を合わせてみる。……これは一冊の本だったもので間違いない。幸いなことに、間のページが抜け落ちたりはしていないみたい。

ティーカップ――は、もうどうでもいいや。この本を直さなきゃ。早く。

すぐに準備を始める。糊、刷毛、裏打ち用の紙、綴じるための糸と針。前にも本を修復したことはあるから、材料はそろっている。

背の内側には、裏打ちをして補強する。背表紙はきれいに残っており、裏表紙との境目で裂けていたので、これなら繋《つな》いだ跡も目立ちにくい。本に限らず、修復は「見た目」と「強度」の両方を勘案しなければいけない。あたしは夢中になって本を直し続けた。

のどが渇いた。お腹も空いてきた。気がつけば、半分ずつ生き別れになっていた本は、一冊の本に戻っていた。ぱっと見ただけでは、さっきまでこれが壊れていたとは思えないだろう。自分の腕でやったとは信じられないくらい。

仕上がりに満足して、本を撫で回す。そしてここに至ってようやく、「これって何の本なんだろう」と思った。修復に当たっては、本の内容は「二の次」だったのだ。

最初から、目を通してみる。そうして、やっと判った。これは一種の――魔術書だ。それも、悪い言い方をすれば「人を操るためのもの」だった。この本を使えば、どんなに自分を嫌っている人であろうと、自分のことを好きにさせることができるらしい。人と人を結び付けると言ってもいい。恋愛成就の魔法、縁結びの魔術の強力なもの。要するに、本の形をした媚薬。

題名は古めかしい文字で書かれたラテン語みたいだったけど『グリモワ・マートリモーニウム』とでも読むのだろうか。

後半だけ途中から読んでも判らないのも当然だった。目的は巻頭に書かれており、あとはその術をかけるための手順や呪文が延々と綴られているのだから。

急に、興味が湧いてきた。それというのも……あたしには、好きな人がいたから。彼のことを思うだけで、胸が高鳴る。ヒューバート・ランプリングという彼の名前をつぶやくだけで、顔がほてるのを感じる。

だけど、ヒューバートとの間には、大きな難関が横たわっていた。彼は、我が家の「商売敵」の息子なのだ。

ランプリング家は、うちのスウィンナートン家と同じ骨董商。ライで商売を始め、現在はこちらと同じチャーチ街に店を構えている。同じ業界なので、顔を合わせることは多い。

そんな中で、子ども同士であるヒューバートとあたしも出会った。彼は親の仲なんて関係なく、二つ年下のあたしに優しく接してくれた。最初は「仲良し」だった彼は「気になる男の子」になり……あたしの気持ちも「恋心」へと発展した。自分の思いは、はっきりしてる。でも現在、彼があたしのことをどう思っているかは、分らない。確認したいけど、できない。

もし彼とあたしがくっつくということになったら、どちらの家も反対するだろう。小さな頃に仲良くしていただけでも、お父さんは苦々しげな顔をしていたぐらいだ。だから、男である彼の側が、強く行動に出てくれなければ、とても成就しえない。だけど、彼にはどうもそんな素振りは見られない。

この調子ではもう無理かと諦めかけたところへ……この本だ。本当に効果が得られるかどうか怪しくても、やってみるしかない。

この本の前半に書かれている、儀式に必要な呪物の材料を集めてみる。幸い、うちは骨董屋だ。色々なものが転がっている。うちにはない物でも、どこに行けば手に入るかは知っている。

植物、爬虫類の死体、扱いの要注意な薬品、宝石の破片、酒……。

一通り揃ったところで、いよいよ儀式だ。後半には、儀式の進め方とその際に唱える呪文が書かれている。この呪文がまた、長い。後半のそのまた半分以上が、この呪文に費やされていると言ってもいい。意味は不明であっても、発音することはできる。

修復師として、この本が「元通りになった」ことを証明したかったというのもあるけど、とにかく強い思いに駆られてた。やらなきゃ。やらなきゃ。

そして、あたしはやり遂げた。

とはいえ、終わった瞬間に雷が落ちるわけでも、硫黄の臭いが満ちるわけでもなかった。呆《ほう》けた頭で（この効果は、いつ出るんだろう）と、思っていた。

どれぐらい時間がたっただろうか。少し頭が動くようになってきて、あたしは修復した本を持ってノーマ叔母さんの部屋へ行った。修復の腕が上がったことを、報告したかったから。

叔母さんの部屋の中は、修理中の様々な骨董品や修理道具で、あたしの部屋以上に散らかっている。

ノーマ叔母さんは振り返り、透き通ったグレイの瞳をこちらに向けた。肌は白いし、黒髪は艶やかだし、めかしこめばお姫様みたいになるだろうに……と、あたしは常々思っている。

でも本を見るなり、ノーマ叔母さんのきれいな顔はみるみるうちに蒼白になった。そして言った。

「ミラベル、その本がなぜそこにあるの？　しかも、ちゃんとした形を保って。前と後ろ、別々な場所にあるはずなのに……」

この言葉で、半分ずつの本を隠した犯人が叔母さんであることが判った。そしてもしや——隠しただけではないのでは。

「叔母さんが、この本を壊したの？　修復師なのに？」

あたしが問い詰めると、叔母さんは困った顔をしてしばらく黙っていたが、やがてため息をつき、再び口を開いた。

「あなたが見つけて、直しちゃったのね。じゃあ、これが何の本かもう判っているでしょう。わたしはかつて、この本を使ったの。でも、魔術が発動したのはいいけれど、期待したのと違った結末になったのよ」

「それって、どういうこと？」

ノーマ叔母さんはさらに深いため息をついた。「もう、今だから言ってもいいわね。わたしは、あなたのお父さんと結婚したかったの。ところが、この本を使った途端に、あなたのお父さんはわたしの姉、つまりあなたのお母さんにプロポーズし、結婚した。つまりこの本は確かに効果を発揮するけれど、その方向が間違っているのよ。わたしは儀式をなかったことにしようとこの本を引きちぎったけれど、結果は変わらなかった。決まったことは覆らないってわけ」

そんな。もう使ってしまった。今すぐこの本をまた二分割すれば、あの儀式をなかったことにできるだろうか。だけど、あたしには無理だ。自分で直した本を、壊してしまうなんて。

果たして本の効果は——発揮された。しかも、即効だった。そして——ノーマ叔母さんの説明とは異なり、あたしの期待通りの結果となった。

翌日、突然訪問してきたヒューバートから愛の告白をされ、プロポーズされたのだ。あたしはもちろん、それを受けた。スウィンナートン家とランプリング家は、共に蜂の巣をつついたような大騒ぎとなった。だけどヒューバートの意志が強く、あたしと結婚できなければランプリング家の商売を継がないと宣言し、まずヒューバートの父親が折れた。そしてあたしもお父さんに、ヒューバートのことがどれだけ好きかを懇々と説いて、お父さんも折れた。

あたしは舞い上がった。（なんだ。うまくいったじゃない！）

後日、ランプリング家を訪ね、ヒューバートの部屋で二人きりになった際、どうしても気になって聞いてみた。

「いつからあたしのことを好きになったの」

彼は舞台俳優のように整った顔（と、あたしには思える）を赤らめ、答えてくれた。「ずっと前からだよ。君がまだ小さかった頃から」

おかしい。あの本のおかげなら、あたしが儀式を行った日、彼のプロポーズの前日のはずなのに。

「ほんとに？」

「本当だよ。……ちょっと待ってて」

彼は立ち上がり、書き物机の引き出しを開けた。そして一冊の手帳を持って戻ってきた。

「これはぼくの昔の日記だ。絶対に誰にも見せないつもりで書いたけど、君だけは特別だ。見せてあげる。どこにしようかな」

そう言いながら、彼はページをめくった。

「……ここがいい。ぼくがまだ、十二歳の時の部分だ」

そこには、今から十年ほど前の日付が記されていた。――引用するのはやめておく。読んだだけでも、こっちの顔が真っ赤になるような内容だったからだ。要するに、あたしがどんなに可愛いか、あたしのことがどんなに好きか、美神《ミューズ》でも崇めるかのような言葉で延々と綴られていたのだ。

あたしは恥ずかしくなりながらも、嬉しい気持ちで一杯になった。……でも、変ね。

彼が元からあたしのことを好きだったなら、あの本の効果じゃなかったってこと？　だけどノーマ叔母さんは、あれは本物の魔術書だって言っていた。

じゃあ、あの本の魔力は――どこへ？

それから数日後のこと。お父さんから、驚きの報告があった。なんと、突然再婚をすることに決めたのだという。孫がいても不思議ではない歳になって！　もちろんお父さんの幸せのためならば、あたしは反対などしない。その再婚の相手というのが……ノーマ叔母さんだった！

びっくり仰天から少し我に返ったあたしは、ふと思った。

もしかしたら、これこそあの本の魔力のおかげでは？

あたしはもう一度、あの本をじっくりと検分したいと思った。ところが、部屋の作業台の上に置いておいたのに、なぜか見当たらない。あれ、どこだろう。別なところに動かしたかな。でも、どこにもない。

もしや、と思ってお父さんの部屋へ行き、問うた。

「お父さん、あたしの部屋に入った？」

「うん？　ああ、昨日探し物をしていて入った」

「じゃあ、本を持ち出した？」

「ああ、そのことか。お前が修復してくれた本のことだな。なかなか腕があがったじゃないか。店に出しておいたら、あっという間に売れたぞ」

あたしは息を呑んだ。お父さんはあたしの修復技術を褒めてくれているけど――あの本を売ってしまった！

「買った人、どこの人かわかる？」

「常連客じゃないから、わからんなあ」

こんなわけで、あの本はあたしの手元から去ってしまった。もしかしたら、そういう運命だったのか。いや、本の意思だったのかもしれない。普段のお父さんなら、売るにしてもあたしに一言断ってから持っていくはず。

次の持ち主があの本をどう使うか、そしてどんな運命に見舞われるか、あたしには推し測ることはできない。

それに、他人の心配をしている余裕は、最早あたしにはなかった。ほぼ同時に行われる、自分の結婚式と、お父さんの結婚式。――きっと、大忙しで大変なことになるだろう。

そしてこれから、二組の夫婦には色々と波風も起きるかもしれない。夫婦関係にひびがはいるようなことも、あるかもしれない。でも、たぶん大丈夫。ノーマ叔母さんもあたしも、ひびを埋めて「修復」することだけは得意だから。

「本」といえば「台本《ホン》」
石の花は枯れず

勝山海百合

列車を下りると、雨が近いのか山がくっきりと見えた。奥羽山脈の太平洋側だが、日本海側の豪雪が山脈を越えてくるので冬の積雪は多いそうだ。無人駅の一つしかない改札口から出たのは自分だけだった。駅舎の前は広場になっていてタクシー乗り場やバス停もあるが車も人もない。

「丹治《たんじ》さん！」

呼ばれて声のほうを見ると、白いサイドラインが入った青いトレーニングパンツに、白のウィンドブレーカーを着た若い女性が小さく手を振っていた。すぐに後藤浩平《ごとうこうへい》の娘だとは思ったが、最後に会ったのは小学生のときで、背も伸びておとなの顔つきになっているので納得するのに時間がかかった。

「星空《せいら》ちゃん？　びっくりした、大きくなって」

言いながら、いかにもおとなが久しぶりに会う子どもに言いそうなことを言ってしまったと可笑しくなった。実際そうとしか言いようがない。

「荷物はそれだけ？」

「そう。明日の公演——」

星空は照れくさそうに顔をしかめて笑った。小さい頃と同じ表情だった。

「センシティブな話題なのでその話はちょっと。でも来てくれてありがとうございます」

リュックを背負って土産《みやげ》のお菓子が入った紙袋を持ち星空と並んで歩きだすと、浩平の運転する黒いプリウスがそろそろと近づいて来て停まった。星空が助手席のドアを開け、自分は後ろのドアを開けて後部座席に納まる。荷物を抱えたまま「お迎えありがとう」と助手席に座り、シートベルトを締める。

飲み物の自動販売機が二台と、営業していない食堂があるきりの賑わいの薄い駅前だが、一本しかないメインストリートの県道に出ると両脇には役所、駐在所、学校、商店が並んでいた。近くに昔——江戸時代から昭和の初めまで鉱山があり、旅館や料亭などもあったそうだが、今はない。

車は行き交っているが、産直ショップが終わるとあとは水の張られた田んぼと畑、ビニールハウス、その後ろに杉が植林された山と雑木の山が連なる。県道を折れて小さな橋を渡ると、道の幅が狭くなる。木々に薄紫の綿を被せたような藤の花が近くなり、窓を開けるとマメ科の花の甘い匂いがするようだ。

橋を渡ってすぐに、左手に白い羽目板張りの古びた洋館が見えた。大正か昭和の初期に建てられたモダンな雰囲気があったが、人の住んでいる気配はない。

「あの家、誰か住んでるの？」

浩平が返事をした。

「百葉箱《ひゃくようばこ》みたいな？　住んでないよ——着いた」

そこから少し進んだ、右手のやや高いところに浩平の家があり、坂道を上って到着する。浩平の妻の趣味で北欧風の洒落た外観だが、断熱に力を入れたところが重要なのだそうだ。停まった車から降りると、茶色い斑点のあるイングリッシュ・セッターが尻尾を左右に振りながら近寄ってきたので、浩平が屈んで頭や肩を撫でる。犬はわたしの脚にも慎重に鼻を近づけてきたが、かつて来た人間だと思い出したかは定かではない。

「あんな家、まえは気がつかなかった」

「雑木を伐採して見通しが良くなったから。ほら、ソーラーパネル設置」

言われてみると、以前にはなかった黒いパネルがずらりと並んでいた。これでいくらかの電力になるのか……と思ったところだった。

「ただいまー」星空が温室のような風除室のドアを開け、玄関のドアを開ける。

「お母さんは仕事、もうすぐ帰るって」

お邪魔しますと言いながら靴を脱ぎ、手洗いを借りる。居間のソファに腰を下ろすと、星空が麦茶の入ったグラスと、「こうすると、うまーい」とトースターで温めたバタークッキーを出してくれた。オーディションで出演が決まったという明日の演劇公演のことか、通っている高校のことを聞こうと思っていると、星空が「怖い話をしてもいい？」と言った。

「怪談？　学校で流行《はや》ってるの？」

「別に流行ってない」

ちょっと口が尖る。話の腰を折るのも悪いので、「話して。お返しに怖い話をしなくていいなら、聞くのは好きなんだ」と先を促した。

星空は、「そんなに怖くはないんだけどね」と前置きして話し出した。

「山師の家」って言うんだって、あの家。昔、鉱山があった頃に、鉱山技師の人が住んでいたから。鉱山が閉山したあと、技師の息子っていう人が相続して、別荘か物置みたいにして使っていたんだって。息子っていっても、会社を定年退職したような歳の人。その人が急に病気になって、亡くなったんだけど、遺体を本当のお家に運ぶまえ、一階の書斎に布団を敷いて安置？　寝かせて……いたんだって。その人の甥だか息子だか、誰かがそばに付き添って、お線香を上げたりしてたんだけど、以前から「この部屋に布団を敷いたり、眠ったりしてはいけない」と言われていた部屋だったから、なんだか気にしながら起きていたんだって。そしたら夜中に、ピンポーン……か、トントンかはわからないけど、誰かが来たみたいな音がした。玄関に出て、ドアを開けてみたんだけど誰もいない。風が吹いたのかな、気のせいかなと思いながら書斎に戻ると、遺体の頭から血が滲んでいて、何度も殴りつけたように凹んでいるところもある。枕元に棚に置いてあった石が落ちていた……。

「……石って？」

思わず尋ねた。

「緑色の、孔雀石《くじゃくいし》」

「孔雀……鉱山で銅が出たから、マラカイトも出るのか」

元の持ち主が鉱山技師だったからと納得した。そこはともかく、夜中にいったいなにが。もしかしたら、不寝番をしている男が、理由は知らないが、激情に任せて殴ったのかもしれないし、それがもっともありそうなことだ。

「おれが聞いた話とは違うな」

ひゃっ！　と星空が声を上げた。リビングの入り口に浩平が立っていた。

「お父さん、びっくりさせないでよ！」

「悪い悪い、面白そうだったから、聞いてしまった」

うんうんと頷きながら浩平は星空が座っていたソファの隣にどかっと腰を下ろした。

「おれが聞いた話なんだが、これは、伯父さんの遺体と一緒に過ごした男から聞いた」

浩平が言うと、星空がわっと声を上げた。わたしも思わず身を乗り出す。

「高校の時の友達だったんだ、本間《ほんま》は」

伯父さんは本間の母親の兄だそうだ。死んだと言っても普通に病死だし、伯父さんには良くしてもらったし、別に怖くも恐ろしくもないし、むしろそんなことを言ったら薄情と思われそうだから、平気なふうをしていたんだそうだ。最初は本間の家族もいたし、兄も一緒に過ごすはずだったのが、いろいろあって、本間だけになってしまった。牛も飼っているし、手のかかる年寄のいる家だったから人手が足りないし、かといって伯父さんを一人で置いておくわけにもいかない。テレビを見たり、かかってくる電話に対応したりでそれなりに気を紛らわしつつ、お線香を絶やさないようにしていたんだ。夜も更けてくると、かすかに川の音がしたり、たまに梟《ふくろう》が鳴く声、トラックが走って行く音くらいしか聞こえない。寂しくなってくるんだよ。そのとき、ビーッと、訪問を告げるブザーが鳴ったんだそうだ。誰かが来たんだ、両親か、兄か、親戚の誰かか。特に考えもしないで玄関に向い、どちら様ですかと尋ねることもなく、冷たい真鍮のドアノブを握って、開けた。夜の風がすっと傍らを過ぎていくだけで、誰もいない。玄関の外灯の白熱電球が煌々と照っているだけで。雑木の林のほうにも気配はないが、虫とか鼬《いたち》とかが入ってくるのは嫌だから、ドアは閉めた。気のせいだろう、それよりそろそろお線香も短くなっただろうと伯父さんが北枕で横たわっている書斎に行くと、伯父さんにかけた布団が乱れている。乱れると言っても端が開いたくらいだ。本間は、鼬《いたち》か狸の仕業と思ったそうだ。あるいは風が吹いたか。

小さなテーブルに本間の家から持ってきた蠟燭と線香立てがあった。本間は蠟燭の火から線香に火をつけて、立てる。それから叔父さんの顔を見ると、額に傷があり、血がついた孔雀石の原石がごろりと落ちていたんだ。それだけでなく、ガリ版刷りを綴じたものがばさっと落ちていて、それは『石の花』の台本だったんだ……そうだ」

「石の花？」

星空が聞き返し、浩平が言わなきゃよかったという顔をした。

「めっちゃ知ってる。ていうか、明日の演目それなんですけど」

『石の花』はロシアのウラル地方の民話を元にした物語だ。石工のダニーロは腕の良い職人で孔雀石で美しい工芸品を作ることができた。山には、山の女王のとても美しい石の花があると伝わっており、ダニーロはそれを一目見たいと願っていた……。


「伯父さんの遺体が傷つけられたのは孔雀石と関係してるってこと？　どうして？　わからな過ぎてなんかこわ」

星空が肩をすくめた。

「本間もなんだったんだろうとは言っていた」

浩平はテーブルの上のクッキーを摘まんで口に入れ、「うまい」ともう一枚食べた。

「星空ちゃんの話だと、床を延べてはいけない部屋だったみたいだけど……？」

「おお、そうだ。本間も言っていた。何故かは知らんが、昔から寝てはいけない部屋で、小さい頃に遊びに行ったときも、書斎で遊んでいたら、母親が血相変えて飛び込んできて、『ここで遊んじゃだめでしょ』って引き摺り出されたらしい」

感心しながら、シャツの下で腕の毛が立つのを感じた。それを見透かしたように浩平が、

「見に行くか、現場を」

と言った。

「やだ！」

星空が断固として反対した。

「……そうやって、肝試しに出かけて酷い目に遭う怪

談、よくあるよね」

　ことさら落ち着いた声で言ってみたものの、語尾が震えたかも知れなかった。面白そうという理由で怪異の現場に行かない勇気、大事だ。

「そんなことしても腹が減るだけだし、熊に遭ったら面白くないからな！」

　浩平はにやりと笑い、ジンギスカンをすると宣言した。来るまえに羊肉は食べられるか、嫌いではないかと尋ねられていて、羊肉は苦にならないと答えていた。

「星空、バケツと椅子出して。おれは野菜を切る」

　金属のバケツに固形燃料を入れて、そこにジンギスカン鍋を載せるのだそうだ。星空を手伝って、物置からパイプ椅子とテーブルを出してきて家の前に並べていると、浩平の妻の愛理《えり》さんが帰って来て、賑やかになった。冷凍の羊肉と、キャベツとピーマン、椎茸を焼いて、市販のたれで食べるだけでひどく楽しく、愛理さんがさっと作ったポテトサラダ、地元のビール、炊き立てのご飯も美味しかった。


　その夜は、「小さいおうち」で寝ることになった。

愛理さんが趣味の手芸をするための建物で、水洗トイレと小さな流しもついている。そこに愛理さんと星空が寝具を運んでくれた。

　作り付けの棚のうえのほうに愛理さんが作った熊のぬいぐるみや額装された刺繍、水晶の原石や一部を磨いた瑪瑙《めのう》が並び、下のほうに手芸の本や図鑑が並んでいた。カラーだったり大判の書籍と混ざって、古びた手書きの印刷物がある。なんだろうと手に取ると、二つ折りにした紙を束ねて表紙をつけ、ステープラーで留めた文集のようなものだった。表紙を見る。

　バジョーフ作「石の花」

　サインペンで工藤愛理と書いてある。やだ！　と愛理さんが笑って取り上げた。

「中学生のとき、文化祭で」

「なんの役ですか？」

「カーチャ」

　ダニーロの婚約者で、石の花を見たダニーロが行方不明になっても待ち続ける娘だ。

「ヒロインじゃないですか」

「お母さんもカーチャだったの？　聞いてないよ」

星空が言った。愛理さんは大したことないというように手を振った。

「演劇をやりたがる男子がいないから、ほぼ女子でやったのよ。照明も。音響は男子だったかな。歌も踊りもない宝塚歌劇団」

そう言っているあいだに布団は敷き終わっていた。


風呂を使い、アイスクリームをご馳走になり、小さいおうちに行こうとしたら、愛理さんが「丹治さん、あのね」と声をかけてきた。

「変なことを言ってごめん。小さいおうちを建てたの、地元の大工さんなの。作業場だけどお客さんが来てもいいような部屋が欲しいんですって言って建ててもらったのよ。建てて、引き渡しのときに、『作業場なんですよね?』って再確認されて。そうだけど、どうして? って聞いたら、『うーん、ここでは寝ないほうがいいような気がするんだ』って言うのよ」

今食べたアイスクリームのせいか、寒気がさっと駆け上る。

「『昼寝くらいならいいけど、毎日寝るには湿気が強いかも知れない。ベッドのほうがいい』んだって、ごめんね、布団で!」

「それは平気ですよ」

「あと、星空が怖がると思って言わなかったんだけど」

愛理さんがちょっと声を潜めた。

「中学生のとき、『石の花』を上演することになったら、友達のお母さんに、何十年かまえに地元の劇団が『石の花』をやったとき、カーチャ役の女の人が行方不明になったって言われたのよ。なんだか、やな感じだった」

「たしかに」

「無事に終わったからいいけどさ。あ、でも……そのカーチャ役の人、まだ行方不明だと思う」

おやすみなさいと言って小さいおうちに引き上げた。小さいおうちは、地元の大工が言うほどの湿気は感じなかった。人体に最適と宣伝している寝具マットに横になると、すぐに眠ってしまった。

夜中に喉が渇いて目が覚め、這うようにして起き上がって、トイレで用を済ませ、流しで水を飲んだ。壁のスイッチで灯りを消すと、やけに暗く感じた。布団はすぐそこ、二歩も歩いた先のはず。しかし足先は布団に行き当たらなかった。足の下に絨毯、その下に畳の感触があるのに、冷たい湿気を足の裏に感じた。氷を踏んでいるように冷たい。気のせいとわかっていながら、自分の足の下になにかがある気がして動けない。だんだん目が暗さに慣れてきて、壁や窓の場所がわかってくると自然に布団がすぐ足下にあることもわかった。その場で膝をつくと布団の上で、そのままごろりと横になった。自分の温もりが残っているだけで、ほっとした。外で犬が一声鳴いた。

朝食を済ませると、愛理さんが星空を今日の会場の公共ホールに送っていき、わたしは浩平と残ってコーヒーを飲んでいた。

戻って来た愛理さんは、「丹治さん、あのね、変な話だから断っても良いんだけどね」と言いにくそうに話し出した。

「なんですか?」

誰かに席を譲らなくてはならなくて、立ち見になるとかだろうかと思いながら。

「変な話よ。昨日、カーチャ役だった人が行方不明になったって言ったじゃない?」

「聞きました」

「『石の花』を上演すると、カーチャ役が帰ってくるから、彼女のためのダニーロを用意しないといけないんですって。んで、いつもは人形を出して置くの。リカちゃんかバービーのボーイフレンドに、ロシアっぽい衣装を着せて」

「ああ、なるほど」

『東海道四谷怪談』を上演するときは、東京四谷の於岩稲荷にお参りをするのに似た話かと思った。

「人形のダニーロが行方不明なんです。丹治さん、ルパシカを着て下さい」

「え!」

体育館にパイプ椅子を並べたようなところかと思っていたら、ちゃんとしたステージと傾斜のある客席がある立派な会場だった。過疎地のアマチュア劇団ではあるが、それなりに歴史があるので地域に根付いており、役者の家族や友人のほかに、横手や盛岡、遠くは仙台の観劇愛好家、演劇関係者なども訪れているようだった。

ダニーロに扮するのは一種の人助けだし、面白そうなので引き受けた。村の老女役を兼ねた監督の女性にひどく感謝されながら楽屋で茶色のルパシカを着せられ、つばのない帽子を被せられた。サイズはちょうどで、体の大きい浩平には小さいだろうと思った。

　席は一番前の端、関係者席だった。浩平たちとは離れたが、同じ芝居を観るのだから困ることではない。

　客席はほぼ満席のようだった。樟脳の匂いがしたので、この日のために良い上着を出してきた人がいたのかもしれない。観客が着席し、客席の灯りがゆっくりと落とされる。幕が上がり拍手が湧く。

　星空の熱演が目的だったが、みな達者な演技で、現代的な笑いもあり、引き込まれて観た。ステージ上の石の花はリュウゼツランのような造形で、こういう解釈なのかと感心した。星空はというと、ちょっと硬いところもあったが、純朴なウラルの女の子のようで良かった。

　芝居は佳境に差し掛かる。石の花を見てしまってから気もそぞろになっていたダニーロは、ついに自分が作った孔雀石のゴブレットを「こんなもの、ちっとも美しくない」と壊し、唾を吐きかけて村から去って行く。

　ナレーション〈これで終わりではありません。この物語には、続きがあるのです〉

　照明が消える。ステージの上でセットが入れ替えられる物音がしている。

　すっと冷たい気配が寄って来た。湿った森と黴《かび》の匂いがする。

「ダニーロ、あんた、やっぱり帰ってきてくれたのね」

　カーチャの台詞《せりふ》が耳元で聞こえた。星空の声ではなかった。喉に泥を詰めたような声……泥が詰まっていて声が出るとは思えないものの、低く苦しげな声がして、首から腕にかけての毛穴が立つ。早く灯りが点けばいいのに、早くと祈る。膝の上に置いた手の甲に濡れた冷たい手が重ねられた。

奈落の戯曲

「本」といえば「台本《ホン》」

石原三日月

真知佳《まちか》が劇作家として活動していた頃、奇妙な噂を耳にしたことがあった。都内某所にある小劇場の奈落には作者不詳の傑作戯曲が落ちている――というものである。

最初にそれを聞いたのは、ある公演の打ち上げの席だった。若い俳優からだ。よくあることだが、彼もまた他の演劇仲間から聞いた話だと語った。

もともと劇場というのはそういった奇妙な噂がつきものである。誰もいないはずの舞台裏で肩を叩かれたとか、舞台から見渡した客席に現代人とは思えない服装の一団が座っていたとか、生花を小道具として使用すると必ず役者が怪我をするというジンクスの劇場もあった。

だから、その噂もよくある話のひとつとして彼女は聞き流した。けれど、どこか妙に胸に引っ掛かるものがあったのも確かで、手洗いから戻る際、別のテーブルで飲んでいたKの隣にわざわざ腰をかけた。いつもの緑色の太いストライプのシャツを羽織った彼は、大勢の中でもすぐに見つけられた。

あまり知られていないことだが、彼女はひとりで書いていたわけではなかった。彼女のペンネーム「鞠堂《まりどう》八千火《やちか》」は、共同創作者であるKとの合同ペンネームだった。これもよくあることだが、ペンネームは二人の本名を平仮名にし、何文字ずつか混ぜ合わせたものである。

彼女はいま聞いたばかりの噂をKに話してみた。彼はビールを手にしたまま、こちらを見もせずに「へぇ」と呆れたような笑いを口元に浮かべた。むしろ、隣にいた舞台監督のほうが身を乗り出してきて、

「知ってますよ、『奈落の戯曲』でしょう」

と、紅く染まった顔で言った。

「『奈落の戯曲』?」

二人が同時に口にした。舞台監督は「あれっ知らないですか」と少しだけ目を見開き、

「新宿か、新宿御苑あたりの小屋だったと思いますけど。たしか百人ちょっとしか入らないようなところで」

彼が口にしたエリアは小劇場が異様に多い場所だった。

「そのサイズだと奈落があるほうが珍しくないですか」

真知佳は該当しそうな劇場名をいくつか挙げたが、彼はすまなそうに「どこかはわからない」と手を振った。

「でも、いろんな人から噂は聞いています。実際にその本を触った人から聞いたって言う人もいたなぁ。本当に奈落から持ち出せないらしいですね」

「持ち出せない?」

Kが彼女を見た。首を傾げる。さっき聞いた話ではそんなことまで言ってなかった。

「いや、僕も又聞きしただけですけど」

一度言葉を切ると、舞台監督はビールを飲み干し、それから語り始めた。

都内某所にある小劇場の奈落には作者不詳の傑作戯曲が落ちている。今まで何人もの演劇人がそれを見つけ、手には取っているのだが、いまだに奈落から持ち出せた者はいない。

その理由は二つある。一つめは、わずかでも光があるとその戯曲は見つからないため。逆説的だが、明るい時に奈落を探しても何もなく、すべての照明を落とした完全暗転の時にしか見つけられないと言う。二つめは、これも奇異なことだが、戯曲を手にしている間は奈落が出られなくなるため。何千人と収容できる大劇場ならともかく、百人程度しか入らない小劇場の奈落はいわば床下のような狭いものだが、その戯曲を手

にした者はどれだけ歩いても奈落の端に辿り着けなくなるそうだ。

「本を離せば、すぐに外へ出られるらしいです。でも本を手にしている限り、どうしても奈落から抜け出せないと」

Ｋはグラスを唇にあてたまま耳を傾けていたが、ハハッと空虚な笑いを吐き出した。

「面白いなぁ。でもおかしくないですか？　いまの話だと、まだ誰も読めていないはずなのに、どうして傑作戯曲だってわかるんだろう？」

「いやまぁ、そこを突っ込んじゃ駄目ですよ」

舞台監督も笑った。それから話題は別のことに移り、夜通し飲んで始発電車に乗る頃には、彼女はそんな本のことはすっかり忘れてしまっていた。


『奈落の戯曲』が彼女の前に現れたのは、それから一年後のことだ。

鞠堂八千火に作品を依頼してきたのは小劇場界隈で話題になりつつあった若手劇団で、毎回違う劇作家に作品を依頼するという方針の団体だった。

劇場は新宿御苑駅から徒歩十五分強のところにある小劇場で、古いビルの地下にあった。真知佳もＫも関係者として利用するのは初めてだったが、観客としては幾度か足を運んだことがある。この規模の地下劇場にしては天井が高く、舞台面の奥行きもゆったりしていて、使い勝手の良さそうな小屋ではあった。

そしてここには――奈落があった。

だが今回の演出では切り穴は使わないと言うことだったので、二人ともとくに気に留めなかった。いつも通り、話しあったり揉めたりしつつ、作品は書き上がった。

無事に幕も開け、真知佳が劇場に足を運んだのは三日目の土曜日のことだった。

普段は初日から現場に顔を出すようにしているのだが、この時は昼間の仕事の繁忙期だった。戯曲の執筆だけでは生活できないので、彼女は親族の小さな会社に勤めている。Ｋは仕込みから劇場に通い詰めていて、初日も二日目も観客の反応は概《おおむ》ね良かったと連絡をくれていた。

本当は今日のマチネを観たかったのだが、電車の遅延のせいで到着時間がずれ込んでしまい、間に合いそうになかった。諦めて路上でＫに電話をかけたが、電源を切っているようだった。もう席に座っているのだろう。仕方なく制作チーフの女性に電話をかける。この忙しい時間に電話をするのは気が引けたが、自分の席が確保されたままなのも申し訳なかった。彼女に「遅れるので観るのはソワレにする、私の席は当日券のお客に譲ってほしい」と告げると、意外なことを口にした。

「Kさんの分もですよね」

一瞬、意味がわからず聞き返した。

「えっ、Kはいないんですか」

今度は相手が驚いたような声を出す。

「あれっ、一緒じゃないんですか。Kさん、さっきまでここにいらしたんですけど、姿が見えなくなって。客席にも楽屋にもいないから、てっきり真知佳さんを迎えに行ったんだと……あっごめんなさい」

お客が受付に来たのだろう、彼女は電話を切った。真知佳はもう一度、Kに電話をかけた。やはり繋がらない。ソワレを予約した友人と早めに落ち合い、近くで珈琲でも飲んでいるのだろうか。妙な胸騒ぎを覚えたが、気のせいだと無視した。

劇場に着いたのは、開演時間を二十分ほど過ぎた頃だった。受付ロビーの隅にパイプ椅子を出してもらい、腰かけてマチネが終わるのを待った。

時折、背後の重たい扉の向こうから地響きのような笑いがドッと湧き上がる。ああ、今はあのシーンだなと予想がついた。くぐもって聞こえる笑い声は、彼女に遠い夏のプールを思い出させた。息を止めて水中に潜ると周囲の喧騒が遥か遠い世界になる、あの感じだ。

そう、劇場はどこか水の中に似ている。それを色濃く感じるのは舞台が始まる直前の完全暗転だった。明かりが消えただけだと言うのに、あの暗闇は一種独特な、質量のある闇のように彼女は感じていた。部屋が停電した時の暗闇とはまるで違う。劇場の完全暗転は深海の底のような、美しく神秘的で容赦のない気配を孕んでいる。

四十分ほど過ぎた頃、唐突にドタッという鈍い音が響いた。

楽屋のほうからだった。制作チーフにも聞こえたらしく、二人で顔を見合わせる。すぐに楽屋へ繋がる通路から演出助手の青年が走って来た。

「Kさんが……いきなり奈落から飛び出して……倒れています！」

楽屋の椅子に深く寄り掛かり、Ｋはぐったりと俯いている。役者全員が舞台に出るシーンなので、誰もいないのは幸いだった。

「開演前から奈落にいたみたいで」

困惑した様子で演出助手は声を潜めた。彼は役者の登退場のフォローのため、舞台裏に待機していたと言う。すると、使用していないはずの奈落から物音が聞こえた。何かトラブルがあって、スタッフの誰かが潜っているのだろうか。自分のペンライトを点けて入口を照らしてみると、突然、闇の中から人影が飛び出してきた。何とか悲鳴を堪えたのは、Ｋがいつも着ている緑色の太いストライプ柄が見て取れたからだった。それから慌てて彼を抱えて楽屋へ運んだのだが、激しい運動をした後のようにＫの足はもつれていて、床に倒れ込んでしまった。真知佳たちが耳にした音はその時のものらしい。

Ｋは黙り込んで、すべての質問を拒絶するような気配があった。自分がやらなければならないだろうと思った真知佳は、

「ちょっと二人で話していいですか」

と頼み、二人きりにしてもらった。役者が戻って来るまで時間がないので、単刀直入に彼に尋ねる。

「なんで奈落なんかにいたの？」

彼はゆっくりと頭を上げた。土気色をした顔の中で両目だけが煌々と光を放っている。

「――『奈落の戯曲』だ」

彼女はその名称をすっかり忘れていた。次に書く新作の題名だろうか、と首を捻る。

「何のこと？」

「ジャージ」

「……ジャージ？」

Ｋは掠れた声で淡々と語り出した。「ジャージを取りに奈落に入ったんだ」

昼休憩の終わり頃、あるシーンの照明の再調整をすることになった。役者が舞台上に集められ、Ｋはそれを客席の最前列で眺めていた。すると役者のひとりが「奈落にジャージを置き忘れた」と呟いたのが彼の耳に入った。いつも休憩時間に奈落で寝ている役者だった。Ｋは「自分はすることもないし、取って来てやるか」と思い、舞台袖から奈落へ足を踏み入れた。ペンライトも何も持っていなかったが、周囲から差し込む

明かりで入口のすぐ近くにそれが落ちているのが見えた。あと三、四歩も歩けば手が届くという時、舞台監督の「一旦、明かりを落とします」という声が聞こえた。

周囲の明かりがスゥーッと消え、劇場内は真暗闇になった。奈落にはさらに深い闇が落ちた。目の前で自分の指先を動かしても見えない完全な暗黒。とは言え、ジャージの位置も背後の入口も感覚で覚えている。彼は暗闇を三、四歩進み、膝を折って床に手を伸ばす。その時、指先に硬いものが触れた。明らかに服の感触ではない。

「本だった」

「本?」

「誰かの落とし物かと思って拾った。ジャージはなぜか見つからなかった。本だけ抱えて入口へ向かった。だけど……いつまでたっても辿り着かないんだ。三、四歩どころじゃない、一分、二分……いくら真直ぐに歩いても奈落の端に着かない。方向を変えても駄目だった。それに完全暗転がいつまでも解けないんだ。真暗な奈落を歩き回っているうちに、ふと思い出した

——打ち上げで聞いた『奈落の戯曲』のことを」

ようやく真知佳も思い出した。彼が続ける。

「本当にあったんだ、面白い、何とかして持ち出してやろうって思った。どんな題名でどんな内容なのか、本当に傑作なのか俺が読んでやるって。けど無理だった。ちくしょう、歩いても歩いても歩いても……辿り着けない!そのうち柱も消えた、頭の上の舞台も。手を伸ばしても振り回しても何にも触れない……真暗なまま誰の声も聞こえない……怖くなった……いつのまにか深い海の底に堕ちたのかと!」

彼は思わず本を投げ捨てた。その途端、ペンライトの小さな明かりが見えた。そこから先は演出助手が話した通りだと、そう言って唇を閉じた。じっと真知佳を見つめる。

「まさか二時間近くも奈落を歩いていたって言うの?きっと、いつのまにかうたた寝してたんでしょう」

思いつく中で一番現実的なことを口にすると、彼は失望したように目を伏せた。椅子から立ち上がり、ふらつく足取りで楽屋から出て行ってしまう。真知佳はひとり取り残された。客席からドッと笑い声が湧き上がる。水中で聞く喧騒のように遠かった。

そして、その日のソワレでKは再び姿を消した。

真知佳は目を離さないように気をつけていたが、彼は開演直前に手洗いへ行くと言って席を立ち、そのまま戻らなかった。終演後に急いでロビーへ出ると、俳優と歓談する客に紛れて壁際に立っていた。彼女が目の前に立つと、ただ一言、

「やっぱり駄目だった」

と呟《つぶや》いた。その目はやはり煌々と光っていた。何処に行っていたのか、と尋ねるのは怖くてできなかった。彼の知り合いらしき人が話しかけて来たので、彼女はそっとロビーから離れた。

真知佳は舞台裏へと回り、奈落の入口に立った。周囲には誰もいない。深呼吸をしてから奥を覗き込んでみた。どう見ても、さ迷えるほどの広さはなかった。彼から聞いてはいないが、ソワレの間もここに潜っていたに違いない。彼は一体どうしてしまったのだろうか。

戻ろうとして振り向くと、目の前に音響チーフが立っていた。彼女より二回りも歳上のベテランだが、若手劇団の依頼も気さくに受けることで有名な人だった。手にした缶珈琲を一本差し出しながら、

「K君、『奈落の戯曲』を見つけたんだって？」

世間話のように口にする。真知佳の指先が震えた。

「知ってるんですか」

「まぁね。だいぶ長くこの世界にいるからさ」

「本当にあるんですか、それは何なんですか」

彼は「まぁ珈琲でも飲みなさいよ」と鷹揚に笑ってから、

「真知佳さん……チョウチンアンコウって知ってる？」

唐突なことを口にした。怪訝に思いながらも「あの深海魚のですか」と素直に答える。彼は頷いた。

「深い海の底には深海魚がいるように、奈落の底にも何かがいるんだ。ああ、例の有名な怪人じゃなくてね」

「役者の霊とかですか」

ワハハッと笑って、彼は首を振った。「そういうのがいるところもあるけど」と怖いことをさらりと言ってから、

「劇場の奈落の底にいるやつは、舞台に取り憑かれた人を誘い込むんだよ」

ズズッと珈琲を啜り、奈落の入口を見つめた。

「今まで二回かな、仕事場の小屋に『奈落の戯曲』が

現れたのは。どっちも違う小屋だった。ここで三回目だ」

「違う小屋？」

「海の底が繋がっているように、奈落の闇も繋がっているんだろうねぇ」

他人事のように頷いている。それから不意に低い声で呟いた。

「カーテンコールに呑まれるな」

「……は？」

「一回目に本を見つけたやつが言ってたんだ。意味はわからない。それ以上は話してくれなかった」

そして真知佳をじっと見つめると、労わるように薄く微笑んだ。

「K君を奈落に入らせたら駄目だよ――二回目のやつは戻らなかった」


客入れの静かな音楽が流れている。観客の雑談が潮騒のように響き、最終公演ならではの期待と高揚感に劇場内が満たされていた。そのざわめきを真知佳は膝を抱えて聞いている。

彼女は今、狭苦しい奈落にひとりで座り込んでいた。


千秋楽を迎えた今日のマチネ、Kはやはり公演前に姿を消してしまった。そして――終演後にも姿を現すことはなかった。「客と食事に行くのを見た」と言う者や、「ノートパソコンを抱えて出て行った」と言う者もあったが、それが間違いなくKかどうかは微妙だった。当然、電話をかけても繋がらない。

音楽が一際大きくなる。開演の合図だ。

真知佳は『奈落の戯曲』を自分で確かめるつもりだった。最終公演を観られないのは心残りだが、ここを逃したらもう一生、その本には出会えないかもしれない。Kが心を捕らわれたその本が本当にあるのか、知りたかった。

光がゆっくりと落ちていく。音楽もフェイドアウトして消え去り、完全な暗闇と静寂に包まれた。

真知佳は腰を浮かせると、素早く周囲の床を手探りで探った。頭上から役者が舞台の立ち位置へ向かう足音が聞こえる。完全暗転は十秒ほどのはずだった。その間に『奈落の戯曲』を見つけなければ、第一場の照明が点いてしまう。

床に手のひらを這わせながらも彼女はまだ半信半疑だった。だが意に反して、それはすぐに指に触れた。

硬くて四角い何か。冷たいものが背筋を走り抜けた。指先が伝えてくるのは間違いなく、一冊の書籍だった。

大きさはＡ５判くらい。厚みは三センチほどでカバーはなく、表紙はざらざらした布張りのようだった。真知佳は息を殺し、そうっと持ち上げた。片手で持つには少し重たい。当然だが表紙も中身も何も見えない。指の感覚だけで紙をパラパラとめくると、微かな風が頬を撫でた。

彼女は本を胸に抱えた。背筋を伸ばし、真直ぐに歩き出す。完全暗転が解けていないことには気づいている。予想していた通り、すぐそこにあるはずの入口に辿り着けなかった。彼女は歩き続けた。何分、何十分……漆黒の闇の中をさ迷い歩くうちに彼女の感覚は麻痺していった。ただ手にした本の存在だけが確かなものだった。どれほどの時間が経ったのか、どれほどの距離を歩いたのかもわからない。さすがに体力も限界に近づいた頃、闇の奥に、唐突に眩しい光が現れた。アッと思った時には、たった一歩で彼女はその光の中へ飛び出していた。同時に激しい水音が彼女を包み込む。

そこは――光に照らされた舞台の上だった。

真知佳はただ呆然とした。なぜか自分が大劇場の舞台に立っているのだ。

目の前では総立ちになった観客が拍手をしていた。水音と思ったのは割れんばかりの拍手の音だった。二階席、三階席、四階、五階……客席は天井に届くほど何層にも積み重なっている。観客はみな白いドレスやスーツを身に纏《まと》っていた。深い赤を基調とした劇場の中で、まるで白い花が咲き乱れているかのようだ。その中心に一筋、真紅の花道が真直ぐに客席の奥へと伸びていた。

誰かがそっと彼女の背に触れた。振り返ると、笑顔を浮かべた演出家らしき人物だった。その向こうでは並び立った役者たちがみな彼女に向けて拍手をしている。

そうだ、今、自分はカーテンコールで呼び出されたのだ――。作家がカーテンコールで呼び出されるのは稀なこと。それだけ自分の戯曲が素晴らしかったということだろう。演出家が彼女の背中を優しく押した。舞台から伸びた花道へと誘導していく。彼女が一歩進むごとに拍手は一層大きくなった。

その時ふと、彼女は自分が本を手にしていることに気がついた。

　いつのまにこんなものを持っていたのだろう。何の本だっただろうか。何気なく視線を落とした。真白い照明の下で見たその表紙は布張りで、装丁は――くっきりとした太い緑色のストライプ。真知佳は我に返った。誰かの声が頭の中で轟《とどろ》く。

（カーテンコールに呑み込まれるな）

　そうだ、私はこんな公演なんて知らない。これは私の戯曲を上演した舞台なんかじゃない。なぜなら私は今までひとりで作品を書き上げたことなんて一度もないのだから！

　拍手が止んだ。白い観客たちは動かなくなった。それはまるで白い花の咲いた無数の段々畑のよう……いや違う、あれは白い花なんかじゃない。彼女は気づいてしまった。あれは白く尖った無数の……巨大な空間にびっしり生え揃った……歯に見えないか。そして波打つ赤い花道は……蠢《うごめ》く長い舌に似ていないか。

（深い海の底には深海魚がいるように、奈落の底にも何かがいる）

　本が手から滑り落ちた。真知佳は舞台の奥へ向かって全力で走り出した。光の中から再び闇の中へと飛び込み、何も見えない漆黒の中を無我夢中で走った。ただただ走り続けた。やがて、遠くに小さなペンライトの光が見えた。


　その体験からしばらくして、真知佳は演劇から離れた。Kとはそれきり連絡がつかないまま、彼女ひとりで書き続ける気にはどうしてもなれなかったからだ。

　もしかしたらKは今でも何処かで戯曲を書いているかもしれない。もし本名で書いているならば、いつか自分の目に触れることもあるだろう。そう思ったこともあったが、今ではもう諦めている。なぜなら、鞠堂八千火という名前で一緒に書いていた彼の本名を、彼女はどうしても思い出せなくなっているからだ。二人の名前を平仮名にして、何文字ずつか混ぜ合わせたことは覚えている。だから自分の名前を差し引けば彼の名前もわかりそうなものだったが、そうやって考えていると、彼女の胸には静かに薄闇が降りて来て、いつしか深い海底のような心地良い完全暗転に包まれてしまうのだった。

本の世界への旅

ラビリンス

深田亨

——そこで軽狩眠男は戸板水月の顔をまじまじと見た。

　あなたはふとページをめくる手を止める。

軽狩眠男？　こんな登場人物がいただろうか。

三〇〇ページほどある本の半ば近く、一三一ページまで読み進めてきたのに、初めて見る名前だとあなたは思う。ヒロインである舞踏家の戸板水月《といたすいげつ》が二つ目の事件に巻き込まれ、警察の取調室で事情聴取を受ける場面だ。

　気にはなったが、あなたは読み続ける。

　一三三ページまでに軽狩眠男の名前が三度出てきたところで、やはりおかしいとあなたは感じる。物語の進行からすると、軽狩眠男はこれまでに何度も登場していなければならない人物のはずなのに、あなたは覚えていないのだ。どう読めばいいのかすらわからない。

　たしかにあなたは、小説でもノンフィクションでもその他の種類の本でも、そう熱心に読むことはない。ミステリーで犯人を推理することなどしないで、ただ流れだけを追って読み終えて、満足している。外国の小説などで、エリーとエレンが別人であっても、混同したまま読み進む。

それで何の不都合もない。

ないと、あなたは思っている。

けれど、軽狩眠男というのは風変わりなネーミングだ。それを一〇〇ページ以上も読み飛ばすなんてことがあるだろうか。しかも今ごろ気付くとは。

あなたはページを押さえていた右手の親指で、開いた本を曲げ、ぱらぱらとページを戻していく。

本が身じろぎをした。

気のせいか？　気のせいだとあなたは決めつける。

ノンブルと本文を見比べながら、ところどころ立ち止まって軽狩眠男の名前を探す。

一〇八ページ。八八ページ。七三ページ。五二ページ。二〇ページ。あった。一九ページの真ん中あたり。


——男は名刺を差し出した。『探偵・軽狩眠男』と書かれている。かるがりねむおと読みます、と男は言った。


ああ、こんなところに出ていたのか。かるがりねむお、なんだ。

あなたは少し安心して、再びそこから読み始める。

すでに一度読んでいるので、スムーズに頭に入ってくる。

軽狩眠男は、やはり重要な役どころだった。その後何度も出てくるのに、どうして忘れていたんだろう。

頭の隅で、あなたはそう考えているかもしれない。考えていないかもしれない。

いずれにしても、あなたはそんなには気にしていない。これまでに読んだ本でも、登場人物の名前なんてすぐに忘れてしまうのだから。


——そこで軽狩眠男は炉坂冰月の顔をまじまじと見た。


さっきまで読んでいた一三一ページまできて、あなたは追っていた文章から目を離す。

ふと違和を感じたのだがそれが何かわからない。疲れてきて内容が頭に入らないのだなと、一見合理的な理由付けをする。

時計を見ると午前一時をまわっている。

あなたは本を閉じようとして手を止める。いましがたの違和感の原因に思いあたったような気がしたからだ。

　炉坂冰月――どう読めばいいのだろう。炉――ろ。坂――さか。冰――これは何と読む?

　あなたはスマホを取り出して漢字を検索する。「冰」は「ひ」と読み、氷の旧字もしくは異字のようだ。すると「炉坂冰月」は「ろさかひつき」とでも読むのだろうか。

　そうだ、これまで読み返したなかで、何度もこの名前は出てきている。あなたはずっと、「といたすいげつ」と読んできたはずだと考えを巡らせる。なぜなら、その人物はこの本に記された物語のヒロインであり、それよりなにより最初にこの名前が出てきたときにルビが振ってあった記憶がある。

　炉坂冰月をどう読んでも「といたすいげつ」にはならないとあなたは思う。炉坂冰月ではなく、戸板水月ではないのか。

　――そこで軽狩眠男は炉坂冰月の顔をまじまじと見た。

　この文章だけ、誤植されているのかもしれない。

　あなたは本の冒頭に戻る。すでに二ページ目で、その人物は登場している。「炉坂冰月」という字に「ろさかひつき」とルビが振ってある。

　また登場人物が変化しているとあなたは思う。

　このまま先に読み進むべきだろうか、それとももう一度最初から読み直したほうがいいのか。もしかして、もう一度読み直したりしたら、また登場人物や物語が違ったものになってやしまいか。

　とりあえず、戻らずに読み続けることにあなたは心を決める。軽狩眠男が炉坂冰月と対峙しているのは警察の取調室のはずだったが、そこは探偵である軽狩眠男の事務所になっていた。けれど、あなたはもう驚きはしない。

　数ページ――具体的には一三五ページまで読み進んだところで、あなたはまた異変に気付く。

　視点が変わっている。

　これまでの文章は、三人称の視点で書かれていたはずなのに、いつのまにか一人称になっている。つまり、私――軽狩眠男が語り手となっているのだ。

　あなたはページをさかのぼり、さきほどの炉坂冰月との対面場面を確認する。

——そこで私は炉坂冰月の顔をまじまじと見た。

やはりな、とあなたはつぶやく。この本は、変移しているのだ。もしかすると、百人の読み手がいると、百通りの物語を紡ぎ出すのではないだろうか。いや、それにとどまらない。あなたという一人の読者に対しても、刻々と姿を変えているのだ。いったい、この本の結末はどうなっているのだろう。

あなたは、これまでめくったことのない最後のページを開いてみる。

そこには何も書かれてはいない。

ただ、白いページの両下側の左右に、三〇〇と三〇一のノンブルが打たれているだけだ。

さっき読んでいた一三五ページまで戻ると、ちゃんと文字で埋まっている。次のページも、その次のページも文章が続いている。しかし、一四〇ページを開くと、そこは白紙である。

もうあなたには予想がついている。読みかけのところに戻ってからゆっくり読み進み、一三九ページを読み終わって紙をめくると、その先——一四〇ページも話は続いている。

リアルタイムで物語は進んでいるのだろう。

——調べものに熱中していると、ドアの外にだれかが立っているような気がする。

一四三ページでこの文章に行きあたって、ふとあなたは本から目をあげる。いまあなたがいる部屋のドアのむこうに、だれかが立っているのではないだろうか。

もちろん気のせいだとあなたは思う。でも、少しためらってからあなたは椅子から立ちあがる。部屋を横切ってドアのところに行き、ノブを回す。

だれもいない。

こんな夜中に、だれかがドアの外から部屋の中をうかがっているなんて、あるはずがないではないか。

照れ隠しに、あなたは肩をすくめてみる。自分自身を納得させるように。そして机に戻り、本の続きを読み始める。

——だれもいなかった。気のせいだったのだ。私は壁の時計を見た。午前二時を過ぎている。

あなたはまた文章につられて時計を見る。午前二時を一〇分過ぎている。

いかんいかん、とあなたは首を振る。本の中の出来事と、似たような状況になってしまっているのは、偶然に違いない。もちろん自分は軽狩眠男などではない。彼は物語の登場人物に過ぎないのだ。

本の中に取り込まれてしまうファンタジーやＲＰＧではあるまいし、とあなたは思う。

しかし、このままだとそうなってしまうのではないかと、あなたは急に不安になる。そしてふと思いつく。

あなたは文章を速読し始める。文字の意味をよく吟味せずに字面をただ追っていく。そして一四八ページをめくったとき、そこが白紙なのを見いだす。

追いついた。

あなたはボールペンを取り出すと、白紙のページに文字を書きつける。これまで読んできた内容の続きだが、自然に頭の中にわいてきたイメージを殴り書きのように紙に移していく。

数行前に書いた手書きの文字が、見るまに明朝体の活字に変化して整然と並び始める。

あなたは確信する。取り込まれないようにするには、本に書かれるほうではなく、本を書くほうにまわればいいのだと。

ストーリーを考えなくても、自動筆記のようにボールペンの先が文字を連ねていく。

ただ、あなたは意識してある変更を文章にほどこす。いつのまにか一人称になっていた文体を、三人称――それも文中のすべての出来事を掌握する『神の視点』に変えている。そうすれば、これまでの経験から、すでに書かれた文章も神の視点に変移しているのは間違いないはずだからだ。

それであなたは本を支配することを目論んでいる。軽狩眠男も炉坂冰月も、そのほかの登場人物も、あなたが自由自在に扱うことができるように。

しかし、いかに自動筆記のようにペンが動くからといって、読むのと違い書くのにはそれなりの時間を要する。たしか最後のページが三〇一だったはずなので、一五五ページを超えてもまだ半分近くある。

少し読み直そうと思ってあなたが手を止めると、その先のまだ書かれていない部分に勝手に活字が浮き上がる。

――私は続ける。私の意思で。この先は、だれにも邪魔はさせない。


また一人称に戻っている。本が、あなたを追い越そうとしているのだ。本に思い通りさせないためには、それ以上に速く書き進めなければならない。

あなたは無我夢中でボールペンを走らせる。もう時間の感覚を失っている。ただ書き続けるだけだ。

抜きつ抜かれつしながら、それでもあなたは三〇一ページに到達する。ここが最後のページなのだ。あなたはページの半ばぐらいで物語を終え、一行あけて『了』の文字を記す。

勝った、という思いが一瞬浮かぶが、すぐにほっとした感情に置き換わる。

時計は午前五時をさしている。

そこであなたは本を閉じる。

表紙カバーに書かれた本のタイトルが目にとまる。


『未解決殺人事件』


ああそうだ、たしかこんな題名だったと思ったのもつかのま、あなたはその下に記された著者名を見る。『軽狩眠男』となっている。

いやそうじゃない、書いたのは自分だ。軽狩眠男は本の中の存在なんだと思わず表紙をめくると、カバーの折り込まれた袖のところに、登場人物の名前が列記されているのを見つける。

そのいちばん上――主人公の位置にはあなたの名前がある。

本の世界への旅

本の虫

高井信

1

奇妙な感覚に襲われ、目が覚めた。

俯せになって寝ているのだが、なぜか視界は広い。天井も壁も、家具も見える。

(はて?)

仰向けになろうと試みるも、うまくいかない。手足の感覚も変だ。俯《うつぶ》せのままでは布団をめくることもできない。仕方なく、もぞもぞと布団から這い出た。

腕で踏ん張って上半身を起こそうと試みるも、やはりこれもうまくいかない。俯せのまま、ごそごそと這い回る。

(いったい何が起こったんだ?)

這い回っていると、壁に掛けられている鏡が見えた。そこに映っていたのは——

(うわあっ)

おれの目に飛びこんできたのは、巨大なカブトムシだった。全長は軽く一メートル以上あるように見える。

(バ、バケモノ……)

あとずさると、鏡のなかのカブトムシも同じくあとずさるのが視界に映った。

(え? ま、まさか……)

右手を挙げてみると同時に、鏡のなかのカブトムシが前足を挙げた。

(……‥)

左手を挙げてみると、逆の前足を挙げる。

首を振ると、カブトムシも首を振った。

もはや間違いない。鏡に映っているカブトムシはおれなのだ。

(目覚めたら虫になっているって……)

おれの脳裡にカフカの中編小説「変身」が浮かんだ。

おれの趣味は読書で、三年前から住んでいるワンルームマンションの壁にはスチール六段の書棚が計三棹。それぞれぎっしりと本が詰めこまれている。ワンルームマンションなのに床にマットと布団を敷いて寝ているのは、壁の多くは書棚に占められ、ベッドを置くスペースがないからだ。

「変身」を読んだのはずいぶん前だが、おおまかなストーリーは覚えている。目覚めると巨大な毒虫になっていた男——グレゴール・ザムザを主人公とする不条理な物語だ。

書棚のどこかにあるはずだが、こんなからだになってしまっては読み返すことはできまい。本を取り出すのも難しいだろうし、もしそれができたとしてもページをめくれるとは思えない。そもそも、読んだところでどうにかなるとも思えない。

さて、どうする?

窓も玄関ドアも、きっちりと鍵がかかっている。いや、鍵がかかっていなくても、このからだではドアや窓を開けることはできないだろう。

ザムザは家族と一緒に住んでいて、その助けを借りることができた。しかしおれは、このマンションでひとり暮らしだ。ただ待っていては、誰も助けてはくれない。

スマホは枕許にあるが、電源を入れられそうにないし、それに、起動には指紋認証が必要だ。

大声で助けを呼ぶか?

そう考えて、おれは目覚めてからいままで、ひと言も声を発していないことに気がついた。鏡越しに自分の姿——カブトムシの姿を見たときも、驚きはしたものの声は出していない。いや、出そうと思ったが、出なかったのではないか。

試しに「あ、い、う、え、お」と、一語ずつ、きっちり発音しようと試みた。

「…、…、…、…、…」

駄目だ。何も聞こえない。つまり、声が出ていないということだ。詳しいことは知らないが、カブトムシには声帯がないのかもしれない。

おれが会社を無断欠勤したことはないから、そのうち誰かが連絡してくるだろうとは思う。ああ、しかし、着信音は聞こえても、電話に出ることはできない。メールやＤＭ（ダイレクトメッセージ）も読むことができない。もし家に訪ねてくる人がいても、応答できない。

このまま誰にも知られずに飢え死にするのを待つだけか。

絶望がひしひしと迫ってくるのを感じる。

いったい、どうしたら……。何かヒントになるものはないか。

書棚を視線がさまよう。――『建売住宅温泉峡』というタイトルが目に飛びこんできた。ＳＦ作家・かんべむさしの短編集だ。

ああ、この本に「変身」のパロディが収録されていたなあ。えーと、「氷になった男」だったか。主人公の名はミズコール・サムサで……。最後は……溶けて消えてしまうのだったっけ。

おれはカブトムシだから消えてしまうことはないだろうけれど、サムサに比して優位なのはそれくらいだ。サムサは氷のくせにちゃんと話すことができ、仕事もしていた。それに引き替え、おれは話すこともできない。立つこともできない。ただ床を這いずるだけ……。

ん？　飛ぶことはできるのではないか。

おれは自分の思いつきに夢中になった。

さっそく試行だ。思い切り羽ばたいてみると――

おおっ、飛べた！

しかし喜びも束の間だった。

ずごん。

おれは天井に勢いよく衝突し、その衝撃で落下してしまった。

広い外界ならともかく、ワンルームマンションだ。一メートル以上もある巨大な昆虫が飛び回るには、いかにも狭すぎたのである。

おれはしばし、痛みに耐えていた。

2

痛みが消え、ようやくおれは冷静を取り戻した。

何はともあれ、まずはカブトムシの生態を知りたい。カブトムシとはいかなる昆虫か。いったい何ができるのか。

インターネットが利用できれば簡単だが、それはできない。昆虫図鑑は持っていないし、持っていたとしても読むことはできまい。

私の思考は早くも行きづまってしまった。

声が出ない。外に出られない。スマホもパソコンも使えない。まさに八方塞がりだ。

と。そのとき——

真ん中の書棚の中央付近に黒い点が出現した。それはみるみる大きくなり、直径は書棚の横幅を超えるほどに……。まさに漆黒の〝穴〟だ。

（いったい何が……？）

戦々競々《せんせんきょうきょう》としていると、その〝穴〟の向こうに一羽のチョウが見えた。ぐんぐん近づき、それとともに大きくなる。〝穴〟から出てくるころには開長（羽を広げたときの長さ）一メートルを優に超える大きさになっていた。

その種類は、おれも知っている。アゲハチョウだ。

優雅に、ひらひらと舞っている。カブトムシと違って、チョウはホバリングができるのだ。

わけがわからず、茫然と眺めていると、

〝はじめまして〟

〝え？〟

おれは思わず、きょろきょろと周囲を見回した。話しかけてきた主がいるはずだが、どこにも見当たらない。ということは……。

〝ええ。私です〟

またも声が聞こえ、と同時にチョウがくるくると旋回した。

〝ア、アゲハさん？〟

〝そうです。私です〟

そのとき、チョウの言葉は音声ではなく、頭に直接伝わってきていることに気がついた。

〝テレパシー？〟

〝まあ、そのようなものですね。この力によって、われわれは自由に意志を伝え合うことができます〟

何が起こっているのか、いまひとつ把握できていないが、光明らしいものが見えてきた。

〝いったい私はどうなってしまったのでしょう。どうしてアゲハさんはここに？〟

するとアゲハチョウは、

〝説明します〟

と前置きし、話し始めた。

その話によれば——

目覚めたら昆虫になっていた。その奇現象に見舞われたのは、おれだけではない。アゲハさんもそうだし、その他大勢、古《いにしえ》より数え切れないくらいの人が昆虫に変身してきたという。原因不明の失踪事件（昔の神隠し）のなかには、この奇現象の被害者も多いらしい。ひっそりと姿を消した者もいれば、その状況に耐えられずに自殺した者もいる。人間に退治された者も、猛獣に食われてしまった者も……。

〝私がここに来たのは……〟

と、アゲハさんが言った。

〝はい？〟

〝あなたをお誘いに来たのです。よければ、私たちの世界に来ませんか？〟

〝あなたたちの世界？〟

〝そうです。〈本の虫〉ワールドです〟

〝〈本の虫〉ワールド？〟

〝あ、説明を忘れていましたね。読書が好きな人のことを〈本の虫〉と言いますよね。われわれは、その〈本の虫〉になったのですよ。私は〈本のアゲハチョウ〉、あなたは〈本のカブトムシ〉〟

〝……〟

あまりの驚きに、おれは何も反応できなかった。いきなり〝〈本の虫〉になった〟と言われて、それをすんなり受け入れられる人のほうが珍しいだろう。

唖然としているおれに、

〝驚かれるのは当然です。私もそうでしたから。しかし、事実は事実。受け入れるしかありません〟

アゲハさんが優しい口調で言う。

言われてみれば、その通りだ。アゲハさんの言葉を否定する材料はない。

〝わかりました〟

おれは頷き、尋ねた。

〝それで、〈本の虫〉ワールドというのは？〟

〝言うまでもないと思いますが、われわれのような——本が好きなゆえに〈本の虫〉になってしまった人たちが暮らす世界です。会う人会う人すべてが本好きなんですよ。誰とでも本の話ができる……。夢みたいな世界と思いませんか〟

〝た、確かに……〟

またもおれは頷いた。

昔と違って多くの娯楽が存在する現在、ふだんの生活のなかで読書が趣味という人と出会うことは滅多にない。孤独に読書を楽しむか。ＳＮＳなどで同好の士を見つけてやり取りするか。

それが〈本の虫〉ワールドでは、直接会って、思う存分に本の話ができるというのだ。しかも、誰とでも！

部屋に残ったところで有効な打開策はあるまい。となれば、迷う理由はなかった。

〝連れていってください、〈本の虫〉ワールドへ〟

おれが言うと、

〝そう言ってくれると思っていました。では、私についてきてください〟

アゲハさんは言い、くるりと反転した。〝穴〟に吸い込まれるように消えていく。

慌てておれはあとを追った。

そして……。

3

〈本の虫〉ワールド――そこは、まさに大自然の世界だった。虫ゆえ、人間のような住居もインフラも必要ない。草原、森、池、川など、自分の過ごしやすい場所で生活することができる。おれが縮んだのか、この世界が巨大なのかわからないが、元の世界の昆虫と同じようなサイズ感の世界だ。

アゲハさんは案内役とのことで、この世界で生活するための最低限の知識を伝えると、去っていった。特に義務はなく、自然体で生きればいいらしい。

さて、どこに住むか。カブトムシといえば森だろう。迷うことなく、おれは森に住むことにした。自由に飛び回り、樹液や果汁を吸う。おれのような〈本のカブトムシ〉だけじゃない。〈本のクワガタ〉もいる。〈本のセミ〉もいる。ぱっと見では木の枝と区別がつかないが、〈本のナナフシ〉もいた。

もちろん、それぞれ一種類とは限らない。たとえば

〈本のセミ〉は、〈本のアブラゼミ〉〈本のミンミンゼミ〉〈本のニイニイゼミ〉〈本のツクツクボウシ〉〈本のクマゼミ〉〈本のヒグラシ〉など、数多くの種類がこの森に住んでいた。

草原には〈本のバッタ〉〈本のカマキリ〉〈本のチョウ〉〈本のトンボ〉など、池には〈本のアメンボ〉〈本のゲンゴロウ〉〈本のタガメ〉などなど。季節は関係なく、種々雑多な〈本の虫〉が棲息している。

ただひとつ、本が存在しないことだけは残念だったが、しかし、〈本の虫〉のなかには元の世界で作家だった者もいて、彼らは旧作を（ときには新作も）語ってくれる。あるいは語り部と呼ばれる〈本の虫〉もいて、過去の名作を語ってくれたりもする。そして同好の士との交流。

この世界が生まれたのはいつなのか、定かではないが、物語の溢れる世界が連綿と続いてきたことは確かだろう。そうでなければ、これだけの数の語り部がいるわけがない。

もちろん、元の世界に未練がないわけではないが、虫になってしまって、人間に戻る目途が立たないいま、この世界を楽しむしかない。そういう意味では——虫として生きていくのならば最高の環境と言える。

森に住む昆虫——〈本の虫〉たちは皆、親切だった。ちょっと話しかけると、嬉しそうに応じてくれる。読書の趣味が合う仲間も多い。すぐに、さまざまな種族の友だちができた。さらには、同じ〈本のカブトムシ〉のガールフレンドもできた。

ほどなくして、おれは〈本の虫〉ワールドにすっかり馴染んだのである。

そんなある日。

いつものようにガールフレンドの愛ちゃんと木の洞《うろ》で楽しく語らい合っていると、

〝お時間のある方は森の中央にある広場に集まってください〟

という声が聞こえてきた。

〝え？〟

お喋りを中断して、外を見る。

声の主はすぐにわかった。この森の世話役をしている〈本のカブトムシ〉だ。人間界の町内会長みたいな存在と言えば、当たらずとも遠からずだろう。

木々の間を縫うようにして飛びつつ、

〝お時間のある方は森の中央にある広場に集まってください〟

と四方八方に発信している。

それを聞いて、

〝久しぶりに出番ね〟

愛ちゃんが笑みを浮かべた。

〝出番？　どういうこと？〟

聞きとがめるおれに、

〝あ、そうか。あなた、来たばかりだから知らないのね〟

〝うん、たぶん。教えてくれよ〟

〝私たち〈本の虫〉たちはここで仲よく、平和に暮らしているんだけど、何か気がついたことはないかしら〟

〝え？〟

〝いや～な虫に出会ったことがないでしょ〟

〝いや～な虫？〟

〝そう。ゴキブリとかハエとかハチとか〟

〝あ、そういえば……〟

〝〈本のゴキブリ〉とか、別にいないわけじゃないのよ〟

〝え……？　じゃあ、なぜ？〟

〝ほら、私たちってさ、からだは昆虫でも、心は人間のままじゃない。彼らも〈本の虫〉だから仲間。仲よくしないといけないんだけれども、あの姿を見ると、どうしても嫌悪感が先に立っちゃうのよね。嫌っちゃうのよね。不快になっちゃうのよね。見たくないのよね〟

〝わ、わかるけど……〟

〝努力はしたんだけど、無理なものは無理。どうしても歩み寄ることができず、結果、彼らは私たちとは違う場所に住むようになったということなの。もちろん、私がここに来る、ずっと前の話だけどね〟

〝別々に暮らすなら、それでいいんじゃないの〟

〝そう。完全に接触してこなければ、ぜんぜん問題はないわ。しかし彼らは反社会的な集団を形成し、迷惑この上ない行動をしてくるの〟

〝たとえば〟

〝そうねえ。語り部たちが語ってくれているときに集団で現れて、ぶんぶんぶんぶん飛び回ったり、がさごそがさごそ走り回ったり、自分が食べもしない果実の上を糞尿だらけの手足で歩き回ったり……〟

〝そんなことを？　反社というより、反抗期の若者

――ほら、暴走族とか不良グループとかさ〟

〝ほんと。まさにそんな感じなのよ。迷惑なんてものじゃないわ〟

〝なるほど。でもさ、よく考えると、彼らもかわいそうだよなあ。疎外されなければそんな鬱屈した心にならなかっただろうし……〟

〝それはそうなんだけど、やっぱりやつらと一緒に生活をするのは嫌よ。たとえば、自分の家にゴキブリが好き勝手に走り回っていたり、ハエがぶんぶん飛び回っていたりして、平気？　追い出そうと思わない？〟

そう言われて、おれは押し黙った。倫理ではなくて生理的な嫌悪感なのだから、どうしようもないのだ。

おれが頷くと、

〝しばらく大人しくしていたけれど、また何か迷惑行為を始めたという話は聞いていたわ。で、近いうちに招集がかかるなと思っていたの。でも安心して。招集に応じるのも応じないのも自由だから〟

〝愛ちゃんはどうするの？〟

〝参加するに決まってるじゃない〟

おれには否も応もなかった。

広場に行くと、すでに多くの〈本の虫〉たちが集まっていた。〈本のカブトムシ〉〈本のクワガタ〉〈本のセミ〉など。それらと比べれば数は少ないが、〈本のトンボ〉〈本のコガネムシ〉〈本のカナブン〉などもいる。

皆でわいわいやっていると、世話役の〈本のカブトムシ〉が飛来した。広場の中央に降り立ち、

〝皆さん、お集まりいただき、ありがとうございます〟

とお辞儀をする。

〝お気づきかと思いますが、最近、またもや反社グループの動きが活発になってきました。そろそろ静観できないレベルに達したかと判断しまして〟

世話役が言いかけたとき、集まっていた〈本の虫〉たちのなかから声が飛んだ。

〝今度のターゲットはどのグループなんですか。〈本のゴキブリ〉？　〈本のハエ〉？　それとも……〟

その声に応え、

〝〈本のハエ〉です〟

世話役はきっぱりと答えた。

〝やつらのアジトがわかったのですね〟

〝いや、アジトというか、産卵場所です〟

〝というと？〟

〝今回は見せしめのために、やつらの子どもを掃討してしまおうかと。残酷な気もしますが、どうせやつら、またすぐに卵を産みますからね。それも、とんでもない数の。そして、二週間もすれば成虫になる〟

　世話役の言葉に、どよめきが広がった。明らかに賛意のどよめき。いかにハエの姿をしているとはいえ、元は人間である。赤ん坊掃討作戦なんて悪魔の所業ではあるが、ハエの姿となってしまっては、もはや人間とは認めないということだろう。

　おれはジョルジュ・ランジュランの「蠅」を、いやそれよりも、その映画化である『ザ・フライ』――あの圧倒的なビジュアルを強く想起した。正直なところ、あれを人間と認めるのは難しい。

　皆の賛意を確かめた上で、世話役は、

〝敵は〈本のウジ〉！〟

　と力強く宣言した。満足そうな笑みを浮かべているが、集まった〈本の虫〉たちの反応は違った。静まり返り、広場に微妙な空気が流れている。

　そんななかで、おれは表情にこそ出さないものの、内心では快哉を叫んでいた。

（世話役さん、これが言いたくて掃討作戦を？）

　正確には〝敵は本能寺にあり〟だが、最後まで言い切ってしまうと、〝敵は本のウジにアリ〟となり、〈本のアリ〉まで敵視していると捉えられかねない。それを回避するための計算だろう。

　こういうタイプのダジャレを得意としていた作家は――

（もしかしたら世話役さん、横田順彌のファンなのかな。いいよな、ヨコジュンのダジャレ小説。この戦いが終わったら、話を聞きに行こう。横田順彌の語り部を紹介してくれるかもしれない）

　ヨコジュン・ダジャレの名フレーズが次々に浮かぶ。

　――〝朝だ。雨がふっている。朝だ雨だ《アサダアメ》〟〝七輪の侍〟〝まだらのひもの〟〝人間万事サイボーグが馬〟〝禁男《きんだん》の臭《く》せえ〟〝キュウソ（九索）、猫を噛む〟〝すべての道は老婆へ続く〟……。

　無意識のうちに、おれは口許が緩むのを感じた。

　行くぞ、敵は〈本のウジ〉！

〈本の虫〉ワールドでの生活は、まだ始まったばかりである。

本の世界への旅

猫の図書室

立原透耶

住み慣れた惑星が破滅を迎えると知った長命種の竜は、地球上からさまざまな生き物をひとつがいずつ選び、体内に入れて運んで、宇宙へと旅立った。移住できる新たな大地を求めての旅であった。

人間や犬や狼、兎や鴉、ワニやカバなど種々雑多な生き物が伴侶と共に暮らす竜の体内は、さながら狭くて賑やかな街並みのようだった。

そんな中、一匹しかいない生き物がいた。赤い斑点が顔の真ん中にある雄猫である。猫は、飼い主と離れることを拒んだが、生き残ることを祈った飼い主によって無理やり竜の体内へと運ばれていた。竜に問われた猫は、伴侶を拒絶した。その代わりに一つだけ願いがあるのだという。

「小さくてもいい。図書室を持ちたい。そこの司書になりたい」

元来、猫は本と相性がいい。図書館といい古本屋といい、猫のエピソードには事欠かない。そんな猫の一匹が図書室を望んだのである。巨大な竜の腹の中に。

面白く思ったのだろう。あるいは興味深く感じたのかもしれない。竜は長い顎髭を揺らして呵呵大笑《かかたいしょう》すると、あっさりその願いを認めた。

「滅びゆく文明を記録するものがあってもよいのかも

しれない。いや、むしろあるべきかもしれぬ」

猫はかつての主人が大量に持っていた本を本棚から選んだ。神話、伝説、ＳＦ、推理、怪談、童話。特に飼い主が大好きで読むたびに泣いていた『アルジャーノンに花束を』は書棚の真ん中の目立つ場所に置いた。エドモンド・ハミルトンも全作は無理だったので、『フェッセンデンの宇宙』の一冊に絞った。アガサ・クリスティは『謎のクィン氏』にしたし、ラヴクラフトは「アウトサイダー」が入っている文庫を選んだ。

小さな図書室はすぐに満杯になった。ざっと数えると一千冊は入っていただろう。そのどれもが飼い主との思い出に満ちたものばかりだった。

「猫さん、本を貸してくださいな」

うさぎがぴょんぴょん跳ねながらやってきた。「生まれた子どもたちに読ませたいのです」

猫はすぐに赤ん坊向けの絵本を取り出した。まるや四角が書いてある絵本だ。「ありがとうございます」嬉しそうに絵本を抱えて、うさぎが去っていく。

すぐに続けて鶴の夫婦がやってきた。「綺麗な風景が見たいわ。空とか空から見た地上とか木とか」猫は写真集を手渡した。「ああ嬉しい。竜のお腹の中はジメジメして薄暗くて何もないから寂しかったの。あの青い空を生きているうちにもう一度見たかったな。写真で見られるなんて素敵」

狼がやってきた。ごう、と激しく吠えながら書棚の前に立ち、長い時間をかけて一冊を選び出した。「これにしよう」美味《おい》しそうな料理本だ。猫はちょっとヒヤリとして「僕を食べないでね」と告げた。狼は楽しそうに笑った。「ここではみんな家族のようなものだ。心配するな」

猫の図書室はいつも誰かが来ていて、借りていったり返しにきたり、その場で読んだりする生き物でいっぱいだった。誰もが懐かしい故郷を思い、仲間を思い、友人たちを思い、時には敵をも思った。

時々猫は無性に寂しくなった。いつも一緒にいた飼い主を思い出し、崩壊していく惑星を思い出した。それから近所の可愛い猫たちのことや、散歩していた気のいい犬たちのことも思い出した。

そんな時には書棚の間に立ち、本に包まれて深呼吸した。肉球をそっと背表紙に添えると、どこからか力が湧いてきた。絵本の時もあればＳＦの時もあったし、子ども名作文学の時もあった。

これでいいのか、と悩む時もあった。猫は一匹だった。ほかの生き物と違って伴侶を求めなかった。だから自分が死ねば、宇宙から猫という存在が消滅してしまう。その選択は限りなく傲慢で限りなく独りよがりだったのではないか。自分の意思で猫を消滅させてしまったことに、とてつもない後悔と果てしない孤独を感じるのだった。

それでも、と猫は考える。図書室を作ったのは間違いではなかった、と。みんなが目をキラキラさせて本を手に取り、本を読む。その瞬間瞬間が猫にとっては何よりの宝物だった。得難い一瞬だった。

「猫さん、喧嘩しちゃった。仲直りできる本はない？」

難問が不意に降ってきた。図書室の本すべてに目を通し、内容を把握している猫は、みんなの相談役でもあった。やってきたねずみのお嬢さんに対し、猫はさんざんに頭を捻ったがこれといった本は思い浮かばなかった。

「ねずみのお嬢さん、もう一日二日時間を頂ければ……」

最後まで言うことはできなかった。ものすごい勢いでねずみの青年が飛び込んできたからだ。

「何してるんだ！　猫はぼくたちの天敵だぞ！　食われたいのか！」

全身の力を込めて抱き寄せるねずみの青年に、お嬢さんは頬を赤らめ、涙ぐんだ。

「心配してくれるの？」

「当たり前だろ！」

お騒がせカップルは、挨拶もそこそこに図書室を後にした。残された猫は呆然としてから、苦笑した。

「僕はねずみを食べたことないし、食べるつもりもないんだけどなあ。それに今は友達というか家族みたいなものだし」

猫はいつも図書室にいた。いつの間にか図書室で寝起きするようになり、食事も竜の体内に生える木の実だけになっていた。元々肉食の猫である。それでは栄養が足りるはずもない。次第に痩せゆく猫に、他の生き物たちが揃って心配した。

「どうしよう」「猫さんはどうしたって魚を食べないから」

食用に魚が飼われていた。たくさん卵を産み、天敵がいないためそのほとんどが孵化する。それらを必要に応じて分配しているのであった。最初は猫も魚を食べていたのだが、やがて「魚も僕たちと同じ仲間だ」と言うなり、ぷっつりと口にしなくなったのだ。

猫の気持ちも大変理解できる、と象が耳をパタパタし、鼻を振り回した。理解はできるけれど、とアヒルがため息ともつかぬ鳴き声をあげた。狼は群れの中心らしく、もっともらしい顔をして結論づけた。

「とにかく魚を食べさせよう。猫にしか司書はできない。ほかの誰が、図書室の本を全部読んで暗記できようか」

全員が狼の意見に賛成した。可哀想だとかなんだとか考えるわけにはいかなかった。意思の疎通ができない相手は食べ物だと思わないと、生きてはいけないのだから。

最初に狼が猫を説得しにいった。「君は我々にとって大切な存在だ。長生きしてもらわねば困る」しかし魚を勧められて、猫はゆっくりと首を横に振った。

「それでもやっぱり僕には食べることができません」

説得を諦めしおしおと尻尾を垂らして狼が退散する。

「次は私ね」

頭の良さを誇る鴉が飛び立った。健康について、寿命について、環境問題について、はたまた食物連鎖について熱く語る。

だがやはり猫は困ったように微笑むだけだった。

「だめ。暖簾《のれん》に腕押し」

諦めて戻ってくる鴉を受けて、今度は猿が向かった。死の恐怖を切々と訴え、魚を食べなければ早くに死んでしまうと脅かした。

けれども猫の決心を翻すことはできなかった。

どんな生き物がやってきても、猫は口の端をちょっと吊り上げ、髭を前足で引っ張り、ふさふさの白い尻尾をゆっくりと横に振るだけで、うんとは言わなかったのである。

困り果てた生き物たちはついに最終手段に出た。宿主の竜に相談したのである。

「そうか。体内ではそんなことが起きていたのか」

誰よりも長生きしている竜の叡智に満ちたまなこが瞬いた。身をくねらせながら、星々の中、宇宙を飛び続ける竜。彼には猫の気持ちが理解できるような気がした。

「無理強いしてはいかん。かといって見過ごすのもいかん」

しばらく考えて竜は独りごちた。

「地球にいたときは親しかったが、この宇宙でも呼び出せるだろうか。地球がなくなっても彼女は存在しているのだろうか。もしまだ存在しているのなら、彼女の助けを借りたいものだが」

さて、どうなるかな、と竜はまどろみ始めた。


「レオン……レオン……」

懐かしい声がする。とてもとても懐かしくて、懐かしすぎて涙が溢れる。ひげを濡らして、猫は瞬きを繰り返した。

「レオン……」

ああ、そうだ、あれは僕の名前だった。みんなには「猫」と呼ばれているけれど、昔は「レオン」と呼ばれていた。優しい声。嬉しそうな声。悲しい声。みんなみんな覚えている。あれは飼い主。僕のたった一人の飼い主。

売れない作家だった飼い主は、猫のためだったらどんなことだってしてた。病弱だった猫のために大金を投じて病院に通い続けた。身体にいいと聞いたら、どんなものでも試した。ご飯だっていつも天然の美味しいものを用意してくれた。

「レオン」

飼い主の姿がぼんやりと浮かび上がった。小太りの中年の女性だ。ほかの人が見たらなんと言うかはわからない。でも、猫にとっては最高に美しく見えた。

「生きて」

そうだ。そう言って、飼い主は猫を竜に託した。飼い主は現実世界でも夢見がちだったけれど、実際にもよく夢を見た。そんな夢の中で竜と知り合い、最愛の猫を託したのだ。

「生きて」

どうして自分だけ生き残ってしまったのだろう。どうして自分だけ死んでいないのだろう。

毎日心のどこかでそんなことを感じ、自分を責め続けていた。

だから、魚も食べられなくなった。最低限の木の実だけを口にして、あとは書物の中に埋もれていた。幸せとか不幸せとか、何も感じなかった。

本当に大切だったのは飼い主だった。

生きていてよかったのだろうか。生きていてよいのだろうか。

何度となく自問自答して、暗闇に佇んでいた。

猫はつらかったのだ。

どれほど本に囲まれようとも、どれほど仲間に囲まれようとも。

だから子孫を残さないことにした。だから伴侶を求めないことにした。

自分だけが生き残る罪悪感がそうさせた。

「レオン、生きて」

最期に飼い主はそう言った。そしてそれは願いでもあり、約束でもあった。

猫が顔を上げた。

「僕は、生きなければ、ならない」

深い眠りから目覚めた猫は図書室から出た。その足で豚と牛が担当する食堂に向かう。

「魚いっぴき」

猫の声が響いた。

図書室はいつも活気に満ちている。毎日たくさんの生き物たちが訪れる。今日は人間が子供を連れてやってきた。『ねないこだれだ』を読み聞かせている。子供が楽しそうに笑い声を上げた。

隣では熱心に『デミアン』を熟読しているフクロウがいる。

「どんな本がお好みですか」と客に尋ねる猫の声も聞こえる。

竜は満足げにひげを振るわせた。

「ふむ。概念上の生き物というのは地球がなくなっても存在するらしい。いや、わしの腹の中にいるものどもがまだ存在するからかも知れぬな」

巨体をくねらせる。

「みんな眠る。そして夢をみる。だから存在するのだな。なあ、獏よ」

どうやら生き残っている獏は悪夢を食べるだけではなく、良夢も見せることができるらしい。

図書室では猫が忙しげに働いている――。

本の世界への旅

おはなしの沼

粕谷知世

お風呂の前にトイレへ行こうと志乃は思った。

家族がテレビをみているリビングから廊下へ出る。臙脂《えんじ》色のじゅうたんが敷かれた廊下は、昼でも明かりをつけなくてはならないほど暗い。小さい頃は怖かったけど、小学四年生になった今は平気だ。あれこれ考え事をしていれば、あっという間にトイレに着いてしまう。このとき、志乃は「将来、なりたいもの」について考えていた。須磨先生に、明日の総合学習の時間に発表してねと言われたのだ。

気がついた時にはドアがもう目の前だった。

いつものように何気なくドアを開けると、白い便器の蓋の上にいた大きなカエルと目が合った。

ドアを閉める。

嘘でしょ、見間違えたんだよね、と思いながら、もう一度、ドアを細く開けてみた。

やっぱり、いる。

お母さんを呼びたいのに驚きすぎて声が出ない。固まって動けないでいるところへ「何をぼうっとしておるか」と時代劇の武士みたいな声を浴びせられた。

その野太い声は、たしかに便器の上の大ガエルから発せられていた。黄土色で、背中にイボイボがある。ヒキガエルかな、と思ったら怖くなった。おばあちゃんにはつねづね、ヒキガエルには毒があるから触っちゃいけないと言われている。でも、ヒキガエルにしては大きすぎるから、ウシガエルかもしれない。ウシガエルはたまにお腹を破裂させて通学路で死んでいるけれど、生きている時はいつも田圃の中にいるから姿を見たことがない。

「出かけるぞ」

大ガエルはジャンプして、タイル貼りのトイレの床に下り、さらに跳んで、志乃の足下にやってきた。やっぱり大きい。満腹になった時のお父さんのおなかくらいある。

「どこから入ってきたの」

トイレには天井近くに明かりとりの小さな窓があるけれど、志乃の頭より高いあの窓までジャンプするのは、このカエルの脚がどんなに強くたって難しいだろう。

「どこから、と問うぐらいなら、どこへと問わぬか」

「どこへ行くの」

不意に、廊下の右側にかかっていた重いカーテンが舞い上がった。

掃き出し窓が半分も開いていた。

大ガエルは闇に向かって、ジャンプした。

志乃もつられてサンダルをひっかけた。

雨の後で、アスファルトは光っていた。

車道の路肩を、時折、乗用車に雨水をひっかけられながら、いっしょうけんめい走った。その見かけによらず、大ガエルは凄いスピードで跳ぶことができたからだ。二つの後脚が力を蓄えては伸びるのを見ながら追いかけているうち、志乃の呼吸が大ガエルのジャンプとタイミングがそろってきた。これなら、いつまでも走っていられそうだ。道の両側の田圃からはウシガエルの鳴き声が響いてくる。志乃を応援してくれているようだ。

大ガエルは車道をそれて、消防団詰め所と小さな自動車整備工場の間の細道へ跳ね入った。この細道は鎮守の森に続いている。ああ、そうか、このカエルはお宮さんへ行こうとしてるんだ、と思ったけど、大ガエルはまた跳ねて、消防団裏の空き地に入った。

お祭りがある時には駐車場として使われる空き地の奥には、年季の入った木造瓦葺きの建物が建っていた。軒下にぶらさげられた丸い赤い照明がぼうっと光っている。昼間には水色に塗られた引き戸がとても目立ってお洒落だ。小さい頃から、お祭りや初詣でお宮に来るたび、あのなかはどうなっているのかな、入ってみたいなと思っていた。

だけど、お父さんによれば「あれは防災倉庫だ」とのことだった。火事や地震にそなえてロープやバケツ、バールやジャッキ、担架や炊き出し用の大鍋、非常食が備蓄してあるのだという。「昔は集会所で、寄り合いに使われとったが、今は子供が入って面白いようなもんは何もないぞ」と言われて、がっかりした。

その建物に、大ガエルは近づいていく。

イボイボの背中に声をかけると、大ガエルはこちらへ向き直った。

「何しにいくの？」

大きな目玉で志乃をみつめて「どうやって、おはなしをつくるのか、知りたいのではなかったか」と言う。

あれ？　と思う。言われてみれば、この大ガエルに会う前は「将来、なりたいもの」について考えていたんだった。おはなしをつくる人になりたいなと思いついたのだが、つくり方は知らない。どうしたらいいんだろうと思ったところで、目の前にトイレのドアがあったのだ。

「それはそうだけど、こんなところでおはなしをつくってるの？」

「迷い、疑いは禁物」

森の奥のお社にまで響く声を出して、大ガエルは後ろ脚で立ち上がった。するすると倉庫の屋根を越えるほど伸びていき、シルクハットに羽織袴姿の大男になった。丸眼鏡にカイゼル髭の真面目くさった顔が、志乃を見下ろす。

「どうするね。進むかね、帰るかね」

「行きます」

とたんに、水色の引き戸のガラスが明るくなった。いつの間にか、尋常な背丈となったカイゼル髭の男が戸を開けながら「新入りさんだぞ」と声をかけた。

和装に割烹着をつけた女性たちが奥からバタバタとやってきて上がり框《かまち》にずらりと並んで、にこにこ笑顔で「いらっしゃい」と出迎えてくれた。倉庫と聞いて、跳び箱やライン引きがしまってある体育倉庫のような埃《ほこり》っぽいところを想像していた志乃はびっくりしてしまった。古いけれど、木の床や柱はよく磨かれて光っている。

どうしていいか分からないので、ぺこりと頭を下げると、そのまま茶話室へ招かれた。

茶話室というのは、出入り口以外の三方に黒のカーテンがかかった部屋だった。中央のシャンデリアの下に丸テーブルとビロード張りの椅子が三脚、置かれている。カイゼル髭の男が立ったままなので真似して突っ立っていると、「君が座らなくてどうする」と言われてまんなかの椅子に座った。椅子の色はトイレへ行く廊下の絨毯と同じ臙脂色だ。

「まずは青茶を一杯どうぞ。胸がすっとしますよ」

お母さんと同じくらいの年の女の人が、金の縁取りのあるティーカップをテーブルに置いてくれた。これは落としたら、ものすごく怒られるカップだ、と警戒して女の人を見たけれど、女の人は「割らないように気をつけてくださいね」とも言わず、微笑みながら銀のお盆をおなかに抱えて立っている。

志乃は意を決してカップを持ち上げた。

青茶という名のとおり、空のように青いお茶だった。苦かったら嫌だな、と思ったけれど、少し甘くて清涼感のある味だった。サイダーに似ているけれど、香りも口の中にあたる感じも、ずっと柔らかい。喉を通って胸から腹へと流れていく。少したつと、言われたとおり胸がすっとしただけでなく頭もすっきりしたようだった。昨日、恵理ちゃんと言い合いになったこととか、お母さんに叱られたとか、モヤモヤ胸にわだかまっていたあれやこれやが、どこかへ蒸発してしまった。

頭の中が風のない日の湖面のように静かだ。

「準備ができたようだな」と言うなり、カイゼル髭の男は黒いカーテンの一つをめくり上げた。重々しい書棚が現れる。そこに並べられている本は奇妙だった。背表紙すべてが真っ白だ。

カイゼル髭の男は一冊を取り出した。表表紙も裏表紙も白い。

「ごらんのとおり、これには顔もなければ魂も入っていない。君がそれを入れることで、この本は完成する」

手渡されたその本は、志乃が図書室からよく借りてくる神話シリーズに似た大きさと厚さだった。手触りもよく似ていたけれど、ページをめくってみても白紙ばかりだ。

「わたしは、どうしたらいいんですか。どうしたら、本に魂を入れられるんですか」

「むろん、捕まえるんだよ。ついてきたまえ」

いつの間にか、男は虫取り網を羽織の肩に担いでいた。茶話室から廊下へ出る。

その廊下は、志乃の家のトイレへ行く廊下など比べものにならないほど長く、先の様子は遠いし薄暗くて、よく分からなかった。廊下に絨毯は敷かれていなかった。スリッパは勧められていなかったので、スクールソックスのまま、スケートリンクみたいにつるつるな床面を踏んだ。頭の中が静かになっていなかったら、絶対に滑って転んだことだろう。

突き当たりは、映画館にあるようなクッションつきの大きな扉だった。

「行ってきたまえ。これと狙った奴に、こいつをかぶせてやるんだ」

カイゼル髭は虫取り網を渡してくれた。

「グッドラック」


白い光が眩しすぎて、しばらくは目をつぶって立ちすくんでいることしかできなかった。

目が慣れてくると、白い輝きのなかで、カラフルな光の玉が新幹線みたいなスピードで辺り一面を飛び回っているのが分かった。上が白くて下のほうだけ薄緑だったり、赤とピンクとオレンジが混じり合っていたり、濃淡の紫に金粉がついていたり、お祭りの屋台で売っている水風船が光りながら飛んでいるって感じだ。ぶつかってきたら痛いかと思ったけど、肩に当たった玉は志乃の体を突き抜けて飛んでいってしまった。

こんなんで、ほんとうに捕まえられるんだろうか。

虫取り網の柄をぎゅっと握りしめて身構えると、

「選ぶんだ」とカイゼル髭の男の声が響いた。

え？　何を？

「おはなしをつくるんだろう？　君のつくるおはなしは、どんなおはなしなのかね」

ああ、そうだった、わたしはおはなしがつくりたいんだった。

この間まで読んでいたギリシア神話みたいに、どこか遠い、行ったことのない土地で、太陽神や月の女神、美しくて不思議な力をもった神さまたちが恋をしたり冒険したりするおはなし。すごく怖くてドキドキしたり楽しかったりする話をつくりたい。

そう思い出したとたん、全体を照らす白い光が柔らかくなり、やがて薄暗くなった。その分、飛び回る光の玉が目立つようになった。玉の数が減ったからかもしれない。その飛び方もゆっくりになった。目の前を瞬時に通過していく新幹線のようではなく、右へ行ったり、左へ折れたり、回転したりしている。色あざやかな子猫がおもちゃとじゃれているようだ。

志乃は、ちょうど目の前にやってきた光の玉へ、えいっと網をかぶせてお腹に引き寄せた。光っているけれど熱くはない。網のなかで、ふわふわチカチカしている。虫かごがないから学校の体操着の裾を引っ張って、網の中から光の玉を体育着のなかへ移した。

襟ぐりから覗いてみると、服のなかで、ぼうっと光っている玉のまんなかに、見たことのない風景が見えた。

青い空、緑の丘。丘には一本だけ、高い木が立っている。

寝そべったら気持ちよさそうな丘だ。

行ってみたいな、と思う。あの丘を越えたら、何があるのか見てみたい。

体育着から目を離すと、あたりは真っ暗だった。光の玉も一つも浮かんでいない。ちょっと怖くなって後ずさりすると、背中に固いものが触れた。

入ってきた時と同じ扉だ。

体育着のなかでぼうっと光っている玉を左の肘と脇腹で押さえつけながら、志乃はドアハンドルを右手で引いた。

当然、あのつるつるした廊下に出られると思ったのに、そこは廊下ではなかった。鬱蒼と木が茂り、薄暗いからよく分からないが、足下には水が寄せていた。池か沼のようだ。

「おーい、やったかー」

木々の隙間から、遠い向こう側に立つカイゼル髭の男が手を振っているのが見えた。

志乃も虫取り網を少しだけ振って「今、行くから」と答えたものの、この沼にじゃぶじゃぶ入っていって大丈夫なのか分からない。底なし沼だったら、どうしよう。

「本の魂を出してやりたまえ」

虫取り網を足に挟んで、体操着の裾から光の玉のしっぽのような部分を摑んで引き出した。ボールのようにまんまるな部分を左肩に置いて左腕で抱え、しっぽを右手で押さえる。オタマジャクシのような形だが、ふわふわした感触は猫のようでもある。かわいいな、と思ったのもつかのま、まんまるな部分が頭にのしかかってきた。食べられちゃうの？　と怖くなったが痛みはなく、光の玉を捕まえた時に見た光景が頭のまわりに広がった。

青い空と丘。緑の高木。

すっかり別世界にいる気分になったが、視線を下に落とすと、虫取り網はあるし、スクールソックスのそばまで水が来ているのはあいかわらずだ。

「なに、これ」

「文字を寄せるんだ」

そうと聞いて、体が勝手に動きだした。両手で虫取り網の柄を掴み、足下の沼を掻き回すと、沼のなかに繁茂していた黒々とした藻のようなものが水面へ浮かんできた。

「青」「い」「空」「が」

黒い藻が上や横に伸び、文字を描いて並んでいく。

志乃が力を入れて掻き混ぜるほど、黒藻はたくさん浮いてきた。

「ど」「こ」「ま」「で」「続」「い」「て」「い」「る」「の」「か」「、」

文字はカイゼル髭のいる向こう岸へ連なっていく。志乃は虫取り網を伸ばして、「青」の字の端に触れてみた。しっかり固まっている。網の柄で突いてみても崩れたりしない。

思い切って、その黒い塊の上に乗り移ってみた。オオニバスの上に乗った幼児みたいだ。不安定だけど浮かんでいる。飛び石を踏むように、文字を一つずつ踏んでいけば帰れそうだ。

「確」「か」「め」「て」「み」「た」「か」「っ」「た」「ん」

「だ」へ跳びかけて、志乃は怖くなった。

「だ」の後にも、ちゃんと文字が続いているのか不安になったのだ。それでも跳んではみたけれど、「だ」には届かず、志乃は沼に落ちた。

黒い藻に巻きつかれて、水をたくさん飲んだ。

夢中でもがいたけれど、どこにも手がかりがない。どちらが上で下なのか、分からなくなる。ああ、もう死んじゃうかもしれないと思った時、オタマジャクシのような光の玉がしっぽを振りながら、白く光っているほうへと泳いでいくのが見えた。

ああ、待って。

そちらへ手を伸ばそうとしたとたん、後ろから強く抱きかかえられた。白い光とは反対方向へひっぱられ、体に巻きついた藻を一気に引きちぎる強さで運ばれた。つるつるした床の上で、背中を強く叩かれて水を吐き、何度も大きく息をする。

正気に戻った時、まっさきに目に入ったのは大ガエルだった。大きな目玉をぐるぐるさせて、志乃を見上げていた。二つの鼻の穴の下のカイゼル髭からは滴《しずく》が垂れている。

それから、青茶をごちそうしてくれた女の人たちが集まってきて、よってたかって志乃の体をタオルで拭き、大きなドライヤーで体操着を乾かしてくれた。

貸してもらったブラシで髪をとかしながら、「わたし、失敗しちゃったの」と尋ねると、大ガエルは重々しく頷いた。

「だが、なかなか筋はよかった。あとは文字寄せに慣れるだけだ」

「懲りずに、またおいでよね」

和装の女の人たちもにこやかに手を振って、志乃を送り出してくれた。

名著秘録

夢の異人

菊地秀行

一七〇〇年八月二十六日。ダンツィヒにおいて、建設労働者のヨゼフ・コーリッツァ（47）は、泥酔の挙句、酒場の女給ルイーズ・ゾディアナを絞殺する。

同年十二月九日、ダンツィヒ市当局によって死刑が確定する。

同年同月十日、裁判所内の死刑執行所で絞首刑に処される。執行前、遺体の処理について聞かされ、死んでまで屈辱を味わいたくないと泣き叫ぶ。

同年同月同日、死体は市の某医科大学に引き取られ、解剖される。この直後、医学附属の画家が、骨格、内臓、脳に到るまでを、丸一日かけて精密にスケッチ。三〇数枚に及ぶ。

一七〇一年二月五日、スケッチは大学当局の手により、市のバザールで競売にかけられ、画家のチャールス・ゲッツィンが銀七枚で落札。

一七二〇年四月、ゲッツィンの死亡後、遺産の一部としてスケッチはポーランドのグダニスクにある某商家の女房の手に渡る。

同年五月十七日、女房の亭主が博打の肩にスケッチを銀一枚で、プロイセンの医師ヨハン・アダム・クルムスに手離す。

一七二二年クルムス、『解剖学図表』を発表。精密なイラスト二十八枚が好評を博す。

痩せ細った杉田玄白（一七三三年十月二〇日生まれの蘭学医。若狭小浜藩医。『解体新書』の翻訳者）は、内心歓喜の絶頂にあった。あと一行で、『ターヘル・アナトミア』の翻訳が完成するのである。蘭語をこの国の言葉に移す筆先は震え、誰の目にも読めるようにと、一文字ごとに手を休めなくてはならなかった。いまは安永二年（一七七四年）四月の夕刻――先ほど暮六つ（午後六時）の鐘を聴いたばかりなのに、玄白の瞼《まぶた》はもう落ちかけていた。

徹夜はしていない。霞《かすみ》がかかった頭で翻訳に取りかかれば、誤訳の連続になると、四年前に取りかかったときに、よくわかっている。なのに文机に倒れ込みたくなるのは、情熱と名誉欲が眠る間も惜しめと尻を叩くせいであった。

翻訳仲間の前野良沢（一七二三年生まれ。医師、蘭学者。豊前国中津藩医。『解体新書』の訳者）や中川淳庵（一七三九年生まれ。医者。本草学者。蘭学者。若狭国小浜藩に勤める。玄白の後輩。『解体新書』の訳者）も今日は同じ感慨を胸に抱いて駆けつけるであろう。

それにしても眠い。最後の一行に取りかかるまで、ささやかな眠りを授かってもいいのではないか。いいとも。あと一行ではないか。

ふうっと意識を失う寸前、玄白は、駕籠屋の掛け声を聞いたような気がした。

気がつくと、異国の服をまとった男が、文机の向こうに立っていた。机の向うでは茶碗が湯気を立てている。

駕籠屋の運んで来た客かと思った。

ここは新大橋に建つ小浜藩の中屋敷である。門番、小人《こびと》、中間が詰めている中を、身元の吟味もなく内部――それも藩医の部屋を訪れるのは不可能だ。だが、眼前に立つ大男は、玄白が蘭人来参の折に、宿まで押しかけて眼にした上着にチョッキ、ズボンという服装《みなり》を整えていた。

ただし、玄白はすぐに異常に気づいた。その服装が粗末なのだ。上衣もあちこちに皺が寄って形が崩れている、他の衣装もあきらかにつぎはぎの痕が目立った。

男の顔で最も目立つのは髪と髭であった。どちらも櫛《くし》も鋏《はさみ》も入れていない。人前に出る姿ではなかった。長崎から江戸へと派遣された正式な出島の商館長《カピタン》や伴の者以外の気儘な随伴者でもあるまい。

この者は貧しいのだ、と思った。

どうやってここまで？　と尋ねる前に、玄白は異人が深く俯《うつむ》いているのに気がついた。顔の下では一冊の蘭書——ドイツ人医師の著書『アナトーミッシェ・タベレン』——のオランダ語訳『オントレートクンディヘ・ターフェレン』がその視線を受けていた。後に日本の医学に偉大なる発展をもたらす『解体新書』の底本であった。

——この異人は私ではなく、その本を求めてやって来た

と玄白は確信した。男から彼に向かって伝わる関心は、微塵もなかったのだ。

数秒——或いは数十秒——或いは数分——さらに多くの時間《とき》が流れた。それまで玄白が沈黙していたのが不思議である。異人の表情と眼差しから何かを感じ取ったものか。

「あなたは——」

と日本語で呼びかけたとき、それが男の属する異界の壁を溶かす呪文であるかのように、玄白は目が醒めた。

前方の襖に眼をやり、それから左右を見廻して、座布団に坐り直した。

弟子を呼んで訊くと、確かに駕籠がやって来たが、そこから降りる段になっても客は姿を現わさず、騒ぎになりかけたという。門番が言うには、

「駕籠かきどもは、浜町を走っていたときに、声をかけられたと申しております。異人は不味《まず》いと思ったのですが、ひどくはっきりと、このお屋敷の地名と名称を告げられて、つい乗せてしまったとのことです」

「するとその客は最初からいなかったということか？」

「いえ、走っている間に、確かにひとり分の重さがあったと」

「おまえたちはいなかったのだね？」

舎弟が、はいと答えた。玄白は文机の上を示して、

「では、これは何だ？」

と訊いた。

そこには客用の湯呑みが残っていた。

中身は手つかずだったが、運んだという者は誰もいなかった。

そこへ、今度はどう見ても夢ではない訪問者が現われた。

前野良沢と中川淳庵——どちらも蘭学を通して知り合った朋輩で、特に良沢はどんな夢見であろうと、喝

のひと声で吹きとばしてしまいそうな豪傑であった。『ターヘル・アナトミア』も、玄白以前、長崎留学の際に入手しており、向学心の強さでは、蘭学者の中でも群を抜いていた。

二人は玄白による最後の一行訳の完成を祝うために来訪したものだが、彼の様子を見て、全身を堅くした。それは単に友人の異常に気づいたというレベルのものではなかった。

却って玄白が、

「おぬしら、何か知っておるのか？」

と訊いたほどである。

二人は顔を見合わせ、良沢が、

「ぬしのところへも来たのか？」

と訊いた。

玄白はうなずき、

「茶も飲まずに帰ったわ」

最も若い淳庵が、文机を指さし、

「あれをずうっと見ておりました。何故《なにゆえ》？　と尋ねましたところ、夢から醒めるのでございます」

良沢も同じだと言う。家を出る直前に駕籠が着き、しかし客は降りて来ず、気がつくと身なりの荒《すさ》んだ異国の大男が卓上の『ターヘル・アナトミア』を覗き込んでいた。卓上には中身の入った茶碗が置かれていたが、運んだ者はみつからなかったという。駕籠かきによれば、大男を乗せたのは、良沢行きが溜池、淳庵宅は数寄屋橋、時刻もまちまちであった。

「人ではないな」

念を押すように玄白のひとことに残る二人もうなずいた。

では何者か？　憑かれたかのように凝視していた本の内容からして、医学関係の人物なのは間違いあるまい。

「異人である以上、『ターヘル・アナトミア』の著者か？　しかし、なぜ今頃迷い出たものか？」

玄白の問いに、

「最後の一行をもって訳業なるを、見捨てておかれなかったのでは？　いえ、訳の正誤に関わることではないと存じます。ならば、手がけた時点で現われる筈で」

これには良沢が苦笑を隠さず、

「わしは何らかの理由で『ターヘル・アナトミア』の訳本が世に出ることを怖れる余りではないかと推察する。この本自体に刊行をはばかるような疵《きず》が存するのはないか」

「はて」

玄白は眼を閉じて座布団に正座した。呼吸が長く深く整えられていく。友が云う「仮死」状態に入ったのだ。ここから今回の翻訳作業に関する奇跡的な訳文、訳業が生まれた。生活全般の営みを悠々たる大河の流れのように破綻なく進める日常的知恵は、彼を藩医の地位まで押し上げた。

やがて眼を開くと、玄白は言った。

「『解体新書』は出す」

宣言ともいうべき口調は、二名の同志の抱いていた刊行への逡巡を激しくゆさぶった。

彼らは刊行中止、乃至《ないし》延期を考えていたのだ。

「前野氏――ご意見は？」

「わしは、異人の幻に怯えるものではないが、訳文の検討に今しばしの猶予が必要かと思う」

「中川氏は？」

「手前はお二人のご意見に従いたいと存じます」

床に視線を落とす苦しい顔を見つめてから、玄白は、

「貴公のご意見を取り入れて、後に遺恨を残すのは、最も忌むべき事態でござる。偽りのないところを仰っしゃるがよろしい」

淳庵は沈黙を続けた。顔を上げると玄白と眼が合った。諦めた風に言った。

「小塚原での腑分け観察の際に同行した、二人の医師をご記憶でしょうか？」

「無論」

三人が『ターヘル・アナトミア』の翻訳を決意したのは、一七七一年三月四日、小塚原の刑場で、処刑された老婆の腑分けに立ち会ったのが直接の動機であった。人体内の模様が、持参した『ターヘル・アナトミア』と寸分違わないと見届けた玄白と良沢は、中川淳庵を伴い、翌日から翻訳を開始したのである。

記録によれば、その際に二名の町医者が同行したという。

「彼らがどうか致したのか？」

玄白の澱んだ声に、淳庵は小さくうなずいた。

「私は友を通して片方の住居を知っておりました。こちらへ向かう途中、人形町の正にその家で、人死にが出たと騒いでおったのです」

「何と」

眼を剝いたのは玄白に非ず良沢だ。

「原因《もと》は？」

「駕籠を降りて聞いてみたところ、心の臓の発作である、と」

それは誰にも信じられないことであった。

玄白が両頬をこすりこすり、

「しかし彼は翻訳作業とは無縁であろうが」

「友の話によれば、この作業の話を聞いて、是非とも加わりたいと申しておったとか」

「まさか、それだけで――異人を見たのか？」

「それは訊きかねました」

「もうひとりは？」

「無事であることを願います」

淳庵の声には諦観が濃い。

「何者だ、あれは？」

良沢はこう言って答えの出ない三人の胸中を締めくくった。この件に関して、彼らの為すべきことはもうなかった。

そして、それから四半刻（約三十分）の後に、玄白は完訳の筆を置いた。

「解体新書」は翌一七七四年、日本橋の版元・須原屋市兵衛の手で刊行される。


刊行の十二年後、一七八六年、最年少の中川淳庵は胃の病によって死亡。四七歳。亀腹――癌といわれる。

二十九年後の一八〇三年、前野良沢、八一歳で死去。『解体新書』に彼の名前はない。理由は幾つかあるとされるが、今なお不明のままである。

四十三年後の一八一七年、杉田玄白、八四歳で死去。何ひとつ思い残すことのない満たされた一生だったとされる。彼ひとりがかような人生を送り得た理由《わけ》は不明である。夢中の異人は、正しく単なる夢であったのかも知れぬ。

古籍異聞 諸子百家ノ内 小説家・虞《ぐ》初《しょ》伝

芦辺拓

1

――小説家はどこにいる?

少年丁々《ていてい》はふいにふりかえった。大路小路を踏みしめる履《くつ》・沓《くつ》・鞋《くつ》の響き、居並ぶ列肆《みせ》や坐賈《ろてんしょう》の呼び声、それにどこかで始まった喧嘩や子供の泣き声が折り重なった向こうから、ふいに不思議な声がしたからだった。

そんなに遠くではない。すぐ背後、肩越しに話しかけられた気もする。でも、それらしい声の主は誰もなく、訝《いぶか》るまもなく前から後ろからぶつかられ、足を踏まれて転びかけた。

「何だ、この賈豎《こぞう》!」

「愚蠢《ばか》め、前見て歩きゃあがれ」

荒々しい声があがったときには、丁々は大きく横っ飛びしていた。着地するなり踵を返し、素早く別の人波にまぎれこむ。

幸いそれ以上のことは何もなかったが、相手が無頼《やくざ》や游手《あそびにん》のたぐいだと、とんだ難癖をつけられかねない。また偸《どろぼう》や奸《おいはぎ》だったら大変だ。用心するに越したことはなかった。

「はい、放驚《ごめんなさい》……嫗《あっ》、どうも」

丁々はそんなことを口にしながら、行き合う人と人とのあわいを巧みにすり抜けると、小走りに通りを駆け抜けて行った。いくつめかの辻で、思い出したように立ち止まると、

（小説家？　はて、何のことだろう）

　子供らしく首をかしげた。それは、並みの大人と比べてさえ物知りで、行動範囲も広い丁々にして聞いたことのない言葉だった。

　だけど、都長安に次ぐ洛陽の市聚《いちば》ともなれば、どこかで扱っているかもしれない。ものではなく人ならば、どうかして出くわせるかもしれないと期待した。

　ここは東周の故都、古えの洛邑《らくゆう》——。漢朝が西に九百里の長安を都とし、第七代武帝の手で大規模な造営が進む今では、いささか翳りを帯びてはいるのは否めない。とはいえ、その繁華は天下に屈指の存在であり、とりわけ市のにぎわいは素晴らしいものがあった。

　高く厚い塀に囲まれ、車の出入りを禁じた市はまさに別天地。これほど大勢の、見知らぬ者同士が行き来し、常設の商売が許されるのは市だけであり、しかもここは洛陽第一の規模ときては、ここでしか見られない、手に入れられないものに満ちていた。子供が母親に泣きついてついていきたがるわけだ。

　酒家《さかや》は懸幟《のぼり》や酒帘《はた》を掲げて客を誘い、その場で飲んだくれることもできれば、油嚢《あぶらびきのふくろ》に詰めてもらって持ち帰ることもできる。屠門《にくや》はえも言われぬ煙ったい香りで鼻をくすぐるが、裏手で鳴きわめく鳥獣たちの声がちと耳障りかもしれない。

　枯魚之肆《ひものや》もあれば、葱・薤《にら》を山積みにした草市《あおものいち》には女たちが詰めかける。粟《うるちあわ》や麰《おおむぎ》を甑《こしき》で蒸す主食のおかずを見つくろうためだが、ついでに調味に欠かせぬ醤《ひしお》も買ってゆく。祝いごとでもあるのか、羊の胃脯《いのほじし》だの生きた鼈《すっぽん》を提げて帰る主婦の姿も見られた。

　傭肆《くちいれや》には仕事を求める男たちもいれば、繍衣《にしきごろも》や絲履《いとぐつ》で着飾った僮——隷妾《おんなどれい》が閑《おり》の中で買い手を待っていたりもする。

　彼女らには限らない女性たちを、美人に仕上げるための脂沢粉黛《べにおしろい》はふんだんに売られているし、布地も帛絮《わたいれ》に細布、文繒《あやぎぬ》やら采帛《いろぬの》と種々とりどりだ。後代には藍染めに限られる庶民の衣服も自由なので、織匠《おりものや》や染家《そめものや》も大繁盛だが、その代わり流行《はや》りすたりに追いまくられる。どっちみち菅《すげ》や蒯《かや》を身にまとう庶民に

は無縁な話だが。

あちらの店頭には髹《うるしぬ》りの木器、こちらには銅器や素木鉄器が山積みになっている。草履《ぞうり》売りに扇売り、餌丹《くすり》売りに補履《くつなおし》などの商人がいるし、木羊《ひつじのほりもの》も売っていれば、弓矢で鳥を搦め取る繳《いぐるみ》売りの父《おじさん》もいた。

矢人《やづくり》や函人《かっちゅうし》の工房もあれば、磨鏡《かがみみがき》、洒削《かたなとぎ》も腕を撫して客を待っている。ほかに巫匠《うらないいしゃ》に鬻金者《りょうがえや》などきりがなく、専業の商人以外にも自家の農産物や内職の手細工、不用品を売りに来た販夫販婦の姿も珍しくなかった。

売り買いの言葉とともに飛び交う秦の半両銭、当代の五銖銭。ごくたまの大取引に金餅や馬蹄金――そんな中を、少年は何を買うでも売るでもなくひたすら駆け回り、店先の品々に目をこらし、人々の会話に耳を傾け、ときに自ら声をかけたりもした。

そのあげく、少年は市の中央、東西南北の道が交わる広場に立つ建物に入っていった。そこはよりにもよって、誰もが恐れる亭《けいさつしょ》だった。ややしばらくして出てきた少年に、亭の入り口わきにいた市吏《やくにん》の一人が、

「残念だったな、坊や。このところ罪人枯れでな。腰斬《こしぎり》はおろか棄市《くびきり》も当分なさそうだ。いっそ車裂《くるまざき》でもあれば、この市も大人出でにぎわうんだろうが、あいにく亭長《しょちょう》以下、もう誰もやり方を知らんのだ」

親しげに話しかけたところを見ると、もうとうに顔なじみであるらしい。少年は答えて、

「それなら、うちの先生のところに、前回その処刑があったときの記録がありましたよ」

「そうか、だったら必要になったときは頼む。では虞《ぐ》どのによろしくな」

「はい！」

返事して丁々は元気よく駆けだした。相変わらず引く気配もない人波に飛びこもうとしたとき、またもやあの声がした。

――小説家はどこにいる？

2

(えっ、今のは……？)

あわててあたりを見回したが、やはり誰もそれらしい声の主はいない。少年はだんだん怖くなってきた。

わけあって、日々洛陽の街、とりわけ人寄り場所の市場を駆け回ってきたが、こんな薄気味の悪い体験は初めてだった。

　そういえば聞いたことがあった。こんなにもにぎやかで、現世の喜びと欲望に満ちみちた市は、実はこの世ならぬ場所とつながっているというのだ。人ならぬものが、知らぬ間に立ちまじっているかもしれないというのだ。

　まさかと思うが、ありえないことではない。家が何軒か集まって「里」となり、里が集まって「郷」、さらに「県」となり「郡」となる。そこまで来ると見知らぬ顔ばかりとなるが、大半の人間にとって世間はそんなに広くない。ある日突然、生まれ育った土地から逃散するか、兵隊にとられて辺地に送られるかでもしない限り（大いにあり得ることではあるが）、変わり映えのしない顔を見て一生を過ごす。

　だが市では違う。顔なじみの店や人はできても、そこで出会う人全てと知り合えはしないし、覚えているのも無理というものだ。

　みんなそうしたものだと心得て、肩をぶつけたり足を踏んだりしないよう行き過ぎてゆく。だから夢にも思いはしないのだ――すれ違う中に、人ならざるもの、鬼神や仙人、魑魅魍魎《ちみもうりょう》が含まれているかもしれないなどとは。

　たとえば、市にまぎれこんだ魃《ひでりがみ》に、人々がそれと知らずに出くわすと、干天に見舞われるとか。また街角での会話や噂、どこかから聞こえてくる歌声が実は異界からのお告げや予言であったりするともいう。

「だから私は、街《とおり》での談《はなし》や巷《ろじ》での語らい、道《みちばた》で聴いてすぐ塗《ゆきずり》に人に説《き》かせるような事柄こそ大事と考え、それで丁々、君に市のようすを見聞きしてきてくれと頼んでいるのだよ。これはかの周公がお定めになった制度で、いま現在語られていることを捉え、後世に伝え残す――それがわれわれ『稗官《はいかん》』の仕事であり、君は言わばその千里眼にして順風耳というわけなのだ」

　丁々が先生と呼び、亭の市吏が「虞どの」と言った人物は、そんな風に教えてくれたものだった。これにはずいぶんうれしくなった。

　へえ、自分が毎日洛陽のあちこち、とりわけ市を駆け回って、いろんな人の話に耳を傾け、噂を拾うことでお駄賃をもらっているのはそういうわけだったのかと感心させられた。

そういえば、先生はこんな恐ろしげなことも言っていた。

「何しろ市場というのは独特な空間だからね。秦の始皇帝に至っては『地市』なるものを設けて、生者と死者に交易をさせたという。ただし『生人、欺キテ死者ノ物ヲ得ザレ』と命じてね。つまり市をこの世とあの世の境目と考えたんだな。だから、君にこう言うのも身勝手ながら、珍しい話を掘り出すために、あまり危ないことをしてはいけないよ」

もしそうだとしたら、と丁々は考えた。

――小説家はどこにいる？

という、あの謎の問いかけもまた、〝先生〟に問いただしてみる必要があった。

何しろ今日はお話の大漁日だった。まずは「蝟《はりねずみ》は刺《とげ》がいっぱい生えているので楊柳《やなぎ》の枝の間を超踰《とおりぬ》けることができない」――これは市場で胡《いこく》の鳥獣を売っている商人から教えてもらった豆知識。

それから「子供たちが遊んでいたら、背の高さ四尺、青い着物を着た六、七歳の子が加わって、見れば眼は爚爚《らんらん》と輝いて人を射るよう。怪しんで君は何者だと訊くと、その子は『僕は実は熒惑星《かせい》なんだよ』と名乗った」という出来事。

あと琵琶《びわ》ほどもある大蠍《さそり》、それに年を経た雄雞父《おんどり》と母豬《めすぶた》に支配され、人が泊まれば必ず死ぬ宿屋の怪談。

北の市に数尺もある、頭も目も口も喙《くちびる》も備わっているが、手や足はなくてブルブル動揺《うごめ》く肉が突如現われ、それがとある予兆であったという件――それらを全部覚えて帰り、〝先生〟に伝えるのだ。

なぜといって丁々は字を書けないし、書けたところで、出先では書くものも方法もないからだ。それはどういうことかは……まぁ見ていればわかるだろう。

丁々はにぎやかな通りを抜け、とある街区にさしかかった。そこには立派で豪壮な建物が並んでいるのだが、どれもガランとして今にも崩れそうなほど古びて荒れていた。

ここ旧市街には、洛陽が都だったころの官衙や邸宅が打ち捨てられたまま残っている。〝先生〟もしくは「虞どの」が勤め、ほぼ住みこんでいる役所は、そのまた隅っこの、ひときわホコリっぽくボロっちい窖《あなぐら》同然の建物であった。

「先生！　あのね、今日はね……」

そこへ向かう角を曲がりざま、待ちきれずに声をあげた丁々はそのまま立ちすくんだ。

　ふだんなら、昼なお暗い窖の中、すきまなく積み上げられた木簡・竹簡のあわいに机を置き、黙々と筆を走らせる〝先生〟の姿が見られるはず。何やら老学者といった風情だが、ほんとはまだ青年と言っていい歳だった。

　だが、丁々が見たのは、ふだんひっそり閑とした役所の前に兵士や人夫が群がり、窖から担ぎ出した木簡や竹簡を次々と地面に投げ出してゆく光景だった。指図するのは、進賢冠に紳《こしおび》、印綬を帯びた身なりから、掾《じむかん》か卒史《じかん》あたりかと見られる役人で、

「ああよし、それはこっち、これはあっちじゃ。よいか、書刀で表面を削ればまた使えるものは、どんどん運び出せ。ただし朽ちたり割れていたり、あと韋編《とじひも》がちぎれたようなものは要らんぞ。それらは始末も面倒ゆえ、かまわんから燃やしてしまえ」

　その指示に従って、びっしりと文字――その中には今は滅びて読める人も稀なものもあった――を墨書した木や竹の板は次々と運び出され、あるいはその場で叩き割られ、へし折られたあげく火を点じられた。

「ああっ、やめてくれ！」

　おろおろと窖の奥から飛び出してきたのは、まさしく〝先生〟だった。指揮に当たっていた役人に取りすがろうとし、後ろから追ってきた部下に捕まって羽交い絞めにされながら、

「お願いだ、これはわれわれ『稗官』が前任者、そのまた前任者の前任者、いや、はるか悠久の昔から代々記録し、保存してきた簡牘《しょるい》ですぞ。頼みます、今すぐこんなことはやめてくだされ！」

　すると役人は憐れむような視線を向けて、

「おお、そなたがここに長年巣食う――あ、いや、勤務しおる虞初《ぐしょ》とやらか。このたび旧市街を取り壊して河南太守の官府と洛陽太学、畏くも陛下行幸のみぎりにご滞在いただく宮殿を拡張するに当たり、期日までに立ち退くべしと通告したはずではなかったか。そして、その期日が今日であることも」

「そ、それは……」

　虞初――すなわち丁々にとっての〝先生〟は、言われて初めて思い出したようすで、

「確かにそうと承った記憶はありますが、まさかこんなに急とは……それにこちらに所蔵した貴重な記録を移し替える先をご指定いただけるものと、てっきり

……」

「記録の移し替え先？　そんなものはないよ」

役人はあっさりと言った。ええっと驚きのけぞった〝先生〟に、役人はさらに何か言いかけたが、ちょうどそのとき荷車の響きと、焚き火の燃え爆ぜる音が入りまじって、丁々にはよく聞こえなかった。

だが、確かなことはそのとき浴びせかけられた言葉が、いっそう激しい衝撃を与えたことで、虞初はそのまま地面にへたりこんだ。

「先生！」

丁々はたまらず、兵士らに突き飛ばされ、足蹴にされかねないのもかまわず前へ出た。そのまま地面に倒れかけた虞初は、丁々に支えられ、危うく頭を地面にぶつけずにすんだ。

だが、抱き起こされた彼の顔はまるで腑抜けで、頭を打とうと打つまいと関係なかった。

丁々が必死に彼を介抱するうちにも作業は進み、木簡と竹簡を満載した荷車は去り、あとには焼け崩れて木とも竹とも区別のつかない燃えかすだけが山と残された。無傷のまま持ち去られたものも、さっき言っていたように文字を搔き落としてしまえば、もう何を語ることもできない。下級役人を「刀筆の吏」というぐらいで、書刀と呼ばれる刃物で簡を削り、再利用するのは当たり前のことだった。

例の役人は去り際に、なお茫然としたままの虞初に向かって、

「今やわが国は儒教を国教とし、『小道ト雖《いえど》モ必ズ観ル可キ者有リ、遠キヲ致スニハ泥《なず》マンコトヲ恐ル、是ヲ以テ君子ハ為サ弗《ざ》ル也』――市井の些事や芻《くさかり》や蕘《きこり》、狂夫《おろかもの》の言いぐさを滅ぼしはしないが、相手にはしないという教えにもとづくと、稗官という官職は無用以下の存在となってしまう……。

あ、いやまぁ、見れば貴公はまだ若いのだから、また新たな生きる道を探されるがよかろう。しかし今日が日まで自分の仕事について無知であったのは、むしろ幸いであったかもしれぬな。お上にも仁慈《なさけ》というものはあるで、あと数日はここにとどまることを許可する。ただし工事が始まるまでのことであるぞ。では、貴公の前途に新しい道のあらんことを。さらばじゃ！」

一抹の同情をにじませて言い置いた。それが虞初の耳に届いたかは定かではなく、彼が正気を取り戻すにはもう少しの時間――とっぷりと日が暮れるまで待た

ねばならなかった。

　あとには虞初と丁々と、そして膨大な《物語》を根こそぎ奪い去られた空白と、無残な灰殻となった無数の言葉だけが遺された。

　少年が〝先生〟を介抱し、いったいあのとき何を言われたのかと訊いてみると、

「そ、それが……あの役人の言うには、親代々から私が受け継いだ『稗官』は古えの時代には確かにあったが、もうとっくに廃止され、もう存在しないのだと。ただ、あまりに無用の役職なので、誰もが存在を忘れてしまい、ために廃止を言い渡し、免官を告げるものがなかった。私はそうとも知らず日々せっせと筆をなめなめ、君が拾い集めてきた出来事や噂話を書き記してきたのだが、実は何のかいもない無駄骨だったというのだ……」

「そ、そんな！」

　丁々も衝撃を隠せなかった。じゃあ、これまで自分がやってきたことは何だったのかと、がっくりしないではいられなかった。

3

　それからの虞初――もはや稗官の任を解かれたというよりは、もともとそうではなかったと判明した彼は、腑抜けのようになっていた。

　丁々の仕事ももはやなくなったわけだが、それでも彼のために面白い話を集めてくることはやめなかった。そうすることでまた筆を執り、気力を取り戻してくれるのではないかと期待し、新品の木簡・竹簡も用意したのだが、どうにも心が動かないようだった。

　それでもようやく気を取り直したのか、丁々の作った煮餅《うどん》や羹《スープ》を口にしながら、こんな話をしてくれた。

「今から三十年も前、皇帝陛下の命で張騫という方が西域に旅立たれた。宿敵匈奴を討つに際し、かつて自分たちの王を殺されて怨みを抱いているはずの大月氏と同盟を結ぶべく、大使節団を率いて派遣されたのだ。だが、張騫どのも誰も、大月氏国がどこにあるか知らず、途中立ち寄った大宛国《フェルガナ》も初めてその存在を知るありさまだった。そもそもそれまでは中華の地を出て国境を越えれば、そこは化外の国であって、人頭蛇身や無頭裸体の怪物、人面鳥やら有足魚がおり、一目、

長股、一手一足の人間たちの国があったはずなのに、それらは一気に遠ざかり、大夏《バクトリア》、身毒《インド》といった国々とも地続き道続きとわかった。だけど、それらの事実は先輩の稗官によって記録されていたし、むしろそれ以降に現実のものとなったふしさえあるんだ」

「え、それはどういう……」

丁々が問いかけたが、当人にも答えが出ていないのか、「さぁて」と考えこむばかり。そのとき、丁々には天啓のようなものがひらめいたのだが、そのことにも気づくことはなかった。

それからまた、丁々は洛陽の街、とりわけ市をこれまで同様に駆け回り、さまざまな話を持ち帰った。何を今さらと気乗りのしないようすでの虞初だったが、病人が回復するにつれ食が進むように少年の物語に耳を傾け、やがては墨をすり筆を執るようにもなった。

「先生、大変だ！」

そしてさらに月も替わったある日のこと、丁々がいつもにも増して元気よく、よほど珍しい話でも掘り当てたのか、常よりあわてたようすで稗官の役所跡に駆けこんできた。

「市の亭長《けいさつしょちょう》さんから聞いてきたんだけど、何とこの洛陽に――」

と言いかけて、あれっと立ち止まった。そこにあの日、強引に立ち退きを宣告し、貴重な文書を破棄させた役人が来ていて、〝先生〟と対座していた。役人は前回とは打って変わり、ひどく丁重でへりくだってさえ見えた。

「ああ、丁々、すまない。今、こちらの方と大事な話をしているんだ」

虞初が言い、役人が小さくうなずいた。

「だから……」

と丁々を行かせようとするのに押っかぶせるようにして、

「その大事な話って、ひょっとして、大秦《ローマ》というはるか彼方の国から使者が来たということ？」

虞初と役人はふりむこうとして、おでこをぶつけかけ、あわてて身をのけぞらせた。

「何でまたそれを⁉」

異口同音に訊いた二人に、丁々は答えた。

「だって、もうあちこちで評判になっているもの。いったい大秦国《だいしんこく》とはどんなところだろう。匈奴、大月氏、大宛ですら夢のようなのに、それより遠方から来るのはどんな人たちで、どんな言葉をしゃべるんだろう――とね」

「さぁ、そこなんだよ坊や」役人はため息をついた。「われわれにも、その点は見当すらつかない。もし異国の使者を迎えて粗相があったら、取り返しがつかないし、長安の朝廷からどれほどご勘気を買うことか。何を食べ何を飲み、何には手も口もつけず、何に喜び何で怒るか――それらが皆目わからねば接遇しようがない。それで、何かご存じではと、虞どのを訪ねてきたわけなのだ。どの面下げて、と思われるのは承知のうえでね」

　すると、虞初がこっくりとうなずいて、

「あの件はあの件として、訊かれてわかることなら教えるのも仕事のうちだが、大秦などという国について記した書物はあったかどうか。あったとしても烏有に帰してしまったし……ああ、せめてどこにある国なのかだけでもわかればいいのだが」。

　大事な記録にあんなことをされておきながら、甘いというかのんきというか、そこがこの人の美質であり欠点なのかもしれなかった。

「ああ、それなら」丁々は瞬時に答えた。「大夏、身毒のさらに先に安息《パルティア》という大国があって、その領土を抜けてゆくと条支《シリア》国。そこから順風ならば三か月、風がなければ二年かかって大海を渡った先にあるのが大秦《ローマ》のお国ですよ。その道を逆にたどって、はるばるやってきたのでしょう。また蜜徐籮《ミスラ》（エジプト）の地から紅い海を渡り、身毒の沿岸をめぐって、やがて元は南越国の領土だった日南郡より上陸する海の道もありますが、これも何年何か月もかかるそうですね……どうかしましたか？」

　気がつくと、〝先生〟と役人がびっくりした顔で丁々のことを見ていた。

「何で君、そんなことを……？」

「だって先生」丁々は逆に驚きを見せながら、「ここにあった簡《ほん》に書いてあったじゃありませんか。大秦国のことに限らず、この世の全てのことが、ほとんどは大したことのない小さな説だけれど、いつかひょっとしたら誰かの役に立つかもしれないし、ただ面白おかしいだけかもしれない事柄が」

「まさか、お前は」役人が言った。「それらを全部覚えているとでも？」

「ええ、もちろん……ここにあった木簡や竹簡はほぼ全て読みましたし、それから自分で拾い集めてきたお話は、まだ先生に書き留めてもらってないものも含めて、全て」

　丁々は笑顔でうなずいてみせた。一拍置いてから、虞初たちは勢いよく顔を見合わせようとして、派手におでこをぶつけてのたうち回るはめになったのだった……。

4

「見ろ見ろ、あの黄色い馬車を。おお、これはまた……薄絹越しでも明らかな、何と美しい顔立ちだろう」

「というより可憐だ。高貴なのはむろん、しかも凛として――なに、あれが大秦《ローマ》の国の姫君？　と聞けば納得のほかないな」

「そんなことより、あのたおやかな体つきを見ろよ。何より、あの胸のふくらみ……」

「こらっ、いいかげんにしろ。しかし、万里の涯からよく来たもんだ。あんな娘の身で、何かと不自由なこともあるだろうに」

「それが、大丈夫らしいぜ。言葉も食べ物も習わしも、全て承知の知恵者がいたそうな」

　へぇ、そりゃあ……と感心する声があがったが、すぐにまた行列の見物に戻った。

　――あれから一か月、大秦国王が派遣したという使節団は洛陽の官民の大歓迎を受けた。

　その規模が意外に小さく少人数だったのは、何しろ万里の涯から来ただけに、道中脱落したのかもと想像されたし、東の漢朝と並ぶ西の大帝国の王使にしては装束が豪華絢爛とは言えないのも同じ理由と思えなくもなかった。

　あと、金銀奇宝をあまた産し、夜光璧《やこうのへき》に明月珠《めいげつのたま》、珊瑚、虎魄《こはく》、琉璃《るり》や琅玕《ろうかん》、硃丹《しゅたん》、青碧《せいへき》、さらには火浣《かかん》布《ぶ》などなどを産するという国からの貢ぎ物が象牙、犀角、玳瑁《たいまい》というのはやや貧相で、はるか西方というより南国の匂いがしたし、一行の中に口から吐火《ひをは》いたり、手足を支解《きりはな》してみせたり、無数の玉を操ったり、あげく馬と牛の頭を取り換えてみせたりしたのは、外交使節というよりは当地の市などで芸を披露する幻人《てじな》や戯楽の一座のようであった。

　市といえば、そこの珍品や骨董を扱う店が一時売り切れとなり、傭肆の檻にいた僮《どれい》たちも解放されたらしいのは、この一行の来訪で景気がよくなったせいかもしれない——などということはともかく。

そんな中で、ひときわ人目を惹き、やはりこれはただものではないと思わせたのは、先の会話にもあった美しい異国の姫君であった。目にも鮮やかな黄色の馬車に乗ったこの美少女一人でも、都市《まち》をあげて歓迎の祝宴を開く値打ちがあるほどだった。

彼女ら一行は、しばらくの滞在のあと長安めざして旅立っていったが、その後の評判はなぜか伝わってはこなかった。まるでその道中で煙のように消えてしまったみたいに……。


「先生、お久しぶり」

しばらく姿を見せなかった丁々が、虞初のもとに現われたのは、さらに数日後だった。

——あの一行の到着前から、彼は饗応の相談役として役所に協力し、異邦の客の言語習慣、趣味嗜好に加え、彼らの故国の歴史や地誌について膨大な資料を提出した。

それは助手の丁々が暗誦したものを書き起こしたものだったが、おかげで虞初は大いに面目を施し、稗官の廃止はくつがえせないものの、とりあえず立ち退きは免れ、下級の書佐《しょき》として雇ってやってもよいということになった。これでも破格の報酬であり厚遇だった。

だが、彼はそれどころではなかった。いくつかの疑惑がわき上がり、どうにも抑えられなくなった。そしてそれは、丁々一人にしか問いただしようのないものだった。

今度の成功を喜び、おめでとうございますと言いかけるのをさえぎり、彼は訊いた。

「教えてくれ、丁々。あの大秦国一行は本物だったのかい。それとも適当にかき集められた真っ赤な偽者に過ぎなかったのじゃないのか？　君が私に教えてくれた、かの国についてのことどもは、本当にわが役所の簡牘に書いてあったのかい。まさか、全て君の作りごと、口から出まかせではなかったのか……？」

「ああ、そのことでしたら」丁々はにこやかに笑った。「どちらでも同じことではありませんか。僕が正しく諳んじていたとしても、内容をでっちあげたのだとしても、木簡竹簡が失われた今では確かめようがありません。確かなのは先生が記した通りの人々が現われ、現にこの都市にやってきたこと。きっとはるか彼方の世界には大秦――ローマという国がちゃんとあることでしょう。先生がそのことを書くまでは存在しなかったとしても」

虞初は「そ、そんな……」と混乱したあと、

「では、これだけははっきりさせよう。あの一行の大秦国の姫君というのは、ひょっとして、丁々、君ではなかったか」

「あ、それはその通りです」

丁々はあっさり答えた。虞初は勢いこんで、

「だとしたら、あの一行はやはり偽者、全て作りごとだったということに――」

「いえ、そうとは限りませんよ」

丁々がさえぎった。虞初は驚いて、

「なぜ」

「なぜって、もしかして僕は本当に大秦のお姫様かもしれないではありませんか。たまたま身をやつして、ここ洛陽にいただけ――そうではないと、どうして言えますか」

「で、でも」虞初は声を詰まらせた。「君はれっきとした男の子じゃあ……」

「さぁ、それはどうでしょう」

丁々は不思議な笑みを浮かべると、その身にまとっていた衣の胸元を少しはだけてみせた。そこにあの姫君と同じものを見出し、ぎょっとして後ずさった虞初に、

「さあ、僕はもともと女の子だったのでしょうか。それとも、つい最近になって男から女になったのかもしれない。男子が女子に化為《な》り、女子が丈夫《おとこ》に化為る……ここにあった記録にも、先生が書き留めた中にもいくらも例がありましたよね」

「そ、それは確かに……。だが、だとしたら丁々、君はいったい何者なんだ」

「さあ、それは僕にもよくわかりません」丁々は微笑んだ。「むしろ大事なのは、先生――あなたが何者かということではないでしょうか」

「何だと……私が何者だというんだ。何者かだとして、私がやってきたことは何なんだ。このあと私にどうしろというんだ？」

虞初が叫ぶように言い、丁々が答えかけたときだった。ふいに天から声があった。

――小説家はどこにいる？

その問いかけは、虞初は知らず丁々には着実に届いた。彼もしくは彼女は答えた――。

「ここにいます」

そのあと虞初をかえりみると、

「さあ、書いてください、先生――『小説家はここにいます』と。それに続けて『でも、まもなくここにはいなくなります』とね！」

当の虞初をよそに、高らかにそう宣言したのだった。

＊

小説家――それは、儒家・道家・陰陽家・法家・名家・墨家・縦横家・雑家・農家とともに「諸子百家」の一つ。『漢書藝文志』は次のように述べている。

――小説家者流ハ、蓋《けだ》シ稗官《はいかん》ニ出ズ。街談巷語《がいだんこうご》、道聴塗説《どうちょうとせつ》者之造ル所也。

その代表人物として「河南人、武帝ノ時、方士侍郎ヲ以テ黄車使者ト号」した虞初を挙げ、「小説九百、虞初ヨリ本ヅク者也」とたたえた。また司馬遷は『史記』封禅書に、

――丁夫人、雒陽《らくよう》虞初等、方ヲ以テ祠リテ匈奴、大宛ヲ詛《のろ》フ。

と記した。「夫人」とは女性の称ではなく人名という説もあり、すなわち彼が性別不詳の丁なる人物とともに漢の都長安に上り、言葉の力のみで何やらとてつもない大業に取り組んだことが記録されている……。

古籍異聞

見えない射手

あるいはエリアス・ハルトル事件報告書

Der Unsichtbare Bogenschütze oder Elias Hartl Vorfallbericht

朝松 健

人の魂がどんな情念でも過剰に陥るとき、その過剰は事物を「魔術的に」結合させ、それらを思うがままに変える。

ユング&パウリ「自然現象と心の構造」
河合隼雄・村上陽一郎 訳

クリスマスと第三帝国は戸口の前に立っている。

W・メーリング「ベルリン 1928―1933」
平井正 訳

Datum : 17. November 1930 一九三〇年十一月七日
Titel : エリアス・ハルトルに対する尋問の報告（下書き）
Reporter : ヨハン・ヴィント上級刑事

1 十月三日夜について

また尋問ですか。あなたは？ 治安警察ではなくて殺人課？ ヴィント刑事とおっしゃるんですか。殺人課ですって？ なんてこった、まだ奴を殺すことができないのに、殺すより早く殺人課の刑事さんが現われたって訳か。……いや、今のは独り言です。単に手が足りなかったせいで殺人課の刑事さんが僕の尋問にいらした？　そうですか。宜しくお願いします。十一月の党大会は、ナチの首領が奴らの地元のミュンヘンじゃなく、ヴァイマール共和国の首都ベルリンで初めて演説するというんで、親玉のチャップリン面《づら》見たさに、すごい人数が集まりましたね。なんで知ってるか？　僕もスポーツ宮に行ったんです。当然、チャップリン面を観るためじゃありません。本当に凄い人出だった。さぞ警備や監視も大変だっただろうな。大変と言えば、先月の——十月三日の暴動では相当な検挙者が出て大変だったって噂で聞きましたよ。ただし検挙者の多数は大暴れして莫大な損害を与えたナチじゃなくて、ナチにやられた一般人ばかりだったと、皆、話してますがね。まあ、そんなこと、僕にはどうでもいいや。早く尋問して下さい。そして、とっとと尋問を終えて僕を家へ帰して下さいよ。……叔父夫婦の血の痕が残るあの家へ。

　最初の尋問は何ですか？　ああ。またそのことか。——どうして、僕が剝《む》き出しのＺＨ‐29半自動小銃を肩に街角をふらついていたのか、その理由《わけ》が知りたいというのでしょう。チェコ軍制式小銃で何をするつもりだったのか、それを白状しろ、と。小銃のみか、上着の内ポケットには装填されていないオルトギース小型拳銃まで隠し持っていた。こいつはどうしてか、その理由を話せと言うんですね？

　やれやれ。呼び止められ、ベルリン州警察本部に連行されてから、もう何十回となくそればかり訊ねられましたよ。——で、僕は何ひとつ包み隠さずお話ししてきた。それなのに、あなた達ときたら頭ごなしに供述を否定して、本当のことを話せと言う。信じられない偶然の一致だの、魔術だの、チャップリンそっくりなナチス党の党首が人間じゃないなんて与太話はもう沢山だ、と怒鳴り続けるんだ。……おや、怒鳴らないんですね、あなたは。

　煙草？　いただきます。オランダ煙草ですか？　ブラックデビルという銘柄は知りませんが煙草ならオランダのでもドイツのでも、今なら大歓迎です。……ありがとう。あ、ご丁寧に火まで。……恐縮です。流石はベルリン州警察殺人課の刑事さんだ。治安警察や暴力課の粗暴な馬鹿どもとは全然違いますね。……煙草のお陰で少し落ち着いてきました。

　僕の名はエリアス・ハルトル。二十歳です。エリアスが名前で、ハルトルが姓です。ハンガリー人と一緒にしないで下さい。チェコ人とハンガリー人は、ドイツ人とフランス人くらい違うんですからね。国籍はチェコスロバキア共和国。プラハ・カレル大学の二年生です。専攻はドイツ現代文学。お断りしておきますが、政治学とも、マルクス経済学とも無縁ですよ。そうです。僕は共産党員でも、党のシンパでもありません。非政治的な立場《ウンポリティッシェ・ポジシオン》です。ご不審ならプラハ・カレル大学の当局なり、プラハの公安警察なりに問い合わせてください。

　十一月十七日？　僕が職務質問に引っ掛かって、しょっぴかれた朝ですね。あの朝、スポーツ宮殿から二〇〇メートルほどの所に立っていたのも、小銃や拳銃を所持していたのも、ある男を殺すためです。その男は国民社会主義ドイツ労働者党――ナチス党党員です。ただし、政治的な目的ではありませんよ。純粋に神学的な動機――カトリックの神父が言うところの悪魔祓いだったのです。僕の話は要領を得ないですって？　ああ、結論を急ぎ過ぎましたね。……取りあえず、時系列に従ってお話ししましょう。

　一九三〇年十月三日金曜日の夜は、僕は叔父のグスタフ・ランツベルガーの自宅兼店舗に滞在していました。叔父はドイツ＝チェコ系のユダヤ人で、父の二番目の妹の夫です。ライプツィヒ通りの隅に小さな時計屋を構えていました。暮らし向きは貧しくもなく、豊かでもなく、まあ普通というところでしょう。

　僕は従姉《いとこ》の結婚式に参加するためベルリンを訪れ、グスタフ叔父の家に金曜・土曜と泊まり、日曜にチェコに戻る積もりでした。ええ。三日の金曜日に国会で騒ぎがあったなんて全然知りませんでしたね。[注1]だから、国会でのナチス党の示威行為に連動して街なかでナチの突撃隊が暴れはじめたなんて、まったく知りませんでした。そもそも突撃隊が暴動を起こすのを予想した新聞など、ドイツ語のもチェコ語のもなかったんじゃないのかな？

　突撃隊による暴動は何がきっかけだったんですか？　暴動じゃない？　あれはデモと呼ばれている？　ナチス党はデモと主張しているのですか。あれがデモなら、暴徒の略奪は全部デモでしょうね。ええと、暴動の話でした。その……デモ？……デモは何処から始まったんです？　ヴェルトハイム百貨店を中心として、近隣のユダヤ人経営の店ですか。やはりユダヤ人の商店が多数、襲撃されたんだ。畜生《フェダムト》！　……失礼。まだあれが生々しくて、つい怒りが爆発してしまうのです。煙草、もう一本、頂けますか？　有難うございます。煙草で、少し頭を冷やして、落ち着きます。

　僕に限って言うなら……なんだか外の様子がおかしいと気づいたのは、夜の九時くらいでした。ええ、十月三日——暴動の夜の話です。なんだか外が騒がしくなったかと思ううちに、叔父の時計店の前のほうから「殺せ」とか「ぶち壊せ」なんて物騒な喚き声が響き起ったのです。ギャングみたいな大声はやがて、「ユダ公をやっちまえ」、とか「ドイツ国民の富を独占するユダヤは根絶やしにしろ」だの、「ユダヤの陰謀を粉砕しろ」とか「フリーメーソンの手先のユダヤ人は皆殺しだ」といった差別主義とユダヤ・ヘイト《ユーデンハス》に満ちた物騒な怒声に変わりました。

　その時、僕は二階で読書していたのですが、怒鳴り声と色んなものをぶち壊す音が気になり、なんだろう、と立ち上がりました。外からは男どもの怒鳴り声のほかに力任せにガラスを砕く音、恐怖に駆られた女子供の悲鳴、何かを壊す音も聞こえます。さらにそれらに混じって時折、「やめろ」とか「やめてくれ」と哀訴する男の声も弱々しく聞こえてきました。ここに至り、何か恐ろしいことが起こっていると感じ、僕は窓に駆け寄って外を眺めたのです。するとあれが目に飛び込んできました。そうです。突撃隊の暴動です。連中は、あるいは警棒、あるいは松明《たいまつ》を手に、

「ユダ公を殺せ」

「祖国の富を豚どもに貪《むさぼ》らせるな」

などと喚き散らしながら百貨店のショーウインドウや、通りに面した店々の飾り窓を棍棒や鉄パイプで粉々に砕き、ウインドウに並んだ商品を路上にぶちまけていました。皮肉なことに突撃隊の相手かまわぬ暴力は宝石店の隣の書店にも及び、奴らは書店の名前が金文字で入ったガラス扉を割り、さらにベストセラーを並べたショーケースも棍棒だか警棒だかで粉々にして、きれいにレイアウトされた豪華本やベストセラー本を次から次へと道路に投げ出して踏みにじってました。皮肉なことに奴等の軍靴で泥まみれにされた本の中には奴等が神と崇めるアドルフ・ヒトラーの『わが闘争』もありましたよ。突撃隊には『わが闘争』とトーマス・マンの区別も出来なかったのでしょう。

　そういえば、突撃隊《やつら》はユダヤ人の経営する高級店を

破壊するのが主な目的に見えましたが、暴れる姿を遠巻きに眺めていた通行人にも襲い掛かる奴がいました。それこそヒトラーとトーマス・マンの区別も出来ないみたいにね。……そうです。殴られた人には、ドイツ人もオーストリア人もスイス人もいたはずです。奴らが殴り掛かったのは黒髪とか浅黒い肌とか大きな鼻といった、戯画でよく描かれるユダヤ人的風貌の人間が中心でしたが、頭に血が上った奴等はそれ以外の人たち——金髪・赤毛・銀髪、白い肌・黒い肌・黄色い肌……男も女も見境なく、視界に入った人間に片っ端から殴り掛かっていて、奴等が襲わないのは突撃隊の制服を着た人間だけみたいでした。

すでにライプツィッヒ通りの路面はガラス片と夥しい血で彩られ、それが街灯やビルの照明やネオンサインに反射して、一部は真紅、一部は銀色に輝き、なんだか怖いほど美しく見えました。この恐ろしくも美しい通りを眺めるうちに僕の心には（この世に終わりが来るのなら、きっとこんなに美しいのだろうな）という——およそ他人事のような思いが、ぼんやりと浮かんできました。そうです。まるで僕の意識は映画を観ているかのように、何に対しても自分のこととは思えなかったのです。それと、二つの言葉が閃《ひらめ》きましたよ。どんな言葉かって？——一つは、遂にその時が来た。もう一つは、最悪の予想が現実になってしまった……。でも、同時に、「そんな馬鹿な」とか「これは現実じゃない。悪い夢だ」とも考えていましたね。だって、そうじゃありませんか。この国は世界で最も民主的な憲法を誇るヴァイマール共和国なのですよ。しかも、ここはベルリン。二十世紀の科学・医学・工学・哲学・文学——すべての最先端が集まる都市ベルリンではありませんか。いわば二十世紀の知性と理性を代表するヴァイマール共和国の首都ベルリンの、しかも中心街で、どうしてこんな野蛮な真似が行なわれるというのでしょう？　今でこそ落ち着いてものを考えることも出来るのですが、あの夜は、ただ、悪夢の中を歩くような覚束なさでしたね。

僕は階下の、叔父の店の店舗部までフラフラと降りていきました。階下《した》の店舗はとっくに明かりを落とし、出入り口もカーテンを降ろして真っ暗でしたが、外の怒号やガラスを砕く音、男女の悲鳴が二階にいるより生々しく響いてきましたし、突撃隊の奴等の影が店舗の白壁に映っています。その暴力的な影絵のせいで、奴らの殺気や憎悪や怒りが、店舗で息を潜める僕にも、ひりひりと伝わってきました。それから唐突に疑問が閃きました。

「グスタフ叔父さんは何処にいる？　ダーシャ叔母さんは無事なのか？」

　暗い店舗で眼を凝らし、一所懸命探しても二人の姿は見えません。（まさか……）と思った瞬間、冷たい風が店舗に吹き込んできました。風のほうに眼を向ければ出入口に降ろしたカーテンがたなびいています。足音を忍ばせ、そちらに近づいてみて、出入口のガラスが割られているのに気がつきました。いや、出入口だけではありません。十月の寒風は時計を飾ったウインドウのほうからも吹き込んできます。その身を切るような冷たい風に乗って血の臭いが、焼けた木材の臭いが店舗に流れこんできます。それだけではありません。寒風は突撃隊員の怒声を、近隣住民の悲鳴を、ガラスを叩き割る音を、さらに、金属や木材を道路に叩きつける音を僕の耳に届け、終いに遠くで発せられる銃声までも届けたのでした。（まさか……まさか……まさか……）心で渦巻くそんな不安の声に駆られて、僕は出口に駆け寄りました。外へ向けてドアを押します。ドアの木枠からガラス片が落ちて路面で砕ける音が異様に甲高く響きます。なかなか開かないドアを力任せに押し開き外へ飛び出そうとして——路上の大きななにかに躓《つまず》き、つんのめりました。そのまま前のめりに店の前に倒れ、顔と胸をしたたか打ちました。倒れた僕の片手は路上の水たまりに触れました。水たまりにしては妙に生ぬるいな、と頭を上げてみたら、次の瞬間、叔母の顔が眼に飛び込んできたのです。僕に顔を向けているのに、叔母は無表情で、その瞳には輝きがありません。眼が闇に慣れるにつれて通りの向こうの明かりに照らされた叔母の様子がぼんやりと見えてきました。叔母は死んでいました。どうやら全身を激しく殴られてのショック死だったのでしょう。のろのろと立ち上がり、叔母の遺体に触れました。遺体は石細工のように冷たく硬くなっていました。近くに叔父もいました。こちらは顔の原型が判別できなくなるほど殴打されていました。

「グスタフ叔父さん……」と、その名を呼ぼうとしましたが、口から洩れたのはかすれた音だけでした。その時、遠くから何人もの蛮人が、がなりたてる歌が聞こえてきました。「ホルスト・ヴェッセルの歌」です。

突撃隊のあの忌まわしい歌でした。振り返れば通りの向こうの壁に貼られた大きなポスターが見えました。真紅の地に黒く描かれた鉤十字と、前髪を垂らしてこちらを睨みつけるチョビ髭の男です。その顔は少しも喜劇王チャップリンには似ていませんでした。いや、人間の誰にも似てはいません。そいつはそいつでした。

　国民社会主義ドイツ労働者党党首アドルフ・ヒトラーに他ありませんでした。僕は胸底から凄まじい感情が湧きおこるのを感じました。怒りより強く、憎しみより激越で、嘔吐に似た「生理的」とも呼ぶべき感情です。それは殺意でした。僕は殺したい。いや必ず殺す。あの陰気な容貌《かお》の男を殺さねばならない。あいつは悪魔だ。人間が心の奥底に秘め隠した悪意と憎悪を解き放つためにこの世に現われた悪魔なのだ。僕は全身で意志しました。ヒトラーを殺してやる。殺す。殺さねばならない。

　僕はヒトラーを殺さねばならない。

２　十一月十六日について

　十一月十六日にヒトラーがベルリンで初めて壮大な演説会を催すと聞いたのは十月三十一日のことです。そうでなくともナチス党は派手な宣伝をやって町中にポスターを貼り、新聞に広告を載せ、チラシを街の中心地の宣伝搭に貼ったり、あちこちで配ったりしていましたから、演説会の場所も時間も労なく把握出来ました。拳銃は叔父のものです。叔母の勧めでグスタフ叔父が用心のために買い求めた銃でした。小銃は僕が闇で手に入れました。チェコ製を買ったのには意味はありません。ささやかな愛国心でしょうか。いや、きっと心の底に徴兵のことがあったのでしょう。いや、それも違うな。……人類を代表して悪魔を殺すのなら、チェコスロバキア共和国人として誇りをもって殺したい。……一時的な狂気と言うか、殺意に取り憑かれて狂った頭で、きっとそんなことを考えていたのでしょう。……いや、それも違う。そうじゃない。あの時、僕は神か天使か我が守護天使に操られていたんだ。何もわからない。とにかく、僕は演説会の臨時雇いの警備員となり、前日の十五日の夜、画材に見せかけた小銃をベルリンのスポーツ宮殿のサーチライトが何台も設置された照明台の下に隠しました。そして、演説会当日、臨時警備員として何気ない顔でスポーツ宮殿に入り、警備する振りをして、狙撃のために最適の場所を探し求めたのです。

スポーツ宮殿は午後八時に警察と警備員によって閉鎖されました。一万八千人もあつまったのですか⁉ このベルリンにそんなに多くのナチ支持者がいるとは到底信じられませんね。例によって口の上手いナチスの宣伝部が甘言と派手な宣伝で集め、あとは突撃隊の野蛮人が通行人を脅して掻き集めたのではありませんか？　確かに凄い人出だったのは認めます。スポーツ宮が溢れんばかりの人であふれていましたね。僕は警備員らしく観席を回り、ゆっくり照明台へ進みました。それから人目を避けて物陰から物陰へと移動し、素早く鉄骨で組んだ照明台の下に潜り込むと、暗がりで画架を入れるバッグに隠した小銃を探しました。八時十五分、開会のアナウンスが響きます。僕は手探りで見つけた荷を引き寄せ、バッグから小銃を取り出しました。ZH‐29半自動小銃です。一年の懲兵で使い慣れた銃なので、手探りで弾倉を銃身に装填し、すぐにセミオートで発射できるように準備しました。八時二十分、ヒトラーの入場です。サーチライトが競技トラックを滑り、演台に向かうヒトラーを追います。観席の人間はほとんどが立ち上がりました。割れんばかりの歓声、「ジークハイル」「ドイツ万歳」「ハイル、ヒトラー」の連呼、そして音楽。軍歌もどきなナチスのテーマ。でも、それらもあの時の僕には騒音にさえ感じませんでした。僕はヒトラーが演台に立つのを待って、銃床を肩に当て狙いを定めました。党首を照らし上げるサーチライトのお陰でヒトラーは闇の中にはっきりと浮かんでいます。（この状態なら撃ってくれと言っているようなものだ）そんなことを考えながら、僕は息を潜め、照準を合わせました。引き金に人差し指を当て、ヒトラーの眉間に照準を合わせました。引き金の人差し指を静かに絞ろうとして――眼の前が一瞬、真っ暗になりました。人間です。観客が僕の前、約十メートルのあたりを横切ったのです。僕は慌てて人差し指から力を抜きました。よりによって、今この時に前を横切るなんて。……でも、ヒトラーはまだ演台の上です。チャンスが消えたわけではない。僕は呼吸を整えて、再び狙いを定めました。そして引き金を絞ろうとした時、僕の視線の端から端へと何かが動きました。今度は鳩です。スポーツ宮に巣くっていた鳩が騒ぎに驚いたのか、照準の視界の端から端へ飛んでいったのです。……刑事さんも射撃の時にどれほど集中しなければならないか、ご存じでしょう。ましてや、僕は叔父と叔母の仇、人類の敵とも呼ぶべき男を狙撃しようとしていたのです。そのための集中が一度は観客のせいで中断され、二度目は鳩のせいで停止させられたのです。僕は呼吸を整えました。僕ならやれる。僕しか出来ない。主《ヘア》よ、我に御力を賜り給え《シェンク・ミア・ダイネ・カウフト》。心の中で何度も唱えると、僕はヒトラーに三度目の狙いを定めました。照準は正確に党首の眉間を補えています。僕は呼吸を止めると、引き金を絞り切りました。カチリという撃鉄の落ちる音がやけに大きく聞こえました。今度は不発です。歯を剝きだして排莢し、もう一度、ヒトラーを撃ちました。また不発です。もう一度。撃つ。不発。排莢。……ヒトラーの演説は延々と続いています。僕は狂ったように不発と排莢を繰り返していました。それは弾倉の銃弾すべて……十発……そうです。十発全部打ち尽くすまで続けられたのです。刑事さん、こんなことが現実に有り得ると思いますか。僕が持っていたのは、去年、チェコの工場で作られたばかりの最新式半自動小銃ＺＨ‐29ですよ。その弾倉に詰めた銃弾の十発が十発とも不発弾だったなんて……そんなヒトラーにとって都合のいい偶然があり得ると思いますか。不可能？ そうですよね？ 普通はあり得ませんよね。僕は思わず十字を切りました。それから思い直しました。ＺＨ‐29で駄目でも、拳銃ならば……。僕は万一のために叔父の拳銃を持っていた。このオルトギースなら必ず殺せる。小型拳銃だが、アリーナに降り、演台の真近まで駆け寄って、六、七メートルの至近距離から撃ったら……頭を狙ったら……即死させられる。……そこまで考えた時には、僕は駆けだしていました。ええ、左に小銃を抱えて、右手にオルトギース拳銃を握ったままです。演説が終わりました。観客席のすべての人間が一斉に立ち上がりました。その動きに地響きが起こり、演台に寄ろうとする僕は足元が危うく感じられました。人々は泣き、歓喜し、口々に叫んでいました。「ドイツ、世界に冠たるドイツ！」暴風雨のような喝采がスポーツ宮全体を揺るがし、僕は何度も転びそうになっていました。一万六千人もの人間の興奮と熱狂が竜巻のように僕を取り巻いていました。おそらく観衆の熱狂が僕にも伝染したのでしょう。僕はアリーナと客席を仕切る壁に走りつくと、その場に立っていた警官に呼びかけました。「僕は暗殺者だ。ヒトラーを殺しに来た」警官は僕に笑いながら応えました。「ああ、まったく素晴らしい演説だった」僕は少し離れた位置に立つ突撃隊員に叫びました。「僕はヒトラーを殺しに来たんだ」突撃隊は僕の肩を叩いて大きくうなずきました。「有難う、同胞よ。君の思いは党首にしっかりと伝わっている」横に立つ背広のような制服の男も言いました。「アドルフに伝えておこう。君の意志は」「違う！　僕はナチのシンパじゃない。アドルフ・ヒトラーを殺しに来たんだ」

　僕は男に怒鳴り返しましたが、相手は嬉しそうに笑いで応え、僕に握手しました。どうしてだ。どうして誰にも通じないんだ。混乱した僕は仕切りまで駆け寄りました。そして、演壇から降りて悠然とこちらへ向かって進むアドルフ・ヒトラーめがけてオルトギース拳銃を発砲しました。今度は確かに引き金を引けました。撃鉄が落ちて銃口が火を噴き銃声が響きました。でも……銃弾はヒトラーの眉間に命中することはなく……あの男の真ん前で小さな炎となって蒸発してしまったのです。ヒトラーは歩きながら僕のほうを見上げました。奴は薄く笑っていました。そして、僕の頭に奴の声が聞こえたのです。奴の声は僕にこう言いました。

「わが民族の意志が私を産んだのだ、同志よ」

3

（ヴィント上級刑事の付記）

エリアス・ハルトルの証言に従って後日、スポーツ宮殿の照明台鉄骨部分を検分。その結果、十発の小銃の弾丸を発見した。ただしハルトルの証言に反して弾丸は全て発射されないまま排莢された実包と判明した。なぜハルトルが実包を不発と思って全て排莢したのか、その理由は定かではない。

（注一）一九三〇年十月三日に召集された新国会において、ナチス党議員団はプロイセンでナチの制服の着用が禁止されていたので、制服から予め運び込んでいたナチス突撃隊の制服に着替えて議場にのり込んだ。

雑誌の愉しみ

『怪奇マガジン』読者ページより

――「怪奇の森の宴」一九九七年七月号〜一九九八年六月号――

澤村伊智

一九九七年七月号

◆待ちに待った朧幽吉《おぼろゆうきち》先生の屍恭太郎《しかばねきょうたろう》シリーズ最新刊『骸地蔵《むくろじぞう》の村』、発売日の朝に書店に走って購入。ま、注文してたから急がなくてもいいんですけどね。読み終えた率直な感想は……期待を裏切らない〈傑作〉でした。四国某県の山村を訪れた屍恭太郎を襲う、奇妙な出来事。排外的な村人、不気味な意匠の地蔵。そして旧家・霧砂《きりすな》一族の奇怪な連続不審死。これは殺人か、それとも村に伝わる骸地蔵の祟りなのか……⁉ 朧先生のねっとりした文体によって紡ぎ出される、村という名の〈異界〉そして共同体の〈罪〉と〈秘密〉、その閉じられた〈地獄〉の中で咲く一輪の〈花〉とともに、屍恭太郎が導き出す世にも悍《おぞ》ましい〈真実〉という名の〈悪夢〉……今回も謹んでそれらが織りなす〈幻想〉という名の〈美酒〉に酔いしれました。今もゴト、ゴト、というあの〈怪音〉が耳から離れません。怪奇に溺れた皆様。とにかく読んでください。そしてここで語り合いましょう。（東京都／おぼろまにや）

――本誌読者なら説明不要の怪奇幻想の鬼っ子・朧幽吉七年ぶりの新刊のレビューが早くも到達。もちろん編集部は全員読んでいるが、間違いなく〈傑作〉の

〈部類〉である、とこの際言い切ってしまおう。本作の唯一の欠点は「うちの刊行物じゃない」という事実のみ。だからもっと早く依頼しとけばよかったんだよ、もう。（編集Q）

★『骸地蔵の村』を読んだ。朧作品はデビュー作にしてシリーズ第一作『膿蛙《うみがえる》の牙』がずっとベスト1の座に居座っており、またシリーズ作品はどうしても巻を重ねるごとに新鮮さを失ってしまうところがあるため、これを超えるものは朧本人にも書けないのでは、と思っていた。だが『骸地蔵の村』はそんな我が諦念を木っ端微塵に破壊してみせた。素晴らしい。怖ろしい。特に夜、主人公が耳にする奇怪な音が……。絶賛の言葉はいくらでも思い付くが紙幅が足りない。朧幽吉に最も伝えたいことを最後に綴る。「ありがとうございます」。（静岡県／鈍色ノ空）

――「いつも辛口な常連投稿者、鈍色氏が！」と編集部一同大いに驚いたこの投稿。真に心を撃ち抜いた作品に多弁は無粋なのかもしれない。が、一方でこんな意見も。（編集Q）

▲さて小生の周りでも大絶賛一色の『骸地蔵の村』であるが、怪奇に溺れた皆様には「これでいいのか？　お前たちは本当にこんなもので満足なのか？」とこの場を借りて問いかけたい。繰り返す。「これでいいのか？　お前たちは本当にこんなもので満足なのか？」類型的な人物造形、回りくどいだけで空疎な会話。「芳醇」「粘着質」などと高く評されることが多い文体も、デビュー当時の瑞々しさは失われ耐え難い腐臭を放っている。中盤の展開はダーレン・O・スミス「朽ち果てた納骨堂の幽霊」の稚拙なパスティーシュに過ぎず、終盤のどんでん返しは序文を読んだ時点で予想が付いた。答え合わせで読む長編ほど退屈なものはない。アルフォンス・マーレイ「赤い鎖」をオマージュしたと思しき終章も蛇足の一言。強いて褒めるところがあるとすれば、霧砂家の末娘である冴子のキャラクターくらいであろうか。いっそのこと次作は少女性愛を題材にしてみては如何か。このように才能の枯渇した怪奇幻想作家に活路があるとすればそこだけであろう。（東京都／宗田渉）

――厳しい感想である。個人的には賛同できない記述も多々あるが、もちろんどんな作品にも賛否あるの

が当たり前。読者諸氏も是非『骸地蔵の村』を読んで、感想を送ってほしい。（編集Q）

一九九七年八月号

☆『骸地蔵の村』とても面白かったですよ。今も夜道を歩くと、後ろからあの音が聞こえてきそうな気がします。怪奇幻想の世界に足を踏み入れたばかりの人間ですので、パスティーシュ等については分かりませんが……。シリーズ未読も何冊かあるので、これから読んでみます。（栃木県／胃の底深く）

――ご新規様をシリーズに誘う。まさに名作の証。（編集Q）

◇いつも楽しく拝読しています。『骸地蔵の村』に難点があるとすれば、都会で働く中年サラリーマンの幻想を満たすために書かれたと思しき箇所が、随所に見受けられる点でしょう。視点人物である森田がまさにそういう人物で、舞台となる滑宍《なめしし》村では出会う女性みんなに感心されたり、慕われたりしますよね。「賢い」「素敵」「都会的で洗練されている」なんて。で、そんな彼が惚れる霧砂冴子は、知的障害を抱えて喋れない、世間知らずでピュアな美少女。彼女を都会に連れ出すところで物語は幕。はいはい（笑）。おっさん臭い小説、と切って捨てたい気持ちはありますが、困ったことにめちゃくちゃ面白いんだよなあ、この本。（大阪府／パンチパーマのおばさん）

――編集部の紅一点・Zに聞いたところ「完全に同意見っす」とのこと。（編集Q）

▼拝啓、宗田渉様

初めまして、泥団子と申します。怪奇に溺れる者の端くれとしてどうしてもお伝えしたいことがあり、このたび筆を執りました。ご一読いただければ幸いです。

『骸地蔵の村』には先行作品からいくつものオマージュ、パロディがありますが、宗田様がご指摘なさった「朽ち果てた納骨堂の幽霊」云々は牽強付会に感じます。おそらく水辺で死体が発見されるくだりのことを仰っていると推察しますが、沼と井戸ではニュアンスが大きく異なります。それ以外は要素にしろ表現にしろ類似があるとは言い難く、また朧幽吉は『小説冥府』八月号のインタビューで、「O・スミスの残酷趣味は嫌いだ」と明言しています。加えて終章の「赤い鎖」オマージュ云々ですが、これは「赤い鎖」ではなく、「赤い鎖」がオマージュしたマクラーリン「拷問部屋」を意識したものだと思われます（屍恭太郎の台詞と、両者の執事の台詞を読み比べてみてください。庭仕事のくだりです）。最後に、主観的なものですが、霧砂冴子の造形こそ類型的に感じました。もっとも、これは私が少女性愛者ではなく、そうした表現への感度が鈍いせいかもしれません。

長々とすみません、これからも怪奇に溺れる者同士、楽しく意見交換できたらいいですね。（青森県／泥団子）

——だよなあ。（編集Q）

一九九七年九月号

◆『骸地蔵の村』、単純に地蔵の×が×くところがもの凄く怖かったです。あと、あの「音」も。夜眠れなくなりました。もう四十になるのに。（栃木県／A・GOより）

■この小説が怪奇小説か幻想小説か、ミステリーかホラーか、そんなことはどうでもいい。とにかく『骸地蔵の村』は怖かった。特に、特にあの、夜に森田が歩いていると、地蔵が×××てくるところが……。（宮崎県／アンゴル＝モスト）

——素直に恐怖を伝える感想二通。こういう葉書をいただくと新鮮な気持ちになるね。未読の方の興を削ぐのはよくないので数箇所伏せ字にしたがご容赦。（編集Q）

▲泥団子様。ではお訊ねしますが、貴殿はエチエンヌ・サンクラー「類肉」を読まれましたか？　オースティン『歯軋《はぎし》り岬』は？　ジョン・マウントドレイゴ「間違いじゃない」およびその映画化作品『誤解』は？　作者不詳「牡蠣」は？　ヘイゼル・チェイス「白い蝙蝠傘」は？　山口齊《ひとし》『果実の針』は？　纐纈蕨夫《こうけつわらび》『銀筵』は？　こうした往年の怪奇幻想傑作群の持つ昏い引力、闇の血潮の一滴でも、件の駄作『骸地蔵の村』は受け継いでいると言えるでしょうか？　『怪奇マガジン』ではこうした本質的な議論をこそするべきであ

り、終章の参照元が「赤い鎖」か、それとも「拷問部屋」か、などというのは取るに足りない些末な疑問に過ぎません。以上ご理解のうえ誠実な対応を希望します。（東京都／宗田渉）

♣話題の『骸地蔵の村』ですが、シリーズ全体でいうとちょうど真ん中だと感じました。詳述はしませんが『明けの骨鴉《ほねがらす》』より下、『腐れ歯屋敷』より上、といったところです。まあ、地蔵が×いていているとしか思えない箇所はどこも怖かったですけどね。（鳥取県／グイの祝い）

——不思議なもので、具体的に全く説明していないのに、この位置づけはもの凄く腑に落ちた。『腐れ〜』は老歯科医が馬鹿笑いするくだりしか覚えていないというのに。（編集Q）

一九九七年十月号

♧『骸地蔵の村』について。既に怪奇幻想フリーエディター・西典夫氏が各所で指摘しているところですが、本作は有名な昔話「笠地蔵」をとびきり邪悪にした物語です。煎じ詰めれば「不信心な人間が骸地蔵に何もかも奪われる」という話で、その「不信心」が人物によって大きく異なること、或いは意図的にぼかされていることが、本質を見えにくくしています。また、よく読むと屍恭太郎はクライマックスで「あるもの」を奪われていますが、これがシリーズ既刊で言及された彼の罪とリンクし、残酷ではあるけれども一つの「救い」を提示している。つまり恭太郎は終章のセツ、リツとの会話で確実に救済されているわけです（したがって「拷問部屋」オマージュの可能性は高まりますが、「赤い鎖」オマージュで「ない」ことはほぼ確定）。批評的な話はこれくらいにして、率直な感想を。「こ、怖かった！　大満足！」（神奈川県／夕暮刻也）

——主にホラー映画批評の分野でご活躍の文筆家による投稿。前々から弊誌をお読みだとは聞き及んでおりましたが、まさか読者アンケート用紙にて投稿いただけるとは。（編集Q）

◇『骸地蔵の村』は主人公の森田にとってご都合主義に感じる部分が多くてあまり楽しめませんでした。やっぱりデビュー作『膿蛙の牙』が不動の首位になりそうです。作者の朧幽吉が先日ラジオで喋っていましたが、原稿を書き上げてから、骸地蔵とそっくりな信仰のある村が青森県に実在すると分かってビックリされたそうですね。村の人たちに断りを入れた方がいいのか、知らんぷりをしたらいいのか、迷っていらっしゃるのが面白かったです。（栃木県／倍悪兵）

――一度お会いしたことがありますが、あんな作風なのに結構明るい方なんですよね。ずっとニコニコしてるし。（編集Q）

一九九七年十一月号

▲夕暮刻也様。この有象無象を相手にわざわざ投稿なんぞしてくださってありがとうございます。よほどお時間に余裕のある生活をされているのでしょうね。さて、小生が「笠地蔵」について全く気付いていない前提で文章をお書きになっていますが、あまりにも自明のことだからわざわざ前の投書では書かなかったまでのことです。屍恭太郎の「罪」と「救い」についてでも無論知っておりました。

泥団子様。小生に反論できなくなったから黙ってしまわれたのでしょうか。まだお若い方だとお見受けしますが、己の知識量を誇示し、お山の大将を気取るのは実に見苦しいものです。己の愚行を顧み、謙虚に人と向き合うことが肝要である、と老婆心ながら申し添えておきます。（東京都／宗田渉）

一九九七年十二月号

●『骸地蔵の村』、大変面白かったです。これは『怪奇マガジン』年度末恒例の「怪奇アワード」一位も確定ではないでしょうか。少し気になるのですが、第六章冒頭で森田さんと冴子が竹林で目撃する「白い棒のようなもの」とは何ですか？　どこにも説明がなかったような……私が見落としているだけかもしれませんが。（秋田県／瑠倉臼）

――これ、分かりにくいですが屍恭太郎の亡き妻、鈴子の亡霊です。第七章の一箇所だけ恭太郎視点になっているところの記述と照らし合わせてみてください。（編集Q）

▲八月号の泥団子氏の投稿、及び編集Q氏のコメントに抗議する。前者は遠回しに小生をロリコン呼ばわりする記述があり、これは最早「意見交換」などと到底呼べるものではなく、完全に誹謗中傷の類いである。また後者はそれに同意しており無礼千万である。迅速に誌面での謝罪を求める。（東京都／宗田渉）

――泥団子さんはあなたが小児性愛者か否かなんて話は一切していません。また僕の「だよなあ」は泥団子さんの指摘全般に対する賛同を表明したものです。九月号の泥団子さんの投稿および僕のコメントをもう一度よく読まれることをお勧めします。（編集Q）

一九九八年一月号

◆編集部の皆様。最近このコーナーが少し殺伐としている気がします。掲載するしないは編集部の裁量なのですから、他の方に挑発的な物言いの投稿なんて載せなければいいだけのことでは？　頑張ってください。（富山県／黒）

――このページは馴れ合いを避け、刺激的で活発な交流ができる場になるよう尽力しております。貴重なご意見ありがとうございます。参考にさせていただきます。（編集Q）

▲相変わらず『骸地蔵の村』が大人気のようだが、はっきり言って怪奇に溺れる者どもの見識を疑う。朧幽吉ごときが小説家の座に居座り続けることで、多くの才能が世に出ることなく消えていくというのに。これは怪奇幻想小説界の、いや文学界にとって多大な損失である。試しに『骸地蔵の村』をパラパラめくってみると、首を傾げたくなる記述が多々見付かる。骸地蔵が土間に立つくだりの間抜けな叙述。冴子が地蔵の血まみれの頭を拭う下りの滑稽な文体。そしてクライマックスで唐突に差し挟まれる、地蔵どもの間の抜けた掛け声。これが小説か。こんなものが「傑作」怪奇小説なのか。良識ある怪奇幻想の愛好家よ。どうか目を覚ましてほしい。世間の潮流に流されることなく、朧幽吉の駄文に惑わされることなく、怪奇幻想の未来のために、ともに戦おう。（東京都／宗田渉）

一九九八年二月号

◆編集部の皆様。どうかこのコーナーが楽しく平和なものになるよう、掲載不掲載の基準についてご一考ください。正直、最近『怪奇マガジン』を購入しよう、隅々まで読もうという気持ちが薄れております。先月の件の方（これで伝わると思います）の投稿に至っては、『骸地蔵の村』に存在しない記述が書かれていて、悲しみとともに憤りを感じました。「刺激的で活発な交流」にデマの類いは必要でしょうか。（富山県／黒）

♧今月の某氏の投稿を読み、ふと気になって『骸地蔵の村』を再読してみましたが、氏が酷評していた骸地蔵に関する記述三点、全て見つけ至りませんでした。いえ、正直に「ありませんでした」と書いた方がいいでしょう。何があったのか、実情どういうものかは判断しかねますが、一読者としてよりよい誌面になることを願っています。（神奈川県／夕暮刻也）

★宗田の『骸地蔵の村』の話はすべて嘘。編集部のチェック体制甘過ぎ。（和歌山県／瑠璃武者以降州）

——他、同様のご指摘を七件頂戴しました。事実と異なる記述のある文章を誤って掲載してしまったこと、深くお詫び申し上げます。また、本件に関しては巻末により詳細なお詫び文を掲載いたしましたので、そちらもご参照ください。（編集部一同）

一九九八年三月号

▲やれやれ、あの『怪奇マガジン』もとうとうここまで墜ちたか。小生の事実に基づいた投稿をデマだと嘘の断定をし、そのために読者投稿やお詫び文まで捏造するとは笑止千万。いち読者を陥れようとする卑劣な手口はお怒りを通り越して呆れてしまう。何度も編集部に電話したが拉致が開かぬ。法律に詳しい知人に相談すると「訴えれば勝てる」と即答されたが、さてどうしてくれよう。愚かな編集部よ、そして賢明な読者諸氏よ、続報を待たれよ。（東京都／宗田渉）

——電話でも再三お答えしましたが、一月号掲載のあなたの投稿文に書かれた『骸地蔵の村』の記述は、全て存在しません。初版から現行の第四刷まで全て確認し、出版社にも問い合わせて確認しました。この件に関してはこれで終了とさせていただきます。（編集

Q）

一九九八年四月号

▼泥団子と申します。先月、久々に本誌を手に取ったのですが、私が海外出張している間に、なんだか大変なことになっていたようですね。また毎月楽しみに拝読します。これからも頑張ってください。（青森県／泥団子）

——お元気そうで何より。よりよい誌面作りを頑張ります。（編集Q）

♡「怪奇アワード」やっぱり一位は『骸地蔵の村』でしたね。トロフィーを手にした朧先生の恥ずかしそうなお顔が素敵でした。二位の『絶望塔』『蛹《さなぎ》レコード』も納得です。新潟県／加田野都愛）

——これは話してもいいと思いますが、朧さんは屍恭太郎シリーズの更なる続編を構想中で、しかも今度はシリーズ初の漁村が舞台とのこと。期待を高めるなという方が無理。（編集Q）

一九九八年五月号

■以前『骸地蔵の村』にすいて不明点を問い合わせたものです。その節はまことにありがとうございました。何度目かの再読をしてまた気になる点が出たので、質問させてください。第三章の中盤、骸地蔵が花山家の土間にいきなり立っているくだりがありますよね。これは一体誰が運んできたのでしょう？　ここは人間の手による工作だとは分かるのですが、誰の仕業なのかちょっと読み取れなくて……愚問かもしれませんが、ご教示ください。（秋田県／瑠倉臼）

——すみません、ちょっと混乱しています。ええと、これはたちの悪い冗談？（笑）（編集部Q）

一九九八年六月号

▲久々の投稿となる。そしてこれが最後の投稿となるだろう。なるべく簡潔に説明する。今年の頭頃から、

夜になると家の外を歩き回る音がするようになった。いや、歩き回るというのは正確ではない。ゴトン、ゴトンと重い物を地面に持ち上げて落とす、それを繰り返す音だ。最初は週に一、二度だったが、すぐに毎晩聞こえるようになった。いつしか夜通し聞こえるようになった。意を決して表に出た途端、音は途絶える。家に戻るとしばらくしてまた聞こえ始める。小生にしか聞こえていないらしい。不眠症になった。仕事も手に付かなくなり、休職することになったが、家で伏せっていると昼間も音が聞こえるようになった。買い出し中もふと気付くと小生の後を追いかけている。今も聞こえる。足音だけではない。読経とも掛け声ともつかない、意味をなさない合唱のような声も。低く太い。なのに子供の声のように透き通ってもいる。聞いているると力が抜ける。気力が奪われる。何もする気がなくなる。生きる気さえも。この文章を書くのも一苦労だ。編集部も読者諸氏もお分かりだろう。骸地蔵だ。何がきっかけか分からないが、小生は全てを奪い取られるのだ。いや、本当は分かっている。全て小生の愚かさが招いたことだ。「怪奇の森の宴」に自分の文章が載り、少なくない人が反応するのが嬉しかった。小生は構ってほしくて『骸地蔵の村』を利用した。相手をしてほしくて泥団子氏に、編集Q氏に嚙み付いた。ずっと一人でした。怪奇幻想の世界だけが小生の居場所でした。他にやり方が分かりませんでした。でも信じてほしい。嘘の投書をしたことは一度もない。もう書けない。これを出すだけの力は残っているだろうか。ありがとう。（東京都／宗田渉）

——今月七日未明、板橋区の路上で、同姓同名の五十代男性が亡くなっているのが発見されました。極限まで痩せ細り、死因は心不全とのこと。警察に問い合わせてみましたが、御本人であるか否かの確認は今のところできておりません。確認できないなら書くなという話ですが、書かずにはいられませんでした。ごめんなさい。（編集Q）

雑誌の愉しみ

幻想という名の怪奇

三津田信三

今年（二〇二四）の一月から三月まで、いくつかの短篇と掌編と随筆の締切が連続した。そこに二次文庫となる『スラッシャー　廃園の殺人』と同『七人の鬼ごっこ』のゲラも重なり、ほとんど余裕がなくなってしまう。本来なら昨年末に最後まで書いた新作長篇『六人の笛吹き鬼』の推敲をやりたかったが、後回しにせざるを得ない。今回の新作の脱稿に明確な締切はないものの、他はすべて違う。何月何日までと、ちゃんと決まっている。

そんなとき本誌から執筆依頼が届いて、僕は嬉しい悲鳴をあげた。この場合「苦しい悲鳴」ではないかと突っ込まれそうだが、そうではない。なぜなら僕は、怪奇短篇を読むのも書くのも好きだからだ。故に余程の理由がない限り、その依頼を断りたくはない。

発表誌は愛読している『幻想と怪奇』の別冊で、テーマは「本」あるいは「本のある場所」というのだから、尚更である。先の別冊『幻想と怪奇　ショートショート・カーニヴァル』にも僕は怪奇掌編を書いている。それの二冊目なのだから、是非とも参加したい。しかも依頼文を目にした瞬間、僕の脳裏には一冊の本が浮かんでいた。

今回のテーマに、あれほど相応《ふさわ》しい本もないだろう。

僕は作家になる前、京都に本社があったD出版社で編集者をしていた。文芸物は扱わないが、それ以外の多彩な分野の書籍を刊行する会社だった。僕が在職している間に、この出版社は急成長を遂げた。それから恰《あたか》もその反動を食らうかのように、緩やかに衰退していく。この上昇と下降の両方を、僕は一人の社員として体験した。当時は色々と大変な目にも遭ったものだが、今になって振り返ると、かなり貴重な経験をしたことがよく分かる。

大変な目と書いたが、その一方で相当に好き勝手な仕事もした。その一部が『ワールド・ミステリー・ツアー13』シリーズ、『日本怪奇幻想紀行』シリーズ、〈ホラージャパネスク叢書〉といった企画である。これらの企画内容の半分くらいに、僕の趣味趣向が入っていた。それは間違いない。無署名ながら、自分で原稿も書いた。普通なら許されなかったと思うが、「企画・編集」のクレジットに僕自身の名前も記した。

ただ、このクレジットのお陰で——ここは「所為《せい》で」を使うべきか——会社の僕宛に様々な郵便物が届くようになる。それは大きく次の三つに分けられた。

一つ、著者自身が自分の著書を送ってくる。
二つ、素人またはライターの書いた原稿が届く。
三つ、同人誌または自費出版系の本が送られてくる。

一つ目は、広義のミステリー系の紀行や随筆がほとんどで、小説は一切なかった。著作と大抵は手紙が入っている。そして多くの場合「こういう本を出しているが、新しい企画を貴社で出して上げてもよい」という文面を読まされる羽目になった。最近の言葉ながら、所謂「上から目線」で原稿の売り込みをしてくる。本当に「またか」と呆れるほど、本人のプライドが悪い意味で前面に出ている。そういう手紙が目についた。

ただし肝心の企画については何も記していない点も、ほぼ共通していた。詳細な内容は面談してから、という意味だったのだろうか。もっとも何方ともお会いしていないので、どんな企画があったのかは分からない。それにしてもああいう手紙を書く心理とは、いったいどのようなものなのか、作家になった今、ちょっと興味がある。

二つ目は、原稿として纏《まと》められておらず、ほとんど生の資料としか言えない代物が目立った。残念ながら玉石混淆の「石」ばかりだったが、一つ目の著作や手紙よりは面白かった。例えば「某地方に於けるＵＦＯ

の出没実態について」調べている原稿など、なかなかの労作だった。ただし読者対象が、さっぱり見えない。仮に売れそうになくても、その学術的な内容から出版すべきだと感じられる原稿なら検討の余地もあるが、これらの場合は違った。むしろ逆だった。

三つ目は、怪しげな新興宗教やスピリチュアルに関する冊子、夢野久作の「猟奇歌」を真似たような怪奇俳句の個人会報、全国を巡る妖怪紀行の同人誌、怪奇幻想をテーマにした個人誌などである。

その中で明らかに送付先を間違っていたのが、二段組み八百数頁の帯つき上製本で、著者の戦前から敗戦後に至る個人史が記された、とにかく見た目だけは立派な本である。帯に「本書の刊行を手掛けるほどの気骨を有する出版社の存在を信じる」という意味の文言があったことから、どうやら著者は複数の出版社に、その本を送付したらしい。ただ申し訳ないけど、僕は最初の頁を読み終わる前に、呆気なく挫折した。

では、まったく箸にも棒にも掛からない書籍や同人誌ばかりだったのか……というと、実は二冊だけ例外がある。

うち一冊について説明しようとすると、それだけで一つの短篇怪奇小説になってしまう。いや、怪談と表現するべきか。だったら本誌向けではないか……と言われそうだが、規定の枚数では扱えないほど濃い内容になりそうなので、今回は止めておきたい。また、あれは多分に取り扱いが難しいとも思う。迂闊に小説の題材になどできないような、そんな懼《おそ》れを秘めている。とでも言えば分かってもらえるだろうか。

もう一冊は『幻想という名の怪奇』という並製のカバーつきA５判の文芸誌スタイルで、そのタイトルからも本誌により相応しいのは間違いない。当時この題字を目にして真っ先に思い浮かべたのは、紀田順一郎と荒俣宏が一九七三年に創刊した雑誌『幻想と怪奇』である。また都筑道夫の『怪奇小説という題名の怪奇小説』も連想した。『幻想という名の怪奇』の発行者は、きっと二つを組み合わせたに違いない。

その内容は幻想と怪奇に纏《まつ》わる随筆、評論、研究、創作から成っていた。如何にも好事家らしい目次の構成で、ずらっと魅力的なタイトルが並び、やや硬質ながらも引き込まれる文章が、同行の士に向けて書かれている。文芸書に強い出版社で書籍化すれば、きっと一定数の売上は見込めるに違いない、と判断できるレベルだったのだが……。

この個人誌を読み進めるうちに、僕は奇妙な感覚に囚われ出した。それは夢想と酩酊が混ざり合った混沌の中で、薄気味の悪い既視感を覚えるような……と必死に説明しようとすればするほど、どんどん当時の体験からは離れていく。もどかしさばかりが募る。

あの不可思議な出来事を伝えるためには、どういう描写を心懸けるべきなのか。

——という本稿の内容が、本誌のテーマを知った直後に、ぱっと閃いた。もちろん今ここまで読者が目にした文章そのものが、そっくり脳裏に浮かんだわけではない。どういう流れで何を書けば良いのか、それが分かったのである。

もっとも大きな問題はあった。当時の異様な体験を如何に綴るのか。どうすれば読者に伝えられるのか。肝心な部分が、まったく未知数だったことである。

しかし、こればかりは実際に執筆をはじめないと何とも言えない。拙作の多くは、ほぼ書きながらお話を考えるスタイルをとっている。今回も同じようにするしかない。そう考えた僕は、一先ず安堵した。だから本誌よりも締切が前の原稿に、まず取り掛かった。その一つずつを少しでも早く脱稿していけば、次第に余裕も生まれてくる。「幻想という名の怪奇」の原稿を書く時間を、それで作る心算だった。

——という執筆生活を続けていたある日、『幻想と怪奇』が届いた。てっきり『幻想と怪奇15　霊魂の不滅　心霊小説傑作選』の次号だと思っていると、タイトルに『不思議な本棚　ショートショート・カーニヴァル』とある。

何だ、これは……？

と首を傾げたのも束の間、あっと僕は叫びそうになった。すっかり本誌の締切を忘れて、原稿を落としてしまったのではないか。さぁっと顔から血の気が引くのが、自分でも分かった。

茫然自失の状態で、ほとんど無意識に目次を開けて、しばらく眺めているうちに、ぐらぐらと僕の脳が揺れ出した。

幻想という名の怪奇　三津田信三…………………179
ちゃんと僕の短篇が載っている。でも、こんな原稿は書いた覚えがない。確かに頭の中には、その出だしから中途までの流れが存在している。しかし一文たりとも、それを執筆していない。もっと締切の早い他の原稿があったのだから、そもそも書けたわけがない。

ふるふると震えはじめた両手を、僕は必死に抑えつつ、急いで該当の頁を開いたところ——、
今年（二〇二四）の一月から三月まで、いくつかの短篇と掌編と随筆の締切が連続した。

——という一文からはじまる文章が目についた。まったく書いた覚えはないが、本誌の依頼を受けたとき、ふっと脳裏に浮かんだ一連の流れの、その出だしに似ている。如何にも僕が綴りそうな内容が、その後も続いているではないか。

何なんだ、これは……？

先に目をやると、やはり考えていた流れの通りに、ずっと文章が進んでいく。しかも何処をどう読んでみても、僕が書いたとしか思えない癖が常にある。

そうだ、あの問題は——。

当時の奇っ怪極まりない体験を、いったい「僕」はどのように表現したのか。そこが堪らなく気になった。これほど不可解な目に遭っているのに、そんな興味を覚えたのは、やっぱり作家の性なのだろうか。

ざっと文章を斜め読みしていくと——、
しかし、こればかりは実際に執筆をはじめないと何とも言えない。

——という一文が出てきて、もう少しあとだと分かった。引き続き目を通していくと——、

——という執筆生活を続けていたある日、『幻想と怪奇』が届いた。

——という一文が目に入って、とっさに僕は頭を掻き毟《むし》りそうになった。

いったい何なんだ、これは……？

こうなったら最後の頁を読むしかない。そう思って頁を捲《く》るのだが、一向に辿り着かない。本誌の原稿枚数の制限は、十枚から二十枚である。これでは掌篇ではなく短篇ではないか。と感じているうちに、もう中篇の長さになってきた。

慌てて目次に戻って確かめたところ——、

●雑誌の愉しみ

●本という小宇宙

——という並びがあった。つまり拙作の後ろは、相川英輔の「円環」で、185頁からはじまるらしい。

まず185頁まで跳ぶ。ちゃんと相川英輔「円環」が載っている。その前頁を捲って、最後の文章を読もうとすると――、

――という一文からはじまる文章が目についた。

――という一文が目に入って、またしても僕は頭を掻き毟りそうになった。すぐにノンブルを見やると、そこに数字が記されているのは分かるのに、何番なのか認識できない。

再び本文に目を戻すと――、

――という並びがあった。つまり拙作の後ろは、相川英輔の「円環」で、185頁からはじまるらしい。

――という一文が辛うじて読めたけど、まるで酔っているような感覚があって、その前後の文章が定かではない。そのとたん、あっと思った。

例の「夢想と酩酊が混ざり合った混沌の中で、薄気味の悪い既視感を覚えるような……」という体験の記憶は、まさにこれではないか。当時『幻想という名の怪奇』を読むことによって、僕は同様の酩酊感に陥《おちい》ったのだと思う。

最終のはずの頁を捲っても、まだ「拙作」は続いている。きちんと本文は読めるのに、その意味が少しも理解できない。仮に音読したとしても、自分が何を読んでいるのか、いつまで経っても掴めない気がする。ただし時折――、

――という一文が目に入って、またしても僕は頭を掻き毟りそうになった。

――という風に突然ふと目に留まって、普通に文意が分かる箇所もある。しかし相変わらずノンブルだけは認められない。

このまま同じ状態が続けば、きっと今に頭が可怪《おか》しくなる。

それは間違いなさそうなのに、どうしても本誌を閉じることができない。いつまでも頁を追いながら、ずっと本文に目を落としてしまう。とにかく読み進めるのが辛い本文を、なんとか読み解こうとし続けている。

なぜなら僕は、怪奇短篇を読むのも書くのも好きだからだ。これほど異様な幻想という名の怪奇体験をしている最中なのに、それを放り出すなどできないではないか。

本という小宇宙

円環

相川英輔

デモ団体から逃げ出し、パリを離れ、南西方向に向かった。日中は大通りを避け、山道を進む。途中、干されている服を拝借し、店頭からバゲットやマドレーヌを盗んで飢えを凌《しの》いだ。捕まったら私刑に遭う。三日目にようやくシャルトルの街並みが見えてきた。だが、都会は危険だ。俺はさらに南へ進むことにした。

翌日、ロワール川沿いの田舎町に出た。ひと気はなく、車の往来も少ない。どこかで足首を捻ったらしく、じんじんと痛み始めている。しばらくはこのあたりでほとぼりを冷ますことにしよう。

夜中になるのを待ち、無防備な空き家を物色する。手ごろな物件はすぐに見つかった。二階建ての立派な邸宅だが、白壁は日焼けし、広い庭は長期間手入れされていない。ブルジョワの別荘か何かなのだろう。人が住んでいる気配がまるでない。泥棒を手招きするようなおあつらえ向きの建物だ。

足の痛みを堪え、塀を乗り越える。庭で手ごろな石を拾い、脱いだ上着で包み、ゆっくりと窓を押し割った。

照明をつけずに室内を見て回る。一階はリビング、ダイニング、キッチン、そして納戸がある。二階には寝室や書斎などだ。家財や食器はどれも古めかしく高そうなものばかりだった。クラシックな趣味の持ち主なのだろう。室内はわずかにかび臭い。昨日今日不在というわけではなさそうだ。

気になったのは一階のもっとも広い部屋だ。四方の壁に天井まで届く本棚が設置されていて、整然と書籍が並べられている。真ん中には二脚の椅子とテーブルが設置されていた。さながら小さな図書館のようだ。ここの主人は相当な読書家なのだろう。暗い室内では題名までは読み取れないが、どれも古い本のようだった。

再び二階へと上がると、ベッドに倒れ込んだ。多少埃《ほこり》っぽいが不満などない。パリを離れてからは野宿続きだった。こんな天国のような場所に出会えるなんて俺の命運はまだ尽きていないようだ、と笑みを浮かべる。

本来であればもう少し警戒する。だが、今は身も心も疲れ果てていた。四十年以上生きてきて、ここまでの疲労を覚えたのは初めてかもしれない。ものの数分で意識が薄れ始めた。

高校時代に親と大喧嘩をして家を出て以来、さまざまな仕事をしてきた。肉体労働が大半だったが、何回かは立派なオフィスで働いたこともある。社員たちの小間使いばかりだったが、自分もホワイトカラーの仲間入りができたようで嬉しかった。だが、どの勤め先でもトラブルを起こし、長く働くことはできなかった。誰にも屈服しない。それが俺の生き方だ。

歳を取るにつれ選べる職種が限られてきた。工事現場で自分よりうんと若い、頬にニキビが残っているようなガキどもに顎で使われるのは腹が立った。

工事の休憩時間に仲間から有益な情報をもらった。大きなデモ団体に所属すれば飯にありつけるのだという。そいつは酒浸りの移民で平気で嘘をつく男だったが、その話には具体性があった。

俺はその日のうちに仕事を辞め、パリの街をうろついた。デモ団体にはすぐに出くわした。数千人の民衆が「困窮者に住居を！」とシュプレヒコールを挙げ、トゥルネル通りを練り歩いている。この街はいつだって抗議活動をしている。これまでは興味がなく、邪魔な存在としか思っていなかった。俺は集団に紛れ、一緒になって大声をあげた。

行進が終わった後、彼らの活動拠点についていくと、温かいスープとパンを与えてもらった。それどころか、新しい衣類と寝床まで提供された。ここまでくると逆に怪しく思えてくる。俺に難しいことは分からないが、幹部たちは単なる善意だけでこんなことをしているわけではないだろう。

数日すると胡散《うさん》臭い証拠をいくつも見つけた。幹部たちは十六区あたりの高級住宅街に住み、映画に出てくるようなイタリア車に乗っている。上層部の雑談を盗み聞きすると、そこから切実さや危機意識は一切感じられなかった。世界中どこだって同じようにできている。頭がいい奴が儲けて、無能な奴が搾取されるのだ。だが、そんなことはどうでもいい。俺は三食の飯がもらえればそれで十分だ。

団体の施設で二か月ほどぬくぬくと暮らしたが、次第に風当たりがきつくなっていった。理由は分かっている。俺が作業をさぼるからだ。楽するためにここに来たのだ。手伝う気など最初からない。女たちには非難され、若い男には胸倉を摑まれた。

そろそろ潮時か。別のデモ団体に入ればまたしばらくは働かずに生活が送れるだろう。ここはパリだ。団体探しには困らない。最後に金庫の中の金品をいくらか頂戴していくことにした。こいつらだってまともに稼いだ金ではないのだから、訴えられることもないだろう。

「何やっているんだ！」

背後から大きな声で咎《とが》められた。振り返ると青白い顔をした男が立っていた。慎重を期していたはずなのに、相手の気配にまったく気づかなかった。男は唇をわななかせている。

俺は迷わず男を殴り倒した。怒りや恐れではない。もっとも手っ取り早い選択をしただけだ。念のため相手の腹に何度か蹴りを入れたが反応はなかった。最初の一撃で意識を失ったようだ。

今度は鋭い悲鳴が響いた。

「誰か来て！　マルセルが死んでる！」女が喚《わめ》く。

俺は舌打ちをした。厄介なことになった。

「違う。気絶してるだけだ」そう釈明する。

「誰か早く！　人殺しがいる！」

聞いちゃいない。このヒステリー女を黙らせなければ。こいつも殴ろう。相手に向かっていこうとしたところで、複数の男どもが駆けつけてきた。忌々しい。多勢に無勢だ。俺は踵《きびす》を返し、全速力で逃げ出した。

目が覚め、カーテンの隙間から外を窺《うかが》う。人影はない。ここに潜んでいることはばれていないようだ。数日はここで過ごし、足の痛みが治まるのを待とう。そして、新天地に旅立つのだ。モナコは富裕層ばかりが住んでいて、治安もいいと聞く。リヨンやマルセイユも悪くない。ともかくどこかで新しい人生を構築するのだ。

この家にはパソコンはおろか、テレビやラジオすら置いていない。退屈しのぎに〈図書室〉に行き、本でも読むことにした。昨夜は見えなかった題名が読める。『パルムの僧院』、『ボヴァリー夫人』、『狭き門』。どれも大昔の作品だ。

本棚を眺めまわし、最終的に『失われた時を求めて』を読むことにした。本についた埃を払い、椅子に腰かける。自分の気まぐれに苦笑する。読書なんて久しぶりだ。最近は雑誌すら読まなくなっていた。

古めかしい文体に苦戦し、なかなか読み進められなかった。初めて見る単語も多い。ある冬の日に、作家志望の主人公がマドレーヌを食べながらコンブレーという土地で過ごした日々を回想する話だ。劇的な展開も起こらず、数行ごとに眠気に襲われた。ほとんど苦行だ。忍耐強い人間でないことは自分が一番分かっている。それでも不思議とやめる気にはならなかった。

『失われた時を求めて』は学校の教科書に載っていた。「この作品はわが国を代表する小説で、〈世界でもっとも長い小説〉と呼ばれています」。教師はまるで自分で書いたかのように誇った。だが、俺はきちんと読むこともせず、教師の邪魔ばかりしていた。あのとき少しでも真面目に授業を受けていれば、こんな惨めな人生を送らずに済んだのかもしれない。

たしか『失われた時を求めて』の作者は何度も書き直す癖があって、刊行された後でさえ改稿を繰り返した、とあの教師が話していたことが思い出された。そのせいで、物語はどんどん長くなり、完成まで十年以上もの年月がかかったのだ。

「その本、いかがですか？」

突然の問いかけに、しばらく反応できなかった。顔をあげると男が立っていた。

「うわっ、どこから入ったんだ！」俺は驚き、椅子ごと床に倒れてしまった。

青白い顔をした男。あのとき殴り倒した奴だ。

「ここまで追ってきたのか？」俺は膝をついたまま身

構える。

「何のことでしょう。ここは私の住まいです」男はにこやかに答える。

別人なのか？　顔はそっくりだが、口調がまるで違う。それに、俺を捕える気であればこんな穏やかには話しかけないだろう。

「狭い家ではありますが、どうぞゆっくりされていってください。読書を愛する方は大切な客人です」

「……本当か？」

「文学というものは素晴らしい。現実よりも格段に価値のあるものです。あなたもそう思うでしょう？」

俺は別に読書を愛してなどいない。ただの暇つぶしだ。だが、そのことは口にしない。

「それで、その本はいかがですか？」

「ああ、面白いな」俺はでまかせを言う。

「具体的にはどのように？」男がこちらを見定めるように目を細める。

「……いや、読み始めたばっかりだから、まだうまく言えないけどよ」

「そうですか。それであれば、こちらの――」

大きな衝撃音とたしかな手応え。相手がよそ見をした瞬間に椅子を摑んで殴りかかった。倒れる男。白目を剝き、口と鼻からどくどくと血が流れている。心拍数が急激に上がり、俺は肩で息をする。とっさの判断だったが、間違ってはいないはずだ。

本を読んでいたとはいえ、警戒は怠《おこた》っていなかったつもりだ。玄関を開ける音も室内を歩く足音もまったく聞こえなかった。あいつはどうやって目の前まで近づいてきたのだ。そもそも、本当にここの家主なのだろうか。デモ団体の男とうり二つなのも気色悪い。この家は危険だ。しかし、挫《くじ》いた足はまだ回復していない。リスクは排除するしかなかった。

男はしばらく小刻みに痙攣《けいれん》していたが、そのうち呼吸が止まった。俺は男を引きずって納戸に運び入れた。

これまでは窃盗や恐喝、ちょっとした暴力沙汰などは日常茶飯事だった。だが、人殺しだけはしてこなかった。ぎりぎりのところで踏みとどまっていた精神のタガが遂に外れてしまったかのようにも感じられた。

床の血を拭い、読書を再開する。面白くないと感じていたはずなのに、今は無性に本が読みたかった。現実逃避なのかもしれない。なんでもいい。もうデモ団体のこともあの男のことも考えたくない。

仲買人のスワンがヴェルデュラン夫人のサロンに行ったあたりで意識が朦朧としてきて、そのまま机に突っ伏した。

「本を枕にするのは褒められませんな」

不意にかけられた言葉で目が覚めた。いつの間にかうたた寝してしまっていたようだ。顔をあげるとあの男が立っていた。

「お前――」

「人生には限りがありますが、物語は永遠に残ります。書物は神聖なのです。そのように扱っていいものではない」冷静な口調ながら、怒りが感じられる声色だった。

口元の怪我が消えている。これは夢なのだろうか。いや、そんなわけない。あいつを殴り倒した椅子にはまだ血の跡がこびりついている。

「わ、悪かった。つい眠ってしまって」ひとまず謝っておく。

「誰しも過ちは犯すものです。その物語に登場する人物の多くも同様に失敗を重ねているでしょう。私たちはそこから学べばいいのです」男の表情が和らぐ。まるでさきほどの出来事などなかったかのような態度だ。

「……そうだな」

「お邪魔でしょうから、私はそちらに座っておきます。気になさらず読書をお続けください」そう言うと、凶器として使った椅子を手にして部屋の隅に移動した。

集中できるはずがない。本から目をあげると、男の視線とぶつかる。これでは監視だ。

あいつの目的が分からない。仮にデモ団体の男と同一人物であったとしても、こんな演技を続ける意味などない。仲間を呼んで俺を縛り上げればいいだけのことだ。たまたま忍び入った家の持ち主が、「普通でない人間」だったということだろうか。

これまでどんな相手にも臆することはなかった。自分よりずっと背が大きい男だろうが、一流大学を卒業したエリートだろうが、言いたいことは躊躇せず口にした。だが、今、同じ部屋にいるこの男には何一つ発することができない。どんな巨体よりも、どんな頭脳よりも恐怖を感じる。

読む振りを続ける。いや、振りでは見抜かれてしまう。ほとんど頭には入ってこないが、必死になって文字を追った。物語の主人公はアルベルチーヌという女性と恋愛関係になり、その後ひどい別れを迎える。複雑に入り混じる愛憎。今すぐ別れたいという気持ちと、結婚して彼女を独占してしまいたいという気持ちが風見鶏のようにころころと変化する。主人公は感情が乱れ、『嫉妬していない時間は退屈でしかない』とさえ感じる。彼女を半ば監禁状態にするが、逃げ出され、不慮の事故により永遠に失うことになる。

たゆたうかと思えば、急流にもなる。話がいくつもの支流に逸れ、再び合流する。まるで大河の流れのような小説だ。俺の中から時間の概念が薄れていく。そういえば、ここに着いてから食事をしていないような気がする。シャワーも浴びていないし、トイレも使っていない。もはや眠気すら感じない。

続きを読もうとすると、男から声をかけられた。

「そこから先を読む必要はありません」

「どういう意味だ？」

「言葉のとおりです」その声は異様なほど冷たい。

あれだけ読書を勧めていたのに、突然どういう了見だ。物語はまだ七割程度しか進んでいない。むしろここからが重要だろう。

「……俺は読みたい」

男は恐ろしかったが、今はこの物語を途中でやめたくなかった。人生の中で、まともに本を読み終えた経験がない。これだけは最後までやり通したい。

相手がじっと俺を見つめてくる。

耐えきれず叫び出しそうになるような時間が続いた。

「――分かりました」男がゆっくりと頷いた。さまざまな感情を呑み込んだ上での返事のようだった。

それ以上会話は続かず、俺は読書に戻った。

主人公はアルベルチーヌの死後も苦しみ続けるが、時間が少しずつ痛みを和らげてくれた。主人公は再びコンブレーに戻ってくる。ある日、彼は久しぶりにパーティーに出席する。そこで、中庭の敷石につまずいた瞬間、以前パーティーで同じことをしたのを思い出す。これがきっかけとなり、無意識の領域に眠っていた記憶が溢れ出し、彼は圧倒的な幸福感に包まれる。最初にマドレーヌを食べたときとよく似た感覚だ。彼は天啓を得る。時勢や観念に縛られず、生の軌跡をありのままに書けばいいのだ、と。きっと自分は時と記憶を主題とする長大な小説を書くだろう。そう予告し物語は幕を下ろした。

俺は本をテーブルに置き、ゆっくりと息をはいた。

薄暗闇の中に、ぼんやりと男の姿が浮かんでいる。

「いかがでしたか？」男が質問してきた。

「……今すぐ感想を言える状態じゃない」俺は正直にそう答える。読み終えはしたものの、まだ物語の中から抜け出せていない。長い長い話だった。読み終えるのに何日かかったのだろう。作品の流れとともに何十年も過ごした気がする。

足の痛みはまだ消えていない。今の俺はアルベルチーヌと同じだ。監禁され、逃げ出されないよう見張られ続けている。うまく抜け出せたとしても、事故によって命を落とす運命なのかもしれない。最初はここを天国だと感じたが大違いだ。ここは煉獄だ。

いけない。訳の分からない妄想に囚われている。頭《かぶり》を強く振る。難しいことは考えず、本能のままに生きる。それが俺という人間だったはずだ。

「……お前、何をしたんだ？」

「私は何もしていません。変わったのはあなた自身です」

「嘘つくな！　俺は俺のままだ！」怒りに任せて立ち上がる。

男は座ったまま落ち着いている。強い殺意を覚えるが、それが無意味なことはもう理解できている。こいつにはどんな脅しも、どんな暴力も通用しない。俺は急激な脱力感を覚え、再び椅子に腰かける。

「俺は、どうしたらいいんだ？」

「最初にお伝えしたでしょう。好きなだけいていただいて構わない、と」

「なら、出ていくのも自由ということか？」

「はい。私は一度も引き留めたことはないはずです」

たしかに口では言っていない。だが、実際にはここから脱出できないよう仕向けている。ずる賢い男だ。

物語の主人公はマルセルという名前だった。作者と同じ名だ。これは小説の形をした精神的な自伝だったのかもしれない。ラストで自分の物語を執筆する覚悟を決め、それがこの小説の最初につながる。再び物語を読み、最後に書くべき小説の在り方を知る。それは永遠に続く円環のようなものだ。一度はまりこんでしまったら抜け出すことは誰にもできない。俺だけじゃない。作者もそうだ。

「どうして途中で読むのをやめさせようとした。お前はこの本を読ませたかったんだろう」

「……」

「本当は俺を巻き込みたくなかったんじゃないか？」

そう訊くと、男は苦笑いを浮かべた。

「私はそこまで親切な人間ではありません」

「じゃあ、なんでだ？」

「それは未完の作品ですので」

「未完？　しっかり終わっていたぞ」

「最終巻を刊行する前に著者は病気で亡くなっています。親族や関係者を名乗る者たちが、故人の想いを無視して原稿をかき集め、勝手に組み直し、無理やり完結させたのです。『彼だったらきっとこう物語っていただろう』などと決めつけて刊行するなど、許しがたい蛮行です。作品は著者のものなのです」男の顔は憤りで紅潮している。初めてむきだしの感情を露にした。その迫力にたじろぐ。

室内に緊張が張り詰める。

「……お前が作者なんだろう？」

この本は百年も前に書かれた作品で、男が言うように著者はすでに死んでいるはずだ。だが、今の俺には分かる。デモ団体で殴った奴の名前はマルセルだった。作中の主人公もマルセル。そして、目の前にいるこの男もマルセルなのだろう。

「もはや自分が何者かは忘れてしまいました。私はただ納得のいく形で書き上げたいだけです。続きからではありません。最初からすべてです。この家でずっと原稿に取り組んでいます。だが、まだ終わらない。終わらないのです」

「俺に何を求めているんだ」

「書き上げるだけでは駄目です。小説というものは他者に読まれて初めて真に小説となるのです」

俺に、最初の読者になれということか。いや、唯一の読者か。

「――分かった」と頷く。

その場しのぎの返答ではない。今は純粋に読みたいと思えた。『失われた時を求めて』の本当の物語を。男がいつ書きあげるのかは分からない。書いても最初に戻り、再び書いてもまた最初に戻るのかもしれない。終わりのない日々だ。

だが、時間ならいくらでもある。食い扶持《ぶち》を探して底辺を這いずり回るよりずっと意義のある生だ。

俺の返事を聞くと、男は心から満足そうな笑みを浮かべた。

本という小宇宙

森を織《お》る

井上雅彦

まだ、森だ。

霧が重い。匂いが違う。この先は濃い。

樹木の呼気が、微粒子が、揮発する芳香がとめどなく、彼を誘う。

白霧の奥へ、奥へと誘惑する。危険なオゾンの腐食臭さえも。

足を踏み入れてしまうのは、逢いたいからだ。

もう一度、詩織に。詩織の隠したものたちに。

幾重ものベールの如き霧を掻き分けるようにして、彼は、蒼黒い森の中へと分け入っていく。もう、幾日もこうして彷徨《さまよ》っている。

まだ世界がここまで過酷でなかった時代には、妻が趣味の森歩きの先達として、さまざまなことを、彼に教えてくれた。

たとえば、森の上空がとりわけ青く見えるのは、樹木由来のテルペンという生体物質が、大気の酸化物などと反応して微粒子を作り出し、それが青い霞《ブルーヘイズ》となるからだとか。

あるいは、森の爽快な大気に含まれる成分は「フィトンチッド」と呼ばれるけれど、それには、強い殺菌力があり、「森は殺す」という意味なのだとか。

カタカナの科学用語だのにはさほど興味の無かった彼でも、妻の言葉は不思議とおぼえている。

　妻はそれほどまでに森歩きが好きだった。詩織を身ごもった時でも森のなかを歩いた。

　そういえば、詩織という名を娘につけたのも妻だった。森にちなんだ名前だというのだったが――


　ガサリという音に、彼は身構えた。

　長年の習慣。左足を二歩踏み込み、股関節を曲げて、腰を落とす。

　左の拳でこめかみを、右の拳で顎を護る。

　音の方向は、前方の繁みの中。夜霧のなかで視界を凝らす。

　身体の重心を前後に替え続けながら様子を窺《うかが》うが、生き物の気配はしない。

　朽ちた枝が落ちたのだろう。彼は、拳闘の基本姿勢を解く。

　再び、歩き出す。

　強い芳香が甦ってくる。

　森の香り。色。音。

　それらの異なる官能が、一度に、夜の中で混ざり合う。

　――まるで、ボードレールの森の詩「コレスポンダンス」だ。

　いや……この漆黒に潜むのは幽鬼の如く棲み憑いた火車《グール》か。

　ポオの「ユウラリウム」の昏い森さえも思い出す。

　どれもが妻の集めた書斎の本だ。妻の本には森の香りがしたように思う。

　だとすれば……。彼は思う。ここは見果てぬ広大な森林地帯などではなく、実際は我が家の書斎なのではないか。ここに立ち籠めた深い霧は、長年の試合で傷《いた》んだ自分の脳から滲みあふれた記憶の澱《よど》みなのではないか。自分はそうやって、何年も自宅の書斎を魘《うな》されながら歩きまわっているのではないのか。そんなふうに考えれば、梢《こずえ》の間に手を伸ばし、時折、手に触れる不思議な「贈りもの」のことも理解できる。

　夕べ繁みのなかで見つけたのは、詩織が持っていたのとそっくりの子どもの絵本。

　この森では、よく本が見つかる。

　そして、この本も――頁を開けると、ばらばら舞い散る黒い羽。

絵本『マザーグース』の開いた頁は「六ペンスの唄」。二十四羽の黒つぐみ。

詩織は、さまざまなものを本の頁の間に隠していた。最初は、薔薇の花びら。もともとは妻が教えた。庭の端っこに生えた小さな薔薇の苗木。

時折、思い出したように咲く暗褐色の花が、咲き終わって、ほろほろと崩れるように散っていく寸前、妻はまだ綺麗な、匂いたつような花びらを拾いあげて、押し花を作る。

詩織はそのやり方を憶えていたのだ。

妻が開いた『秘密の花園』の頁からは、薔薇のみならず、菫、桜、雛菊、連翹《れんぎょう》……と、種々の花びら、押し花がこぼれ落ちて、まるで色とりどりの小滝のよう。驚く親たちを、詩織は箪笥の隅からでも、こっそり眺めていたにちがいなかった。

シャーロック・ホームズの短篇のラスト近くから、紙の薄さまでに潰れた蛇が滑り落ちてきた時は、彼も驚いて、詩織を呼び、きつく注意した。生きた蛇を本に挟んだら、殺生になる。さすがに彼女も命の大切さはよく理解しており、挟まっていたのは庭で拾った抜け殻だとわかった時には心の底から安堵した。その後も『ファーブル昆虫記』の合間から、ぞろぞろと緑色の「蟷螂《かまきり》の子ども」がこぼれ落ちた時は、夫婦揃って驚くこともなく、詩織の折り紙の上達に感心することができ――彼は詩織ばかりか自分たち親の成長までも喜び合ったものだった。

本の頁の合間に宝物を隠す。

妻の押し花ばかりではない。彼じしんも自分の宝物を本に挟んでいたのだった。

詩織がもっと幼い頃。実に子どもらしい思いつきの、よくある「肩たたき券」の類い――鋏で切って作った大判の紙片に、子どもらしい字で書かれた手作りのチケット。詩織が材料に使ったのは光沢のある「折り紙」用の紙で、その裏に黒の顔料ペンで太く丸々と書かれた文字は「マッサージ券」。アスリートの彼が、硬くなった筋肉を妻にほぐしてもらっているのを見て、幼いなりに詩織が考案したものだった。

風呂で妻に呼びかけたのを見ていた詩織は、シャンプー券、リンス券、歯ブラシ券、タオル券まで作ってくれたが、彼はどれも使ったことがない。この「宝物」は、やはり彼にとっての宝物――妻から貰ったワーズワース詩集の頁の中に、栞《しおり》のように挟んだ。

――しおりのように――

という言葉を、詩織は聞いていたのかも知れない。

一般的には、開くページの目印のために挟むものが「しおり」なのだけれど、詩織は、むしろ本の中に宝物を隠しておくことのように理解してしまったのかもしれない。

詩織が本の中に隠した宝物を、彼ら両親は、すべて見つけ出すことはできなかった。

それよりも先に――彼らは、詩織という唯一無二の宝物を失ってしまった。


黒い羽が風に舞った。

黒つぐみは飛び立った。この絵本は、本当に詩織のものだろうか。

風が鳴る。笛のように。いや、女の子の笑い声のようにも聞こえる。

これも、いつもの幻影か。彼は立ち竦んだ。青い月影が樹を照らす。

誰かが走った――ような気がした。

彼は、気配を追った。


幽霊でもいい。その面影に近寄りたい。

青い影が誘う。

ポオにとってのユーラリー。ワーズワースにとってのルーシー。

愛おしい幽霊に逢うためならば、たとえ魔の森の奥底にまでも……。

息が切れる。

駆け抜け、倒れかけ、思わず寄りかかった大木の柔らかな樹の肌が匂いたつ。

まるで樹木に抱きかかえられたように、彼は身を預ける。

不意に妻のからだを思い出す。


試合のあと、いつも最初に妻を抱きしめていた。

詩織は、そんな二人を見あげ、父の顔を見て、泣き出したこともあった。

自分の顔が怖いのだろう、と彼は単純に考えていた。たいてい、激しい打撃を浴びた直後であり、彼の顔は本人と見分けがつかぬほど、無残なまでに腫れあがっていたことが多かったのだから。それでも、ボクシングが喧嘩や殺し合いなどではないことは、理解する年齢だったと、彼は思っていた。

そんなある時――本棚で、一冊の本の中から思いがけない「宝物」が見つかった。

その一冊とは、当時、彼がいろいろと買い集めていた瞑想に関する本だった。宗教的なものではなく、精神を集中するためのノウハウ――いわば、呼吸法などと同じように、まだ現役だった自分にとって、試合のパフォーマンスを向上させるのに必要な実践本だったのだが……出てきた「宝物」には驚いた。

折り紙や花びらなどではなく、「言葉」だった。

――パパは死なない――

詩織の筆跡で、直接書き込まれた言葉なのである。

さすがにこれを読んで「がつん」と考えさせられた。目が潰れたかのように腫れあがった顔面の父親を見て、詩織がどれほど心配していたのか。

歯が折れ、まともに喋《しゃべ》れず、食事すら不自由な自分の姿を、娘がどのように思っていたのか。瞑想の手引き書を〈祈り〉の書物だと認識して、娘はあの言葉を書き入れたのだと、彼は知った。詩織は、いつまでも幼い詩織ではなかった。

今にして思えば、娘は本気だった。本当に、自分を死なない父でいて欲しいと願っていた。

その後も、なにやら子どもらしい異国のまじないの書かれた本の頁に、同じ言葉を見つけたこともあった。

彼は、今も悔やんでいる。――本当は、自分が祈っておかねばならなかった。自分ではなく、娘の天寿を。娘の不死を。


樹の香りが、芳しい。

あたかも両手を拡げたような姿で、彼に向きあって立つ女体にも似たふくよかな樹を抱き寄せながら、彼は喉の渇きを感じる。

樹木の肌の下からは、あまやかな樹液が流れる音が聞こえる。

森の鼓動を感じ取りながら、彼は極めて自然に、樹木の幹に歯を立てる。

樹液で喉を満たす方法を、教えてくれたのは、妻だったが、まるで抱き寄せた時の妻の首の高さの樹の肌を、彼は咬んでいる。

咬み破った樹皮の傷からあふれだす、新鮮な樹液を夢中で飲みながら、彼は樹上に目をあげる。クラウン・シャイネスがはっきりと見えた。これも、妻が教えてくれた言葉。樹冠《クラウン》の慎み《シャイネス》——太陽光を浴びる高木の先端——樹冠《クラウン》が隣木たちとお互いに僅かな距離を保って、地表へ注ぐ陽光の道を保とうとする相互補助の本能。頭上の樹の枝たち同士の絶妙な隙間から、星空が見える。樹皮を傷つけ、生命のエキスを貪り飲む自分とはまるで異なる慎み深い生き物たち。その樹冠が、つけたばかりの裂傷のあたりからぐらりと傾いていくのを眺めながら、彼は償いようのない悔恨の念と無力感とを味わっていた。あと、どれほど続ければいい？　どれだけ森を彷徨えばいい？　傷ついた樹木から弱っていく妻の最期を連想するのを止めるには、あとどれだけ生きればいい？　娘の願った不死を取り消すには——あの異国のまじないを無効にするには、どうしたらいい？

　あとどれほど、樹に印をつければいいのか？

　本の頁の間に挟む栞の語源とは、枝折《しお》り——森で迷わぬように枝を折って目印にする森歩きの知恵のことだったはずだが、彼はその道筋までも見失っていた。永遠にも感じる旅路の中で、彼は希望と絶望との葛《つづら》折りに喘いでいた。

　もう降りたい。このリングから。彼は跪《ひざまず》いた。泥に手を突いた。

　その手が——なにかに触れた。

本だ。倒木に隠れるように、落ちている本。表紙は汚れてわからない。指が頁を開いた。

　——おかえり、パパ——

　詩織の字だ。やはり——やはり、ここは——。

　この森が——ここが、我が家のあった場所……。

　脳裏に、詩織の笑顔が浮かびあがる。妻の顔も。

　相次ぐ災害で故郷を離れ、想像を絶する気候変動で姿を変えてしまった世界に、ただ独り、自分だけが取り残された。彷徨い続けて、ようやく辿り着いたこの場所こそが——本当の我が家——想い出の書斎。そうだ。自分は帰ってきたんだ。

　泥だらけの本を、自分の胸に抱き寄せる。

　詩織の言葉が続く。

　文字が詩織の優しい声となって、彼の耳朶に話しかけている。

　——パパのほしいものなら、すぐちかくにあるよ。

　でも、ママもしおりも、本当にいつでもパパの……

　その先は、掻き消された。

　赤い衝撃と、鼓膜を劈《つんざ》く狙撃音とともに。

「仕留めたな！」

男たちが興奮した声をあげる。「魔物もこれで終わりだ。心臓を撃ってやった。あの弾丸で！」

歓喜の声。次の瞬間、それは沈黙。そして——悲鳴に変わる。

斃《たお》れたはずの彼がすっくと立ちあがり、雄叫びをあげたからだった。

蜘蛛の子を散らすように、射手が逃げ去ったあとも、彼は喜びの叫びをあげていた。

娘の声が甦った。詩織はいつも傍《そば》にいてくれる。

左胸に抱き寄せていたワーズワース詩集を眺めやる。泥だらけの表紙には銀の弾丸が食い込んでいたが、中身は無事だ。詩織から貰った宝物も。

この券を使うのは、もう少しだけ先にしよう。

そうだ。このタオル券。まだ、リングに投げ入れなくていい……。

もうすこし生きるのだ。いつでも詩織は傍にいる。妻も一緒に。その言葉だけを信じて。

本という小宇宙

本棚は知っている

坂崎かおる

その本棚は生きている。

そう旦那様は言いました。もちろん、私も家政婦長《ハウスキーパー》として先代からお仕えしておりますが、そんなお言葉を信じるほど、耄碌《もうろく》してはございません。使用人とはいえ、ときには主人に意見するのも、大事な務めでございます。

旦那様がそんなことを言い出したのも、やはりメイ奥様がお亡くなりになったからでございましょう。ノーフォーク家に、アーサー、旦那様がやって来たのはもうずいぶん前になりますが、婿養子であったものの、二人の仲は睦まじいものがございました。奥様のお葬式のあとの、旦那様の落胆ぶりは、本当に、こちらも思わず涙を誘われるものでした。確かに奥様は、元来身体があまり丈夫ではない方でしたが、あまりにも突然の出来事でしたので、それも旦那様の心に大きな痛みを与えたのでしょう。

はい、お屋敷はロンドンにございます。ヴィクトリア女王の御時ではありますが、その御威光も空にまでは及ばないようでして、都市部の方といえば、汚れた空気に、濁った川、とても人の住めるような環境ではありません。ですから、奥様のお父様、先代でございますね、彼が郊外に屋敷を建てたのも、先見でありました。先代はそういう目利きに優れておりまして、はやくに亡くなったのが惜しいことでございました。

　その本棚は、先代が蒐集したもののひとつでした。先代は大変な読書家、というより、本を集めるのがお好きな方で、中身を読むのではなく、そのガワだけを集めて楽しむ、という蒐集家でした。当時はまだ製本が機械化されておらず、裕福な人間は、装幀も自分好みで行っていました。旦那様はダマスク織りやビロードの表紙を使うのが好みで、自分の所有する本を、すべて同じ装幀に仕上げるというこだわりをお持ちでございました。彼は、その特注《オーダーメイド》の本を丁寧に棚に並べ、よく満足そうに眺めておいででした。

　本棚自体も、古物商から買い上げたものだとうかがったことはありますが、来歴について詳しくは私も存じ上げませんでした。それはまあ背のある本棚で、私はおろか、大柄な旦那様の背も越すぐらい高さがございました。上部には見事な葡萄《ぶどう》の彫り物がしてあり、マホガニーはその香りまで漂うかと思うほど、深い深い赤色をしておりました。腰のあたりには斜めの天板とテーブルがついており、そこを使って本を読んだり、書いたりすることもできました。

　先代が亡くなったあとは、旦那様の部屋に移されましたが、管理自体は奥様がしておりました。旦那様は良くも悪くも実務家の方でございましたので、あまりそういった趣味には関心を示さなかったのです。一方で、奥様は本の中身にもご興味のある様子で、棚を整理しながら、熱心にページをめくっている姿をときどき拝見いたしました。博学でいらっしゃいまして、先代はいつも「お前が男であれば後を継げただろうに」と、冗談半分に言われておりました。奥様も先代に似て几帳面で、本の高さを揃えて、それは見事な見栄えになるようにいつもしておいででした。

　ですから、奥様が亡くなったあと、旦那様が急にこの本棚のことにこだわりだしたのは驚きつつ、納得いたしました。一日中、本棚の前に座っていたり、読むでもなく本をたぐってみたりと、そのようなことを始めたのです。それだけ深く愛されていたということなのでございましょうし、奥様がこの本棚を気にかけていたことを思い出してのことだったのでしょう。私たち使用人は、それで旦那様の気が晴れるのであればと、特段、諌《いさ》めるような真似はいたしませんでした。

　しかし、だんだん旦那様のそのこだわりは強くなっていきました。

まず、旦那様は、その本棚がどこからきたのか、ということに強い関心を抱き始めました。先ほども申し上げました通り、古株の私でさえ、その来歴は存じ上げませんでしたので、すぐにはわかりません。旦那様は、先代の帳簿をひとつひとつめくり、この本棚の購入の履歴を探りました。先代は几帳面だったことも幸いしてか、ケンブリッジにあります古物商の店から購入したことがわかりました。旦那様はその古物商を呼び寄せ、本棚をどこで手に入れたのか、ということを訊ねました。古物商は予め調べていた履歴を旦那様に見せますと、「おそらくということにはなりますが」と前置きした上で、大きな図書館にあったものではないか、と話しました。

「ここに留め金があるでしょう」と、古物商の男は、棚の側面を示しました。鉄製の四角い板がついています。「ご存知かもしれませんが、昔は本は希少でしたから、鎖がつけられていたのです。この留め金は、そのときの名残りです。こんな風にして、本が持ち去られないようにしたのです」

そう言って、彼は、長い鉄の棒を、棚に水平にかざしてみせました。その棒に鎖がついていて、それが本につながっていたのだといいます。本を読むときは、鎖を引き抜いてとる、というわけです。

「恐らく十六世紀ごろのものではないかと思うんですが、そういうしかけがあるのは多くの場合図書館でしたから」

しかし、古物商の男も、どの図書館からやってきたものなのかはわかりませんでした。旦那様は多少落胆した顔を見せましたが、その日から、すぐに人を遣り、ケンブリッジの近くの図書館を調べさせました。

というと、簡単そうではありますが、ひとつひとつ、ロンドンから距離のある場所に赴《おもむ》き、同じ本棚がないかとくまなく見るわけです。使用人も本来の仕事がありますから、ずっと行かせっぱなしというわけにもまいりません。日数だってかかります。その間に、旦那様は落ちつかないのか、不慣れな様子で本の位置を並べ替えたり、あまつさえ棚を布で磨いたりなどということまで始め、それはさすがに私に咎《とが》められました。

その本棚が、元は教会にあったものだとわかったのは、奥様が亡くなってから数か月ほど経ったころでした。結局は、古物商が昔の記録を探し出してくれて、そこから図書館の場所がわかり、その司書が、近くの教会からやってきたものだと調べてくれた、ということでした。

「教会」

と、それを聞いたとき、旦那様は動揺したそぶりを見せました。旦那様は信心深いお方でしたから、なにかめぐりあわせのようなものを感じたのでしょう。

　詳しく話を聞くと、もともとは礼拝堂の信徒席として使われていたものでした。テーブルのようにせり出している部分が座面で、棚の部分には、聖歌集や詩編集が入っていたということです。それに、後付けで上部に棚をつけたというわけです。意匠については、古物商に渡る前に、どこかの好事家がつけたようでした。本というものは、印刷技術が発達すればするほど増加していくので、このような図書館の本棚への転用は他にも例があったそうです。

　旦那様もこれで落ち着くだろうと思ったのですが、彼は、もっと遡《さかのぼ》ることができないかと、なおも調べることを要求しました。どうやら教会に行き着いたことに、なにか運命を感じたようでした。さすがに使用人たちも不服そうな表情をしましたが、命には逆らえません。とにかく気の済むような報告ができるようにと、私もとりなしながら、調査を続けました。

　教会の関係者たちにあたると、どうやらその信徒席は、座席として使われる前は書見台だったようで、何世紀か前の写字生によって使われていたのだとか。本は、冊子《コデックス》の前は巻物状のものだというから、「聖ヒエロニムスが本を写すのに使ったかもしれませんよ」などという与太話を旦那様は真に受け、なおもありがたがるようになりました。

　さすがにこれ以上調べることは難しいと私は思いましたが、旦那様の熱はとどまるところを知りません。様々な紆余曲折を経て屋敷にやって来たこと、加えて、子どもが成長するように様々増築され本棚になったことに、数奇な運命を感じているようで、ますますのめりこんでおりました。このままではと案じた私は、ちょっとした仕掛けをすることを思いつきました。

　もしかしたらご存じないかもしれませんが、はるか昔は、本棚に本を入れる際は、背表紙ではなく、前小口、この白いページの方を表に向けて入れていました。これの理由は単純で、そもそも背表紙や表紙に題名を入れる習慣がなかったこと、先ほど申し上げた鎖をつけるときには、背表紙側ではうまくつけられないために不都合があったことなどが挙げられます。そもそも、本を立てて入れるようになったのも、そんなに昔のことではありません。

先代はそういう古さを重んじる方だったので、美しい装幀にしたにもかかわらず、前小口を正面にして配置していました。ただ、そのままではどの本かわからず不便です。そのため、表紙の裏に題名の書かれた紙を貼り、それを前小口側に折り返すことで視認できるようにいたしました。これもかなり古い作法で、奥様がおつくりになったものです。糊が弱くなっていたのか、ある日、それが一枚落ちていたときに、私はこれを利用することを思いつきました。旦那様がいないときを見計らい、その紙を三枚とり、床に散らしました。ジェイン・オースティン『マンスフィールド《Mansfield》・パーク《Park》』、ウィリアム・シェイクスピア『アントニーとクレオパ《Antony and Cleopa》トラ《tra》』、それに、ナサニエル・ホーソーン『ヤング《Young》・グッドマン《Goodman》・ブラウン《Brown》』。M.A.Y。May《メイ》。そう、奥様のお名前です。

果たして旦那様がお気づきになるかどうか不安でしたが、それは杞憂でした。彼は、その紙を携え、すぐに私の元へやってきました。

「生きているんだ」旦那様は興奮したように言いました。「この本棚は生きて、私になにか伝えようとしているんだ」

それから、旦那様があちこち本棚の来歴を調べ回ることはなくなりましたが、今度は神秘的な方向へと偏り始めました。交霊術です。怪しげな霊媒師を呼び、本棚を囲んで、「奥様」を呼び出そうと何度も試みました。私は後悔したのですが、きっかけをつくったのは自分自身だったのですから、責任をとろうと、最後は叱りつけてでもやめさせる覚悟で、その会に何度も参加しました。多くは、というかほぼ全員インチキで、一度など、糸を使って心霊現象を起こそうとする輩を私は追い出したこともありました。

さすがに旦那様も、そのようなことが何回かあって懲りたのか、私に「付き合わせてすまなかった」と詫びたことがありました。「メイの大切なものを大切にしたいだけだったのだが、なかなか上手にできなかったみたいだ。お前たちにも苦労をかけたな」

その殊勝な言葉に、思わず私は「そんなことございません」と首を振りました。「旦那様の愛が深いゆえに、このようなことが起こったのです。愛を恥じる必要などございません」

　とはいえ、私のその言をある種の許しと受けとったのか、旦那様は、「最後に一度だけ」と、知り合いの霊媒師を呼びました。なんでも旧知の間柄で、「実力は折り紙付き」だと言います。「本当に最後ですよ」と私は釘を刺し、私たちはあの本棚のある部屋へ集まりました。

　交霊会が始まると、アジア系の顔立ちの霊媒師の女性は、怪しげな香を焚き、聞いたことのない言葉で呪文を唱え始めました。私たちはそのとき互いに手を繋ぎ合っていました。旦那様はじっとりと汗をかいていて、私はそれを離さないようにしっかりと握っていました。

　紙がひらりと落ちたのはそのときです。ハリエット・ビーチャー・ストウ『アンクル・トムの小屋《Uncle Tom's Cabin》』。私は息を呑みました。旦那様も、びくりと体を震わせたのを、その手の先から感じました。次は、エリザベス・ギャスケル『北と南《North And South》』。U.N。私は呟きました。それから、紙が何枚か落ちました。私は旦那様と手をつないだまま、その落ちた紙の題名の頭文字を繋ぎ合わせました。UNEVEN。

「でこぼこ」

　旦那様が言いました。彼は少しの間思案していたようですが、やがてふっと肩の力が抜け、息を漏らしました。私は手を放し、旦那様の顔をまじまじと見ました。久しぶりに、本当に久しぶりに、その顔はほころんでいました。「確かに、でこぼこだ《UNEVEN》」

　旦那様の視線の先には、本棚がありました。私が訝しげにしていると、旦那様は立ち上がり、本をいくつか抜き取り、並び替えました。なにをしているのかと私は思いましたが、並び替えたそれを見て気がつきました。旦那様は、本の高さを揃えたのです。

「メイは、本棚の見た目をとても大切にしていた」旦那様は言いました。「同じ製本でも、手作業だから多少の誤差が出る。彼女は、この高さが高いところから低い所へと並ぶように本を配置していた。反対側は、その逆になるよう、シンメトリーに。私のやり方は、でこぼこだったから、彼女に笑われたのだろう」

　そうですね、と私も頷きました。心なしか、その本棚も、鈍く輝いているように見えました。もちろん、気のせいでしょうが。それから旦那様は、その本棚の前で、メイ奥様と同じように整頓をし、自分でもときどき、ページをめくるということをされるようになりました。

ですから、旦那様は、お若かったとはいえ、安らかに天国に行かれたのでしょう。いまごろ、奥様と仲良く本の話をされていると私は思うのです、判事殿。ぜひ、心ない讒訴《ざんそ》で、旦那様や奥様を汚さないでいただきたいと、切に願います。

＊＊＊

判事のフリーマンは、先ほど部下が届けた報告書を執務室で読んでいる。

当然というべきか、アジア系の霊媒師はインチキであった。別の人間からの訴えがいくつか寄せられていることが資料には書かれている。しかし、霊媒師はそれを否定している。特に、アーサーの件では強く。だが、それよりも、フリーマンは、報告書の中に、先ほどの聴取では聞かなかった書名があることが気にかかった。『ムムー《Mumu》』。報告書と、あのハウスキーパーの話を照らし合わせると、彼女の証言より、報告書に記された書名の数がひとつ多い。ムムー。ツルゲーネフのロシア農奴についての短篇。だが、内容よりも、その頭文字だ。M。UNEVENに加えて、M。フリーマンは紙にアルファベットを書き出し、並び替える。何度か入れ替えを続け、辿り着く。

VENENUM。

ラテン語で、「毒」。

フリーマンは現実的な人間で、霊の存在などは信じていない。しかし、この事実が隠されたということには意味があると考えた。

アーサーの妻、May《メイ》は博学であり、ラテン語もたしなんでいたのかもしれない。少なくともあのハウスキーパーはそれを知っている。彼は、もう一度彼女を呼び出そうと、立ち上がった。だが彼は、彼女の名前がAmy《エイミー》であることを、忘れている。どうして彼女がそんなことをしたのか、知らないままでいる。

本という小宇宙

百合の名前

高野史緒

「バスカヴィルのウィルマ、メルクのヨアンナ、我が尼僧院へようこそ」

　尼僧院長は、恰幅のよい、精力的な女のようだ。割り当てられた僧房に二人の旅人が落ち着く間もなく、院長自らが挨拶にやって来たのだった。

「フランチェスカ会の他の方々は？」

　院長が尋ねると、ウィルマが答えた。

「明日、明後日にでも到着いたしましょう。教皇庁のお使いの方々も」

　院長は少しばかり顔を曇らせたが、懸念はそれ以上態度に表わさなかった。

「この僧院は恐ろしく古い建物ですので、異形の絵や彫像を目にすることもあるでしょう。それに耐えることも我々の修行です。どうかお心を惑わされませぬようお休み下さい」

　この山の上にある尼僧院まで、長い旅をしてきた。その身体を次なる活動のために休めるのも、神への奉仕の一つだ。まだ生理が始まって間もない年頃の若いヨアンナはともかく、初老のウィルマには、旅は堪えただろう。が、その疲れも見せずに、彼女は院長に尋ねた。

「お心遣いに感謝いたします。ところで院長様、こちらの尼僧院では最近、どなたか姉妹が天に召されたのですね？」

院長は表情を硬くした。

「何故それを……」

「まだ真新しい墓の上に、大鴉が」

院長は他に誰もいない僧房の中で、盗み聞きを恐れるかのように声を潜めた。

「実は、聡明なるウィルマ様にはそのことでご相談したいことが。その姉妹は窓の開かないはずの塔から転落して亡くなったのです」

ウィルマは結局、その不可解な死の調査を内密に引き受けてしまった。数日後に開かれる教皇庁との会議――というより、間違いなく摑み合い寸前の神学論争――で、それどころではないはずなのだが。

尼僧院は、院長が言った通りに大変古いもので、あちこちに彫像や壁画が残されていた。今までそのようなものを目にしたことのなかったヨアンナは、それらに出逢う度にびくりとして身をすくめた。聖堂には、顎に毛を生やした大柄な異形の者が後光を頂いて天を仰いだ絵があり、無数の矢に射抜かれた乳房のない異形の像があり、そして、やはり乳房のない異形が、十字架の上で磔刑《たっけい》にされている。

「先生《メトレス》……！　あれはもしや、男ですか?!」

「その通りよ、ヨアンナ」

答えた声はウィルマではなかった。

「カサーレのウベルティーナ様！」

ウィルマは思わず声を上げ、その異形の磔刑像の前に全身投置をしていた老女に駆け寄った。

「こちらに匿《かくま》われていらっしゃったのですね！　お目にかかれて何よりです！」

「ウィルマ、生きていたのですね、お互い」

老女は大儀そうに起き上がると、ウィルマを抱きしめた。ウィルマがヨアンナを弟子として紹介すると、ウベルティーナはヨアンナを導いて、磔刑像の前に跪《ひざまず》かせた。

「御覧なさい。美しい像でしょう？　もちろん男とは邪悪なものです。実際、彼らは戦争によりこの地球を破壊しつくしました。しかし、男も、神が滅ぼされたとはいえ、一度はお造りになられたもの。神の恩寵により崇高な使命を持つことだってあり得るのです」

ヨアンナは戸惑った。この人は……？「匿われている」ということは、身を隠さなければならないような人なのだ。

「あれは磔刑像ですよね。ということは、それは救世主を描いたものなのでは？」

ウィルマが止めようとしたが、老女がそれを制した。

「そうです。この尼僧院は戦争の前から建っているものなので、聖像画も、色硝子窓も、みなとても古いものなのです。男がいた時代の。だからあちこちに男が描かれているでしょう？　そう、男もかつては、神を敬う役割を担っていたのです」

「もしや、聖母がお産みになられた救世主は男だったというのは本当なのですか?!」

「そのことを口にしてはなりませんよ、ヨアンナ」老女は愛おしそうにヨアンナの髪を撫でた。「そなたの身にも何が起こるか分かりませんからね。この尼僧院ではつい先ごろ、美少女が不可解な転落死を遂げています。あの娘はことのほか美しい、蠱《こ》惑的な目をしていました。この尼僧院にはまだ魔女がいる。これ以上も、まだ死人が出るやもしれぬ……」

ウィルマはそれとなくヨアンナを老女から引き離し、聖堂を出ると、尼僧院の外、塔から落ちた尼僧が倒れていたという場所にヨアンナを連れて行った。尼僧院の厨房裏から、食べ残しやごみを放り捨てて貧民たちに施す尼僧たちを指す。

「厨房のあたりから落ちたものは、みな今私たちが立つ場所、つまり亡くなった姉妹が倒れていたところに転がり落ちてくるのよ。その姉妹も、魔女の不可解な術《わざ》によって塔から落とされたのではなく、あの厨房の少し高い建物、煙突か何かかしら、ああいうところから落ちて、ここまで転がって来たのよ。事件の解決に魔女は必要ないわ」

貧民の女たちは、先を争って残飯に群がり、力づくで奪い合った。ヨアンナの目は、ひときわ美しい少女に惹きつけられる。一瞬、彼女と目が合ったような気がした。

ヨアンナは慌てて顔を伏せた。


夜明けの聖務、賛課《ロード》の最中に、助修士たちが聖堂になだれ込んできた。彼女たちは完全に恐慌状態だった。何しろ、豚小屋で豚の血を貯めておく桶に、尼僧の遺体が逆さまに突っ込まれているのが発見されたからだ。遺体は聖典暗唱室の働き手の一人だった。謎の遺体は二つ目になり、黙示録を暗唱できる尼僧たちは、預言が成就され、世界の終わりまで七日間しかないと、遺体を発見した助修士たちに劣らぬほどの恐慌に陥った。

　この尼僧院には確かに何かおかしなところがある。

　ウィルマが施療院の薬師セヴェリーナとともに尼僧の遺体を検分している間、ヨアンナは何かを探すように修道院の敷地内を歩き回った。男の彫像。聖人の姿をした男、十字架にかけられた男……。何かがおかしい。

　と、その時、何かの気配を感じてヨアンナが振り返ると、背骨が痛々しく曲がった中年の女が立っていた。

「昔、女はね、男の陰茎を女陰に突っこませて気持ち良くなり、男も快楽の絶頂に達してべたべたした精液を陰茎から放って、女はそれで子供を孕《はら》んでいたんだよ」

　女は下卑《げび》た笑い声を上げた。

「今でこそ女は、年頃になればいつの間にか腹に子供ができるが、昔は男がいなければ子は孕めなかったんだ！　それも、ものすごい快楽と共にな！　お前も自分の膣に手を突っこんでごしごしやるがいい！　少しは男のありがたみも分ろうものよ！」

　ヨアンナがなす術もなくその女に詰め寄られていると、検死を終えたウィルマが駆けつけ、二人を引き離した。

「先生《メトレス》、今のは……？　あれは本当のことなのですか？」

「あの者は今でこそドミニカ会に身をやつしているけれど、間違いなく異端に属していたわね。あの者と口をきいてはなりません。それより、聖典暗唱室に行きましょう。あの塔に暗唱室があります」

　暗唱室では、尼僧たちが大勢いた。みな木のベンチにきちんと座り、聖典長に続いて、全員が一字一句間違いのないよう、聖典を詠うよう暗唱していた。

　聖典長ジョージア・ルイーズ。彼女は、目の白濁した、細面の老女だった。彼女はそのほとんど見えない目で、そこに何か答えがあるかのように宙に目を走らせ、聖典を諳《そら》んじてゆく。聖典を暗記しようとする尼僧たちは、必死にそれについてゆく。ウィルマとヨアンナはしばらくそれを見学していたが、やがて、若い尼僧が一人、滑稽な言い間違いをし、尼僧たちの間に笑いが広がった。

「笑ってはなりません！」聖典長が一喝した。「笑いは人の顔を歪めて醜くし、聖なる教会にはふさわしくないものです！　笑いがはびこればどんな失敗も笑いで済まされ、やがてはどんな罪をも笑い飛ばされ、神をも嗤《わら》うこととなりましょう！」

尼僧たちは静まり返った。暗唱室は広いとはいえ、聖堂ほどではない。これだけの数の女たちが密集すると、かすかに女陰と生理の匂いがこもる。何人かは大きな腹を抱えている。

「さあ、もう一度唱和なさい。一句たりとも違《たが》えてはなりません。これこそが聖なる教えをこの世に残す唯一の方法なのですから。一所懸命に記憶するのです！」

尼僧たちは暗唱を続けた。ウィルマはヨアンナを連れて暗唱室を出た。

「何か気づいたことはなかった？」

外に出ると、ウィルマはヨアンナに問うた。

「いいえ、特には。私もいずれはもっと聖典を暗唱しなければならないとは思いましたが」

「あの建物は大きすぎるわ」ウィルマは、暗唱室のあるその塔を見上げながら言った。「暗唱室は広かったけれど、その上にあんな巨大な塔は必要ないわ。あの塔は何のためにあるのかしら？　あの中は空気ばかりではないはずよ」

その夜の終課《コンプリ》の後、ウィルマはまだ何か気になるらしく、今一度ヨアンナを伴って暗唱室に忍んでいった。

「先生《メトレス》、あの絵は……受胎告知ですか？」

ヨアンナは、暗唱長が座していた席の背後に描かれた、天使が聖母に向かって百合の花を捧げている絵を見ていった。

「その通りよ。天使の告知が、幾多の女たちの腹に自然に生じる妊娠と、聖母の妊娠がまったく違った特別なものであることを示したのよ。マリア様は、妊婦の身でたったお一人でエルサレムに向かわれ、ベツレヘムで主をお産みになり、その幼い娘を連れてヘロディア女王の手を逃れてエジプトに向かわれたのよ。その苦難の道行きを想うだけで、私たちの信仰も高まろうというものです」

「でも先生《メトレス》、私は以前、まだメルクの母の元にいた折に、パレスチナを旅してきた娘たちの一団に会ったことがあるのですが、彼女たちによれば、かの地では百合は高地にしか咲かないとのことです。ナザレに生きていたマリア様が、天使から差し出された花の名を知っていたのは何故でしょう？　マリア様が他の者たちにその花の名を伝えない限り、画家たちは百合を描くこともできませんでしょうに」

「ヨアンナ、『百合』というのは、かつてかの地では野の花全般を指す言葉だったようです。天使はマリア様に何らかの花を差し出された。マリア様がその野の花を百合と呼ばれ、私たちの地でその言葉が指す花をあのように描いた。ただそれだけのことでしょう。マリア様に捧げられた花は、私たちが思うような百合ではなかったかもしれません。でもそれはどうでもよいことです。大切なのは、マリア様が女のうちより選ばれた特別な方ということです」

　ヨアンナは口にこそ出さなかったが、あの異形の磔刑像を思い起こした。聖母がお産みになったのが男であったという説……。異端だ。それは唾棄すべき異端の説だ……

　ヨアンナは、受胎告知図の上に描かれた、奇妙な線で作られた飾りを指した。

「あれをご覧ください、先生《メトレス》。あの奇妙な線の飾りは、聖堂にもありましたよね？　他の教会でも見たことがあります。あの飾りは何を意味しているのでしょう?」

「あなたはあれに気づいてしまっているのね……」ウィルマは角灯を高く掲げると、ため息をついた。「あれは文字というものです」

「文字……！　あれがですか?!　言葉を写し取り、目で言葉を伝えることができるという、伝説の……！　ということは」ヨアンナはウィルマが制する身振りをする前に言葉をつないだ。「やはり噂は本当なのですか？　この世のどこかに、口伝の聖典の源のみならず、この世の森羅万象が記された、『本』というもの……」

　ウィルマは右手をヨアンナの口に当て、ヨアンナは慌てて言葉を飲みこんだ。

「他でこのことを口にしてはなりません。しかし……そう、どうしてもそれを想わずにはいられない……。これだけの塔、これだけの空間に隠匿すべきものがあるとしたら……」

　しかし、暗唱室から塔の奥に続きそうな扉は施錠されていたが、鍵穴もなく、どこかほかの入り口があるものと思われた。扉を調べているうち、暗唱室の一隅で物音がし、二人は反射的に振り返ったが、薄暗がりに人影が駆けてゆくところしか見ることができなかった。しかし、その人影は何か小脇に四角いものを抱えてはいなかっただろうか。

「私は乳児院を探すわ！　あなたは厨房のほうへ！」

　ウィルマに指示され、ヨアンナは時を置かずそれに従い、暗闇を走った。

　火を落とした厨房は真っ暗だったが、どことなく、人の気配を感じる。食べ物の匂い、贅沢な肉や、卵や、チーズの匂いが漂っている。ここで作られた奢侈《しゃし》な食事は、尼僧たちが無造作に食べ――もちろん、妊婦には栄養が必要だが――、その喰い残しが貧民たちに投げ与えられる。貧民の女たちとて、妊娠はする。

　何かが動いた。

　人影だ。

　女は、月明りを正面からまともに浴びたヨアンナの顔を見、暗がりから自分も姿を現した。あの少女だった。あの、残飯に群がっていた中にいた、ひときわ美しい、あの。

　ヨアンナが何も言わないよう、少女はそのふっくらとした唇の上に自分の人差し指を当てた。身なりは汚らしく、臭い。しかし、その汚れに包まれているのはまさしく真珠だった。真珠はそっとヨアンナににじり寄る。その目は燃えるようで、ヨアンナの魂の奥底を射抜いた。抵抗できない……。何か大きな流れが、熱く激しいものが、ヨアンナとその少女を飲みこんだ。

何がどうなったのだろう。気がつくとヨアンナは僧衣を脱ぎ捨て、同じく全裸になった少女と女陰をすり合わせ、互いの粘液を混ぜ合わせ、何処へ行くとも知れない高みを目指していた。やがて火花の散るような、この世にこんなものがあったのかという快楽が爆発する……

　翌朝、ベレンガリア――暗唱室でひときわ高い声で唱和していた太った女――が、沐浴室で溺死しているのが見つかった。


「三つ目の死よ！」

「溺死だわ！」

「黙示録通りよ！」

　ベレンガリアの遺体の発見により、尼僧院はさらなる恐怖に包まれた。しかし、会議のためにフランチェスカ会員たちやアヴィニョンからの教皇特使、さらには峻厳《しゅんげん》な顔つきの異端審問官ベルナデッタ・ギイが到着するに及んで、尼僧院は一連の死を隠匿し、フランチェスカ会と教皇特使の会議以外に、ここでは何も起こっていないかのように装い始めた。

　会議……。会議とは名ばかりの、不毛な清貧論争だった。主題は、主の乳房や女陰を隠していたささやかな衣は、果たして主の持ち物であったのか否かだが、本当の主題は、教会は財産を蓄えて豪奢に装うか否かだ。清貧を旨とするフランチェスカ会は教会の財産を放棄して貧民に分け与えることを主張するが、教皇庁は教会が豪華さの威光を失えば民を導く権威も失われるとしている。話し合いは平行線どころか、怒鳴り合いとなった。しかし……何という運命の皮肉だろう。

このような時に限って、ベレンガリアが死んでいた施療院が荒らされ、施療院の薬師セヴェリーナが明らかに殴り殺されたのだった。ベルナデッタに一連の事件が知れたのは当然だった。悪いことは重なるもので、あの元異端者の女が尼僧院の敷地内で、この世に男を呼び戻すと称して、魔女の召喚の儀式を行ったのだった！　その上、儀式に利用されようとしていたのはあの美しい少女だった。異端審問官ベルナデッタの捜査は噂通り一方的で、残虐非道だった。一連の状況証拠から殺人が疑われたのは厨房係の太った女レミージアだったが、その二人の尼僧は苛烈な拷問の末に自分は異端であると認めてしまい、少女は口もきけぬ状態まで弱り果てた挙句、異端と断罪されたのだった。

血と汚物の匂い。あらぬ方向にねじ曲がった元異端女の腕。すでに死んでいるのかと思うほど動かない少女。もはや拷問より死を望む厨房係……。これが神の国の敷地内で行われることなのか。ヨアンナは惑い苦しんで答えを求め、ウィルマは、かつて自分も異端審問官であった過去を告白した。曰く、ベルナデッタと対立し、自分が異端として断罪されるのを避けるため、無実の女に異端の罪を着せた、と……

身体の内側から引き裂かれるような苦悩は、若いヨアンナには初めての経験だった。もう、清貧も異端も、ウィルマの過去もどうでもよかった。殺人事件の解決さえ、もはや眼中になかった。あの少女を救いたい。ただそれだけだ。が、異端を浄化の炎で焼き尽くす火刑は粛々と行われた。俗人の兵士たちの手によって放たれた炎は三つの火刑台を焼き尽くし、ヨアンナは一晩泣き明かした。そして彼女はまた、自分が愛したその人の名を呼ぶことさえできない——そもそも知りもしない——ことを思い知らされたのだった。

だが恐ろしいことはさらに続き、二人がこの尼僧院に到着して六日目の朝課《マティネ》の最中、暗唱室の責任者マラキアーナが倒れ苦しみ、そして死んでいった。ウィルマはすかさず彼女の手と口を確認した。

「やはりそうね……。今までに死んだ姉妹たちは薬師以外、皆、利き手の指先と舌が黒ずんでいた。一連の事件はやはり、あれが関わっているとしか……」

だが、彼女が推理を開陳することはできなかった。最初は事件の解決を望んでいた尼僧院長は、ウィルマの関心があの塔に向けば向くほど、逆に解決を阻止しようとしてきたからだった。不毛な会議はすでに終わり、フランチェスカ会も教皇特使たちも去って行ってしまった。もはやウィルマとヨアンナがここにいる理由もない。

ウィルマはついに、最後の夜、ヨアンナと共に塔への侵入を試みた。塔に入る方法は、ウィルマがアリナルダという恍惚の老尼僧から得ていた地下の道を行くことだった。歴代の尼僧たちの骨が安置された地下墓地から上に上がると、そこは塔内の……

「やはりそうだわ！　私の思った通りよ！」

そこにあったのは、「本」ばかりだった。

そう、本、本だ。紙や羊皮紙を束ねて、文字を書きつけた、あれだ。ヨアンナは今までに本というものを見たことがなかったが、それが何であるのかが分かってしまった。暗唱室の壁に描かれた文字というものをウィルマに教えられたからだろうか。その本は百や二百も、いや千でも二千もなく、無数にあった。棚に挿されたもの、無造作に卓上に積まれたもの、重そうな大判のもの、広げられたもの……。ランプの光に照らし出されたそれらは、色鮮やかな装画に彩られたものや、隅から隅までびっしりと文字で覆われたものもあり、大きさも厚みも様々だった。

「図書館よ、ヨアンナ！　これを図書館というのよ！

ジョージア・ルイーズ様！　いらっしゃるのでしょう?!」

ウィルマの声が、迷路となった図書館にこだまする。

「ついに見つけたのね」老いてはいるが、日頃朗誦で鍛えた声が応えた。「私はここに」

二人は時間こそかかったが、ついにジョージア・ルイーズのいる部屋に出た。彼女はすでに文字を追うことのできない目で二人のぼんやりとした姿を捉え、一冊の本を胸に抱いていた。

「今まで尼僧たちを殺してきたのは、その本ね」ウィルマが毅然とした態度で断じた。「その本には毒が塗ってあるのですよね、ジョージア・ルイーズ様？　姉妹たちが指に唾をつけて本をめくり続けると、その手と舌を通じて毒を飲みこんで死んでしまう。あるいはその本の奪い合いで死ぬのですね？　でもこれほどたくさんの本がある中で、何故その一冊が特別なのですか？」

「そこまで分かったのなら教えましょう。これは、文法の本だからよ。文字の発音や単語の読み方、文章の組み立て方が書いてある本だからよ。この一冊を手掛かりに、私やあなたのような知性を持った人間ならば、最終的にはどんな言語でもどんな本でも読めるようになってしまう。歴史、地理、簡単レシピ、位相幾何学、資産運用術、分子生物学、共産党宣言、量子力学、文学、一市民の日記、生殖医学、聖母がお産みになったお子が男であったのか、女であったのかまでも……。口伝の聖典とは相容れない、ありとあらゆる本が読めてしまうからよ！」

そう言い終わりもしないうち、ジョージア・ルイーズは机を引き倒し、ランプを本の間に投げ入れた。乾ききった本たちが、飢えた火刑の炎のように書庫を焼き尽くし始めた。

ジョージア・ルイーズは老いて盲《めし》いたりといえども、図書館を知り尽くした足取りで逃げていった。とはいえ、この炎から逃れることはできないだろう。いや、彼女は自らを火刑に処するかの如く、この図書館の炎に己を投じたのかもしれない。

尼僧院全体が三日三晩燃え続け、完全な廃墟と化した。なす術もなくそれを見届けると、ウィルマとヨアンナは驢馬《ろば》に乗って、荒れ果てた尼僧院を後にした。ヨアンナは図書館が燃え始めた時、ウィルマに逃げろと言われて塔を脱出したが、師を見殺しにしたかと思いきや、ウィルマは鼠たちの後をついて行くという方法で火災から脱出してきたのだった。

ウィルマはひそかに、一冊の本を持ち出していた。ヨアンナは、完全に焼け落ちた村娘の火刑台と胸の張り裂けるような無言の別れを交わしたが、そんなヨアンナも、師が手にしていた一冊の本の表に描かれた模様——文字——を、読めこそしないが、記憶にとどめていた。

その本の表に描かれていたのは、Bibleという文字だった。

いつも傍に本が

本の開く音　閉じる音

西崎憲

読書に最適な環境というものがあるとすればそれはいったいどのようなものだろうと折にふれて考える。友人たちとの会話でも時々その疑問を話題に上せる。そうするとしぜん尋ねられることにもなる。どんな場所、どんな状況での読書がこれまでいいものとして記憶に残っているのか、と。

そういうときの答えはいつも決まっている。経験したなかではあれが最高だったのではないか、そう思われるものがひとつあり、二十代の後半あたりだったか、帰省した際のことで、わたしはその夜、とっくの昔に廃止になった二十世紀の寝台車で北を目指していた。

季節は冬、東京の駅を十九時頃に出発したように記憶している。

寝台車というのはただただ好もしい。そのころの寝台車もまた好もしかった。冬の夜、一晩かけて北国まで運んでくれる急行列車。寒気に洒《あら》われるプラットフォーム、厚く着こんで白い息を吐きながら入線を待つ物語のなかにいるような人々。ひとり旅の乗客、ふたり連れの乗客、家族連れ。さまざまな旅行鞄、飲み物あるいは食べ物を調達するために早足で歩く者たち。吐く息は白い。すでにその場の何割かは東京ではない。北国の言語が各所で交わされていて早朝に到着するはずの場所を先取りしている。

Ｂ寝台と名づけられた形式の車両だった。かろうじて擦れちがうことができる幅の通路が片側を貫き、寝台が向かいあわせになった客室が巣箱のように並ぶ。寝台は三段もあるので一段の高さはあまりない。けれど脚を伸ばせるだけの長さは確保できて、どこかしら棺のようでもある。明るく照らされた棺、自分はそこに一晩埋葬される。背中の下のマットは堅いけれどむろん苦痛に感じられるほどではなく、素っ気なさがむしろ心地よい。薄い小さい毛布が畳まれて隅に控えめに置かれている。発車後、暗い景色を通路に立って漠然と眺めたり、自分用の寝台にすわって飲み物や軽食を口にしたりする。そして頃合いをみて、カーテンを閉め、横になる。レールと車輪が奏する規則的な重く心地よい音、不意にやってくる横の揺れ、狭い空間をひたす穏やかな光。読書の王国だ。世界最小の王国、移動する読書の領域、眠りに落ちるまでの黄金の時間。

そのような時間に読む小説や詩がどれほど深く心に刻まれるかは言うを待たないだろう。もしそれが「モルグ街の殺人」であれば、オランウータンが手にした剃刀《かみそり》の一瞬の燦《きら》めき、空間を移動する血の飛沫の速度その色、部屋をうずめる異様な音、われわれはそれらを自分の目と耳で受けとるはずだ。もしそれが『闇の奥』であれば、植物の宇宙のようなコンゴ河の流域、大気を満たすいきれ、河上に向かう蒸気船のエンジンの単調な響き、暗い水音、通奏低音のようなマーロウの鬱屈を皮膚で感じとることができる。

ほかにも読書に適した環境は少なくない。休日前夜の開放感のなかで読むミステリーや怪奇小説はひたすら愉しく、雨の午後の翻訳小説は心の襞《ひだ》に染みいってくる。恋人や友人を待っているときのカフェでの読書も魅力的で、そんなときに読むのはすこし堅いもの、白い表紙の哲学書など。

美食について語る者が飢餓に触れる必要があるようにわたしは逆の環境についても思いを馳せる。

本に集中できない環境とはどういうものだろう。幼稚園児たちに囲まれての読書、仕事で資金繰りが必要な状況での読書、いずれも反読書的な状況である。自身の経験のなかでもっとも反読書的に思えた環境は父親の危篤の知らせを聞いてからの何日かだったが、病院のベッドに横たわる父親の枕元で手にとった本についてはいずれどこかで語ることがあるかもしれない。

そしてそういう状況であっても読むことのできた本についても。

あらためて最高の読書環境を考える。それはいかなるものか。答えを論理的に導きだすこともできなくはないように思うが、いまは気が赴くままに記す。

雪が夕方の空から落ちてくる。

わたしはヨーロッパを旅行中である。ひとり旅。古いホテルに滞在している。フロントには英語が通じる女性がひとりいる。

友人の一家と約束していたが、娘が熱をだしたという。

夜の会食がなくなる。

時間ができる。空き時間ができる。生涯でもっとも費えの大きい空き時間。

わたしはホテルをでる。とにかく夕食はとらないといけない。漠然とムール貝を食べたいと考える。わたしはムール貝が好きであるし、この国はそれがおいしいと聞いている。

テーブルに着き、中年男性の給仕に注文する。下手な英語からさらに下手なフランス語に切り替える。この国はチップの要らない国だ。

バケツのような器に山盛りになったムール貝が運ばれてくる。黒の衣に熟れすぎた黄金色の身。飲み物はカルヴァドス。

太った身を銀鼠の内壁からこそげとり、食べる器械となってひたすら口に運ぶ。

さまざまな客がいる。銀器の音、会話の声。食べながら昼に訪ねたバーフ大聖堂のことを思いだす。エイクマンが短篇の舞台に使ったそこの地下の納骨堂。

雪だ。

欧州の乾いた雪。レストランをでる。古い街並み、にじむ夜の光。

旅情の濃密さに眩暈《めまい》をおぼえる。

雪のなかをホテルにもどる。

玄関のひさしの下でコートの雪を払い、英語のできるフロントから鍵を受けとる。

シャワーを浴びてパジャマに着替え、窓から外を眺める。雪の勢いは衰えない。雪を見ているうちに存在の見当識がなくなる。自分はどこからきてどこへいくのか。

トランクから文庫本を取りだしてサイドテーブルの上に積みあげる。

文庫本を三冊だけ持ってきた。新古今集と翻訳ミステリーと現代日本の作家。ベッドに潜りこんでおもむろにページを開く。

　それはこんなふうな話だ。

霧

　旅行はべつに好きではない。国内旅行もほとんどいったことがないし、海外旅行なんてほんとうに時間の無駄そのものだと思ってきた。

　旅行にいって考えが変わったというような話はいつも聞き流してきた。インドにいった、カナダの大自然に接した、エジプトとかギリシャで悠久の時を感じてきた――そして自分は変わったという人の話をきいて、でもその人の行動を見ると旅行以前とまったく変わっていなかった。そういうのはひとりやふたりではなかった。変わったと主張するうちのひとりとして変わったと思える人はいなかった。変わったとしたらよくないほうへ、頭が固くなったとしか思えなかった、
　人が変わるということはそういうものではないように思う。たとえば温泉にいくとふだんとはちがったことを考える。結婚したらちがうことを考える。肉親や友人が死んだら異なることを考える。大きな病気を経験したらべつのことを考える。それはそうだと思う。けれどそれで人間の根本的なことが変わるのだろうか。ちがう言葉はでてくるのでちがったように見えるかもしれないが、それでほんとうに人間が変わったと言えるのだろうか。

　よくわからないが旅行や一年くらいの留学で人は簡単には変わらないだろう。変わるはずがない。

　頑《かたく》なまでにそう思っていたのは、本があったからだと思う。

　わたしは本が好きだ。

　本こそ真の旅行だと思う。本を読めば現実のどんな旅より遠くまでいける。時空さえも超えられる。そしてわたしは本のなかの旅行だったら好きだ。不思議なことに旅行記はとても好きなのだった。

　けれどもそういう人間でも旅行にいきたいと思うときがある。何年か前の春がそうで、そのころ起きたある出来事によって心が屈してそんなふうに思ったのだ。

　なにかの限界、とにかく限界に近いところにいきたくて、わたしは旅行先にアイスランドを選んだ。アイ

スランドだったら地理的に限界が近いとほとんどの人は思うだろう。北極や南極はいくのはさすがにむりだし、グリーンランドはあまりに退屈そうで、べつだん退屈が欲しいわけではなかった。精神的に限界に近づいたので地理的にも限界に行くことを欲したのだろうかとわたしはあとから考えたものだ。

そういうふうに深い考えもなくわたしはアイスランドに旅立った。ひと月滞在するつもりだった。

地球離れした殺風景な景色のなかを延々と走ってわたしは首都についていた。

文字が読めなかったし、標識がわからなかった。それがとてつもなく心細いものであるということにわたしはそのときようやく気がついた。そして不安に囚われた。

アイスランド語なんてもちろんわからないし、英語もほとんどしゃべれない。短期間の観光だったらそれでもなんとかなるだろうがひと月という期間それでだいじょうぶなのだろうか。

けれどもそのときのわたしはやけっぱちになっていた。どうしようもなくなったら帰ればいいのだ、とわたしは考えた。日本大使館だってあるわけだし、と。

アイスランドを訪れたわたしの考えは果てしなく甘いものだったし、けれどなんとかなるだろうという見通しが完全にはずれたというわけでもなかった。

アイスランドの滞在の後半はよくそんな偶然が起こるなという驚きの連続だった。

誰もが言葉がわからないということを経験している。生まれてから言葉というものを会得するまでの期間だ。それはストレスに満ちたものだったのではないだろうか。幼児はたぶん欲求の塊で、その欲求を言葉にすることはできない。幼児にとって音と言葉のちがいはない。言葉と咳やくしゃみを区別することはできない。それはいったいどういう気分のものなのだろう。

舗道で、市場で、レストランで、ホテルで、わたしは音に満ちた沈黙のなかで過ごした。それは不便で苦しいものではあったが、自分の仕事に役立つかもしれないとも思った。もしまだ同じ仕事をするつもりだったらの話だけれど。

一週間ほどホテルで暮らしたあと、駅の人混みのなかでわたしは生きている人を見た。

生きている人、というのは奇妙な表現だろう。アイスランドの人々はもちろん人形や死人ではない。

けれどその人は人混みのなかでひとりだけ生きているように見えた。人形たちのあいだを水流のなかの鮎のように縫ってなめらかに進んでいた。

日本人だと確信した。

わたしは話しかけた。向こうは驚いただろう。けれどわたしはとにかく心細かった。藁《わら》にもすがる思いだったのだ。情けないことに。

その人はたしかに日本人と言えないこともなかった。アイスランド生まれの日系二世で、日本語はすこししか喋れなかった。

その女の人は用事をすませてからもどってくるといって、手を振って離れていった。わたしは落胆した。こういう場合、もどってくるということはないはずだった。明日日本に帰ろうと思った。

けれどその場を去ることもできなくて、三十分ほど茫《ぼうっ》と雑踏のなかに立っていたら、その人はほんとうにもどってきた。たぶんわたしの様子が哀れだったので同情したのだろう。あとでそうだったのかと訊いたら、言葉を濁して答えなかったけれど。

くわしい経緯は省略するけれど、結局わたしはその人の姉の使っていない家でアイスランド滞在の一月の半分ほどを過ごすことになった。

その霧の立ちこめる村はフクルステンといった。鳥の石という意味であるらしい。村がある地域は温度差のある海流が沖でぶつかりあうため一年中霧が立ちこめているという。一年で霧が晴れるのは短い夏のあいだの一週間ほど、夏至のころということだった。

駅で話をして、明るいカフェでわたしの話をきいたその人は自分の住むその村にこないかと言ったのだ。なにもないけれども、と。

もちろん異存はなかった。その人は妖精のようだったし、わたしは妖精は好きだった。三十歳くらいだったろうか、黒く短い髪にすこしくすんだ青の簡素な服。

その人の家には九歳の女の子と三歳の男の子がいた。女の子はヴァラという名前で、ヴァラはよく男の子にまちがえられた。ヴァラもすこし日本語が喋れた。もしかしたら母親よりうまかったかもしれない。

ヴァラはわたしの住む家によく遊びにきた。まず窓から覗いてわたしがいることをたしかめてから玄関にまわって、ドアを叩いた。

わたしはヴァラのためにお菓子や飲み物を買って蓄えておくようになった。

彼女はあるとき、霧が晴れたときのことを話してくれた。小さかったころの話。ヴァラの話は不完全だったのですこし補って書こう。

その村の言い伝えなのか、村には「死者たちが相談する場所」と呼ばれる場所があるらしかった。そこは谷の一方の側を下る道の近くにあった。海にいくときは村の人はたいていその道を通った。

海辺に住む学校の友達の家にいくために、ヴァラはその道を歩いていた。おとといあたりから霧が晴れはじめ、谷は普段の数倍視界がよく、死者たちが相談する場所もはっきり見えた。そこは黒い岩が寄りそうように集まっているところだった。ヴァラはそこに目をやらないように歩いた。そこにふたつの人影があったのだ。彼女はそれがふたりの死者だと思った。そしてなにかを相談しているのだった。なにを相談しているかはわからないが、声を聴くとよくないことが起こると言われていた。

ヴァラは迷った。引き返すか、耳を押さえて走りすぎるか。

ヴァラは走った。

ふたりの死者が自分を見たように思った。黒い口が開いたような気がした。

だいぶ離れたので立ち止まって振りかえった。もう死者は見えなかった。

ヴァラは安心して道を下った。

道を下りきったところには草の茂みがあるのだけど茂みの向こうできれいな色が動いていた。なにかが列を作っていた。

魚。

足のある魚が列を作って砂地を海に向かって進んでいた。

魚はみんなすごくきれいな色をしていた。みんなちがう色で何色か混じっていて、ヴァラは色に驚きながら行列を追った。追っていくと列の最後にいた魚が振りかえった。そしてひれで砂をすくって自分にぶつけた。ヴァラは悲しく思った。拒絶されたと思って、傷ついて立ち止まった。

その年も霧は一週間しか晴れなかった。

アイスランドから帰ってだいぶ経ったころ、わたしはインターネットのニュース映像のなかに知っている顔を見つけた。スポーツのニュースだった。アイスランドのスポーツ選手たちの映像が流れていて、そのひとりはヴァラであるように思えた。ヴァラはとても真剣な顔をしていた。そして悪くない成績を収めたらしかった。ヴァラはスポーツ選手になったのだ。

わたしは音楽を作ることがまた楽しくなっていた。

登場書籍／作品目録

●本書収録作品で言及される書籍や文学作品を、タイトル五十音順で一覧にしました。タイトル、著者名、出版社名の表記は、各作品に準じています。

「アウトサイダー」ラヴクラフト
「赤い鎖」アルフォンス・マーレイ
『明けの骨鴉』朧幽吉
『アナトーミッシエ・タベレン』（解剖学図表）
　ヨハン・アダム・クルムス
『アルジャーノンに花束を』
『アンクル・トムの小屋』
　ハリエット・ビーチャー・ストウ
『アントニーとクレオパトラ』
　ウィリアム・シェイクスピア
『石の花』バジョーフ
「芋虫」江戸川乱歩
「陰獣」江戸川乱歩
「ヴァルドマール氏の死の真相」ポー
『ヴァテック』ベックフォード
『失われた時を求めて』
『膿蛙の牙』朧幽吉
『オントレートクンディへ・ターフェレン』
『怪奇小説という題名の怪奇小説』
　都筑道夫
『怪奇マガジン』
『解体新書』
「牡蠣」作者不詳
「笠地蔵」（民話）
『果実の針』山口齊
『北と南』エリザベス・ギャスケル
「霧」
『銀筵』緲緲蕨夫
『腐れ歯屋敷』朧幽吉
「朽ち果てた納骨堂の幽霊」
　ダーレン・O・スミス
『グリモワ・マートリモーニウム』
「黒い爪」絵馬龍騎
「幻想交響曲」小田島匠哉
『幻想という名の怪奇』
『幻想と怪奇』（三崎書房→歳月社）
『幻想と怪奇』（新紀元社）
『幻想と怪奇15　霊魂の不滅　心霊小説傑作選』
『幻想と怪奇　不思議な本棚　ショートショート・カーニヴァル』
「拷問部屋」マクラーリン
『降霊本』（竜宮書房）
「氷になった男」かんべむさし
『孤島の鬼』江戸川乱歩
「コレスポンダンス」ボードレール
『蛹レコード』
『七人の鬼ごっこ』三津田信三
『十二歳が読むと死ぬ本』
「白い蝙蝠傘」ヘイゼル・チェイス
『小説冥府』
『諸国物語』森鷗外
『新古今集』
『スラッシャー　廃園の殺人』
　三津田信三
『絶望塔』
『狭き門』

『建売住宅温泉峡』かんべむさし
『ターヘル・アナトミア』
『デミアン』
『東海道四谷怪談』
『東京大学入試過去問題』（教聞社）
『ナスカ』
『謎のクィン氏』アガサ・クリスティ
『奈落の戯曲』
『日本怪奇幻想紀行』シリーズ
「人間椅子」江戸川乱歩
『ねないこだれだ』
「蝿」ランジュラン
『歯軋り岬』オースティン
「早すぎる埋葬」ポー
『パルムの僧院』
『秘密の花園』
『ファーブル昆虫記』
『フェッセンデンの宇宙』
　エドモンド・ハミルトン
『変身』カフカ
『ボヴァリー夫人』
「頬肉」エチエンヌ・サンクラー
〈ホラージャパネスク叢書〉
『マザーグース』
「間違いじゃない」
　ジョン・マウントドレイゴ
『マンスフィールド・パーク』
　ジェイン・オースティン
『未解決殺人事件』軽狩眠男
『骸地蔵の村』朧幽吉
『ムムー』ツルゲーネフ
「モルグ街の殺人」
『闇の奥』
『ヤング・グッドマン・ブラウン』
　ナサニエル・ホーソーン
「ユウラリウム」ポオ
『李賀詩選』
「猟奇歌」夢野久作
『六人の笛吹き鬼』三津田信三
『論語』金谷治訳注
『わが闘争』アドルフ・ヒトラー
ワーズワース詩集
『ワールド・ミステリー・ツアー13』
シリーズ
Bible
The Mortal by Hans H.
＊本目録は、実在する書籍・作品と架空のものが混在しています。（編集室）

第二部　第二回『幻想と怪奇』ショートショート・コンテスト　入選作

《最優秀作》

「おぼろ街叙景」今井亮太《いまいりょうた》

石川県出身。大学中退後、仲間と劇団を結成、演出と台本を担当。劇団解散後、出版社勤務。退職後、読売カルチャーセンターで藤蔭道子氏に小説の手ほどきを受ける。入選作のタイトル「おぼろ街叙景」は、劇団時代に一座で音楽と役者をつとめた故・鷹魚剛が作詞作曲した歌へのオマージュです。

「灰白」澁澤《しぶさわ》まこと

二〇二二年に漫画『塔の医学録～悪魔に仕えたメイドの記～』の原作にて商業誌デビュー。耽美な雰囲気を好み、中世ヨーロッパを舞台とした作品も多い。他作家の作品解説や作詞も手掛け、ヴォーカリストとして音楽活動もしている。

《優秀作》

「あいのこ」中川《なかがわ》マルカ

北九州市生まれ、東京都大田区在住。御嶽神社裏マルカフェ&マルカフェ文藝社『棕櫚shuro』主宰。小説「くらう」（『幻想と怪奇8』）、随筆「精華通りに」（『コドモクロニクル』）他。二〇二三年「第一回NIIKEI文学賞」ショートショート部門大賞、キタキュースタイル六周年記念「第二回エッセイコンテスト」優秀賞他。週末は、いつも神社裏にいます。

「おいしいおいしい全て焼き」日比野心労《ひびのしんろう》

新潟県出身。コスプレイヤー兼物書き兼DTM作成者。いろんな界隈に顔出しては楽しんでます。創作執筆活動は二〇二〇年に開始。ブンゲイファイトクラブ（BFC）4、5にて本線出場（「小僧の死神」「ブンゲイテクノ」）。二〇二四年、文芸サイトanon pressにて「伊豆」掲載。既刊『県北戦士アガキタイオン』は阿賀北ノベルジャム二〇二二にてデザイン賞受賞。新潟SFアンソロジー作成委員会のひとり。

《佳作》（本年九月刊行予定『幻想と怪奇16』に収録）

「映し世の民」蜂本みさ

「壁抜け女」Yohクモハ

「昇天楼」水城瑞貴

＊最優秀作・優秀作入選者のプロフィールは、各著者によるものを、編集室で一部調整しました。佳作入選者のプロフィールは、作品と共に『幻想と怪奇16』に収録いたします。（M）

第二回『幻想と怪奇』ショートショート・コンテスト　最優秀作

おぼろ街叙景

今井亮太

太平洋戦争が終わって二、三年たったころだったと思う。母とわたしは地方の温泉町で、出征した父の帰りを待っていた。

わたしは五歳くらいで小学校に入る前だった。わたしの家は国道のそばの袋小路にある小さな借家だった。隣は空き家で玄関の壁が崩れかけていた。その土壁を道路に投げてひとりで遊んだ記憶がある。その空き家の庭になっていた無花果《いちじく》を、母が勝手にもいできて、わたしとふたりで食べた記憶もある。

袋小路の突き当りには、その辺では珍しく立派な門構えの家があり、上がり框《かまち》の壁には電話が取り付けてあった。緊急の事態が発生したときは、近所の人はその電話を使わせてもらっていた。わたしが病気をした時も、その電話を母は使わせてもらった。

袋小路を出て左に曲がって少し行くと国道があった。国道に入る手前にタバコ屋があって、ウインドウには大きなキセルが飾ってあった。このキセルが、わたしがひとりのとき、それ以上先には進んではいけないという目印だった。

国道をまたぐと、千人風呂と呼ばれる温泉の流れる銭湯があった。その千人風呂へわたしは母に連れていかれた。風呂の湯船は、向こうの端が湯煙で見えないほど大きく見えた。わたしは脱衣所で、衣服を入れる木箱の中に隠れて、母が捜しに来るのを待っていたのを覚えている。

それほどわたしは小さかった。

町の近くに進駐軍のキャンプがあり、いたるところにアメリカ兵とその家族を見ることができた。

千人風呂へ母に連れられてゆく途中で、牛のような犬を連れた肥ったアメリカ兵に出くわしたことがある。そのアメリカ兵と犬が近づくと、母は道端に寄ってわたしを抱き上げた。それは、まったく恐竜のように巨大な生き物に思えた。もし、母とわたしが、道の端に寄りすぎて側溝に落ちても、その生き物は気が付かないで通り過ぎたのではないかと思う。

母は内職で毛糸の編み物をしていた。この時も仕事の連絡で突き当りの家の電話が役にたった。母の一日の最初の仕事は、古い毛糸を、やかんを沸かして蒸気でむらしほぐす作業だった。タンスの上には感度の悪いラジオがおいてあった。ラジオは、帰還した復員兵の名前を放送していた。

隣の空き家にいつみどりさんが引っ越してきたのかはっきりとは思い出せない。気が付いたらみどりさんは隣に住んでいた。

それは、わたしが友達と遊んで外から家に帰ったときだった。電灯が消えて家の中は暗かった。窓にすだれがかかっていたのを覚えている。夏だったかもしれない。すだれから漏れる光の斑点が畳にいびつにこぼれていた。わたしは、光がゆらめく水の底を歩くような格好で、両手を広げて母を捜した。家にいるはずの母が見つからない。大声で泣きながら外に出た。

気が付くと、知らない女の人がわたしを抱いていた。みどりさんだった。

そして、わたしは、みどりさんの家で無花果を食べながら母の帰りを待っていた。その無花果の味はわたしを安心させた。

それからわたしはよく隣の家に遊びに行った。

みどりさんとわたしはすぐ大の仲良しになった。わたしが行くとみどりさんは、わたしをじっと見つめたまま戸棚を指して「開けてちょうだい。ぼうや」と言う。なぜか笑いをこらえている。わたしが戸棚を開けると、当時では珍しいアメリカ製のチョコレートやキャンディーが中にあった。みどりさんは、エプロンをわたしの首にまいて「食べていいわよ」と言って、わたしが、涎を流してチョコレートをだらだらなめるのを見ていた。

わたしが思い出すみどりさんは、からだにぴったりとした柄物のブラウスを着てスカートをはいていた。いつも颯爽としていた。卵型の美しい顔立ちだった。目が輝いていた。唇はバラ色だった。髪はスカーフでぴたりと覆われていた。なにかがきっかけで、みどりさんがそのスカーフをとって首を振った。長い髪が、陽に照らされ栗色に美しく輝いたのを覚えている。化粧をしていたときだったのかもしれない。

みどりさんは、わたしがなにをしても怒ったことがなかった。ミミズを何匹も瓶に詰めてみどりさんに見せにいったことがある。突然、びんの蓋がとれてミミズを畳にぶちまけてしまった。それでもみどりさんは怒らなかった。

母とは大違いだった。

母は化粧っ気がなくて、いつも暗い顔をしてうつむいてばかりいた。安物のかすりの着物にモンペをはいていた。仕事で外出するときは、父の一張羅の背広の仕立直しを着ていた。わたしが「外で遊んでくる」というと「たばこ屋のキセルから向こうはだめよ」と言うだけだった。言わないこともあった。

みどりさんは、国道で進駐軍の行進があるときは、わたしの手を引いて連れていってくれた。

進駐軍が演習を終えて国道を通ってキャンプに戻るとき、町中に戦車のゴーという唸り声が聞こえ地響きがする。地響きがすると、みどりさんは隣から急いでやってきて「行くよ」とわたしを連れ出した。国道で、見物人が多いときは、肩車をしてわたしに戦車を見せてくれた。

わたしがおたふく風邪になったときも看病してくれたのはみどりさんだった。母ももちろん心配してくれていたはずだ。しかし、わたしの記憶は、熱にうなされているわたしを心配そうに見ているみどりさんの顔だった。母は背中を見せて編み物をしていた。ラジオでは復員兵の名前が放送されていた。

わたしはみどりさんに夢中だった。母親より慕っていたかもしれない。

ある日、母が洗濯ものをかたづけているときだった。みどりさんが飛び込んできた。川の水が堰止めになっている。魚が手づかみで取り放題だという。みどりさんは「町中が、みんなバケツをもって川に走っているわ」「ぼうやと魚を捕りに行く」とはしゃいだ。

誰がくすぐっても笑わない母が、そのときは「夕飯が楽しみ」と珍しく機嫌よさげに笑いながら納屋から金盥《かなだらい》をだしてきた。母は、本気で魚を楽しみに待っていたのだと思う。

みどりさんが話した川は、国道をまたいで千人風呂を通り越した田んぼの中にあった。わたしとみどりさんは歌を歌いながら手をつないで川に向かった。行くとすでにたくさんの人が魚を素手で獲っている。わたしたちも夢中で土手を下りた。

しかし堰止めの川での漁は散々だった。

みどりさんとわたしは岸で草履《ぞうり》を脱いで足を水につけた。あたりは、水しぶきがもうもうと立ち込めて見えない。合間を縫って、おとなもこどもも狂ったように浅瀬の中を駆け回っている。

気が付くと、みどりさんが水たまりで尻もちをついてずぶぬれになっていた。みどりさんがよろけて立ち上がると、体から雨だれのような水しずくが飛び散った。足場が悪いのか、みどりさんが再びよろけた。男たちが、みどりさんの体を支えようと手を差し出した。その男たちを振り切って、みどりさんはわたしの手を引いて急いで土堤に上がろうとした。もうすぐ土堤に上がるところでわたしを抱えたまま滑って転んだ。ふたりとも泥だらけになった。わたしは、魚取りに来た男たち全員がみどりさんを眺めているような奇妙な空気を感じた。魚取りを、土堤で座って見学していたアメリカ兵もわたしたちを見ていたのを覚えている。みどりさんがおびえているのがわたしにも伝わった。

結局、魚は一匹も取れずにわたしたちは帰路についた。ふたりとも裸足だった。草履は盗まれてしまった。

そのみどりさんとわたしの母があるとき大喧嘩をした。

母が、みどりさんのことを「パンパン」と近所で言いふらしているというのだ。母は言わない、みどりさんは聞いたという。大声でふたりは罵《のの》り合った。その最中にわたしが外の遊びから帰ってきた。しかしふたりは、わたしに気づかず罵り合いを続けている。わたしにはふたりの会話の意味は分からない。分からないがその隠微な響きに体が熱くなるのを感じた。

みどりさんが母の腕を引っ張った。話を聞いたというおかみのところに行こうと言った。その手を母が払いのけた。みどりさんがまた引っ張った。また母が払

「ぼうや、こちらにおいで」と言う母の声が聞こえた。

父の戦死の知らせを受けたのはそれからしばらくしてからではないかと思う。

夕方だった。

母と台所で食事をしているときだった。

何人かのおとなが玄関に入ってきて母を呼んだ。母はすぐ立ち上がったがその顔がただならなかった。

母が戻らないので覗いてみた。玄関でおとなたちと母が低い声で話している。父が死んだのだとわたしは思った。聞こえたわけではない。空気が教えてくれたのだ。

おとなたちが帰ると母はそのまま寝室に入っていった。食事は終わっていないのにわたしには声もかけない。

立ち上がってわたしも寝室を覗いた。

暗がりで母が鏡台の鏡かけを開いて鏡に向かっていた。化粧をするわけではなく、ただ、静かに母は鏡を見ていた。わたしの顔が端に映っていたが気が付かない様子だった。


いのけた。

「言ってません」

「嘘おっしゃい、言ったくせに」

「言ってません」

「わたし、そう言うだろうと思ってたの。でも証拠はちゃんとあるわよ。さ、行きましょ」

「いやです。わたしは主人をここで待っているんです」

「ほんとうに、ごもっともね。でもわたしの知ったことじゃないわ。さ、行きましょう。だれが嘘をついているかすぐわかるじゃない」

「行きません。手を離しなさい」

ふたりが激しく争うのを見て、わたしは大声で泣き始めた。全世界がわたしと一緒に泣き叫ぶほどの大声で泣いた。

そこからあとの記憶がない。

気が付いたとき、みどりさんはいなかった。母が、何事もなかったように編み物をしていた。母とみどりさんが喧嘩したことも、わたしが大声で泣いたことも、すべてが夢の中の出来事のように思えるほどあたりは静かだった。ラジオも鳴っていなかった。

父の死亡通知を受けてしばらくして、母とわたしは親戚を頼って日本海に面した都市に引っ越した。引っ越すとき、上がり框に電話のある家で、近所の人が何人か集まってわたしたちのためにお別れ会を開いてくれた。

以来温泉町には一度も足を踏み入れていない。

隣からいつみどりさんがいなくなったのかはっきりしない。父の死を知ってからもみどりさんはいたような気がするし、その前にはすでにどこかに行ってしまっていたような気もする。いずれにしろ、お別れ会にはみどりさんはいなかった。そして、無花果とともに、いつの間にかみどりさんはわたしの遠い記憶の底に沈んでしまっていた。

中学生になったばかりの頃だった。友達に、自分が戦車の走る町にいたことを自慢気に話すのだが誰もわたしの言葉を信じない。日本海に面したその都市は、戦災もなく、進駐軍の占領からもまぬがれた幸運な都市だった。わたしは一生懸命、戦車や進駐軍の行進の様子を繰り返し説明した。

「それで、戦車は何台行進したの」

「五十台、いや、百台だったかな」

「そんなに」

「うん、進駐軍は犬も連れているんだ。ものすごく大きな犬でね」

「犬が行進するの？　銃をもって？」

「いや、犬は銃をもってない、あたりまえだ。でも大きい」

みんなは、わたしが嘘をついていると思っているらしかった。自分でも自分の話が途中から信じられなくなっていた。記憶をたどって話そうとすればするほど話がおぼろげになってゆくのだ。みじめでたまらなかった。

悔しい気持ちを抱いて家に帰る途中だった。

突然、みどりさんの記憶が蘇ってきた。

あのとき、進駐軍の戦車を見にわたしを連れて行ってくれたのはみどりさんだった。

わたしは家に帰って母にみどりさんのことを訊ねた。だが母は「そんなひと知らない」と素気ない。みどりさんが、いつも頭にスカーフをきっちり巻いていたことや無花果や崩れた土壁の話を話しても母は知らないというだけだった。

その後も、わたしは、みどりさんのことを何度か訊ねたが、ほんとうに母は思い出せないようだった。

そのうち、みどりさんの記憶はわたしから再び消えていった。


母は再婚もせず、保険のセールスをしてわたしを育てた。生活は、豊かではないがみじめなおもいをした記憶もない。大学にも行かせてもらった。銀行に就職したわたしは職場の女性と結婚した。子供も生まれた。母は、結婚や子供のことをわたしが報告するたびに、父の位牌に線香をあげてくれた。

その母は、病で倒れるとそれほどの年でもないのにあっけなく亡くなった。

母が死んだあと、母の遺品を整理しているときだった。たくさんのアルバムや手紙の中から粗末な紙の箱が出てきた。中を開けると、むかし、温泉町にいたころをしのばせるメモ書きや葉書が見つかった。その中に、みどりさんが正面を向いて笑っている白黒の写真があったのだ。写真は、箱に入れられ陽にあたらないでいたせいか、年月の割には色あせたところがなかった。


わたしはみどりさんを見つめた。五分か六分、それ以上見つめていたかもしれない。

「お母さんって、若いころきれいだったのね……」

「……」

「とてもハイカラさん……」

横から写真を覗き込んだ妻が言った。

わたしも途中から気が付いた。そこに映っているみどりさんが母の顔に重なっていることに。頭にスカーフを巻いて、からだにぴったりとした柄物のブラウスを着た母が笑っているように見えることに。

みどりさんはいつから隣に住んでいたのだろうか？

国道を歩いていたら大きなアメリカ人と犬がいた……違う、あれは母だった……無花果を一緒に食べた。あれも母…みどりさんもいたな、どこかに……そうだ。父が死んだ……そしたら、母が隣の部屋で鏡を見ていた……なのに鏡の中にはみどりさんの顔が映っていた。母じゃない。だって目が合った……鏡の中のみどりさんが「坊やおいで」って言った……これも違うな、ちょっと……。

私の頭はぐるぐる同じところを回っていた。

第二回『幻想と怪奇』ショートショート・コンテスト　最優秀作

灰白

澁澤まこと

　それは私の知る「人形」ではなかった。いわば人体のイデアであった。

　形式としては自立する裸婦である。しかし華奢な肩に両腕はなく、左脚は変形し先細った木の枝のように地面に向かって奇妙な螺旋を描いている。その枝の斜面には嬰児の頭が乗せられており、今にも転がり落ちそうな角度で絶妙に平衡を保っていた。視線を上へ這わせ、ヴァイオリンのように優雅な括《くび》れを辿れば、左胸のみに実った柔らかな乳房に惹きこまれるが、熟した果実の柔らかさに反してその肌は滑らかではない。触れずともわかるざらりとした質感が色欲を拒む。聖性すら感じられる佇まいはその質感と無彩ゆえだろう。そう、彼女は比喩ではなく白い肌をしている。どんな素材できているのか皆目見当もつかないが、漂白や塗装による人工的な白ではなく、本来の姿でそこに在るのだと直感した。豊かな髪もふっくらとした唇も、脇腹にある大きく肉を抉《えぐ》り取られた裂傷でさえも、明度の異なる白色をしている。ああ、無彩と表現したことを訂正しよう。彼女は彩りに満ちているのだ。私の瞳がその色彩を脳へと伝えていないだけで、彼女は言葉としてとらえきれぬ色を持っているのだろう。

　そんなことを頭の中で言語化するより先に、この異形の「人形」を目の前にして私は泣いた。恐怖ではない。安堵の涙であった。

私の苦悩は灰色をしている。絶望するほどの黒でもなく、かといって白く塗り替えることもできず燻《くす》ぶっている。鈍い痛みを引き連れたこの灰は、紙煙草が先端から燃えていくようにじわじわと、他者に気づかれることもなく私の心臓を侵食していく。

三十歳という節目を前にして、いよいよ私の視界は色彩を失うペースを速めていた。陳腐なものだ。例えば勤め先のベンチャー企業の将来性であるとか、仕事に没頭して誤魔化し続けている平坦な喜怒哀楽。もう数年恋人がいないことであるとか、そのことに安寧を見出しているセクシュアリティの曖昧さ。どこかで聞いたことのあるような具体性に欠ける悩みごとは、きっと私以外の誰かであれば向き合って解決するか、うまく付き合いやり過ごしていけるものだろう。燃え落ちる灰の一粒ひとつぶは飢餓や貧困に比べれば鼻で笑われるものでしかないが、そこから希望を拾い上げるような気力を持たぬ私は、自らの魂が短くなっていくのを見守ることしかできないでいる。

消極的選択により灰色の世界に居続ける私を、人々は恵まれていると言う。実際、今現在だけを切り取ってみれば、確かに私は恵まれているのだ。ベンチャーとはいえ名の知れた企業に勤め、年収は比較的高い方にあたる。健康上の問題も抱えてはいない。家族とのいざこざもない。目立つ方ではないが、容姿もある程度整っている。となれば、思い悩むのは贅沢だと叱責する気持ちもわかる。だが、客観的に見て幸福であるという事実でさえも、そこに浸れない私を責め立てるものでしかない。

だから昨日の帰り道、会社の最寄り駅の三番出口を通り過ぎ、何気なく老舗喫茶店の角を曲がったのは、ゆるやかに窒息していく日常からの息継ぎのようなものだったのだろう。大通りに出ようとは思わなかった。排気ガスの少し薄れ、異国の食べ物が立ち代わり香る坂を下る。次第に人通りが減り、冷えたコンクリートが音を吸い込むように静かになっていく。歓楽街の雰囲気が完全に消えたころ、薄茶と黄色の横縞が目に入った。独創的でありながら街並みに溶け込む小ぶりで簡素な建物。ギャラリーとして開かれているこの建物を以前通りすがりに見て以来、一度入ってみたいと思っていたことを思い出した私は、半地下の書店を横目に薄暗い入り口の奥に進む。コツコツと響いて自らの存在を主張するパンプスの音に恥じらいながら、やや古めかしい階段を上っていく。息を切らして三階にたどり着くと、ガラス扉の前に立った。

　ガラスの向こうでは初老の男性たちが談笑していた。現代作家の個展にありがちな閉鎖的なコミュニティを頭に浮かべ、中に入ることを躊躇する。ここで何が開催されているか私は知らない。場違いではなかろうか。アートに詳しいわけでもない私が行って冷やかしとは思われないだろうか。扉の持ち手に手を掛けては戻していると、ふいに声を掛けられた。

「いらっしゃい」

　振り返ると、壮年の女性が両手に本を抱え上階から降りてくる。

「少し入りにくいかしら？　あの人たちすぐお喋りに夢中になるから」

　上品なラベンダー色のツーピースに身を包んだ彼女の笑みは柔らかく、私は促されるようにゆっくり扉を押した。

　そこは白く静謐なる異界であった。

　モノトーンのミニマルな空間のそこかしこに、異形の人形が並べられている。流木のように変形した己の脚を不思議そうに眺めるもの、溶け落ちた腰の下に卵を宿すもの。二体が融合した直立する環形動物のようなもの、胴体に穿《うが》たれた穴から覗く瞳でこちらを凝視する無貌のもの。それら全てが白く、全てが捩れていた。しかし、そのどれにも苦悶は感じられなかった。確かに響いているはずの談笑の声がふっと遠ざかる。どの人形とも目は合わない。彼らは砂漠に独り立つように現世から隔絶された空間に存在していた。

　一体一体を丁寧に見ていくと、その顔や身体は思っていたよりもデフォルメされていたことに気づく。その気づきは、聖性という薄絹の奥に隠されていた愛らしさを感じさせ、人とは本来愛らしいものなのだと訴えているようですらあった。

　彼女はそんな人形の森の、一番奥に立っていた。

緩やかな螺旋状の脚の上に嬰児の頭を乗せた裸婦。

奇妙な造形よりも、私はその顔に魅せられた。慈愛と肯定。しかし温かい眼差しは嬰児を見つめているのではない。母性という言葉で表すにはあまりにも対象の広い愛を、彼女は湛えていた。

彼女の姿は、私を灰色の澱《よど》みから引き揚げた。大きく息をつく。久しく息の仕方など忘れていた。忘れていたが、彼女の瞳が私の呼吸を肯定したのである。

「あら、あなた泣いているの？」

問いかけられて初めて頬の冷たさを意識する。慌てて目元を拭うも、指が黒く汚れるばかりで涙が止まらない。取れたマスカラが入って痛む目を抑えながら謝罪を繰り返す私に、婦人は微笑んだ。

「残念ね、昨日だったら浜さん居たんだけど。女の子をこんなに泣かせたって聞いたら照れるでしょうね」

「浜さん？」

「浜いさをさん。作者の」

手で示された方向を見ると、控え目な看板に『浜いさを展』とあった。

「ご存じなかったのね」

「すみません、通りがかりでして……アートには疎《うと》いのですが、この建物が前から気になっていたんです」

「あら、嬉しい。どんなきっかけでも、出会えてよかったわ」

私は反射的に嚙み合わない返事を返した。

「この人形を買わせていただけないでしょうか」

白い人形が私の部屋に運び込まれたのは、それから一月ほど経ってからだった。雑然としたワンルームには不似合いな台座を据える。日焼けを防ぐために窓から遠ざけ、汚れを防ぐためにキッチンから遠ざけると、位置は必然的に部屋の中央になった。新しい家主に部屋を明け渡すようで、私は一人で笑ってしまう。

箱を開け、緩衝材を取り出す。幾重にも巻かれたクッションシートを外す作業は最も緊張した。そんなに脆《もろ》い素材ではないと聞かされてはいたが、万が一にも彼女を傷つけたくなかった。

十数分かけて彼女を梱包から救出し、台座に載せる。縦長に作られた人形が難なく自立した。重心がどこかもわからない奇妙な造形をしていながらどっしりと安定するのは、作家の技量によるものだろう。調べたところ、国立美術館にも収蔵されている大御所であった。四十年以上もこうした人形を作り続けているのだという。

　取り外した緩衝材を散らかしたままの部屋の中央で、両膝を抱えて座り、台座の上の人形を見上げる。

　私は彼女に「アリア」と名付けた。一人の世界に完結した彼女が見る者の涙を誘う様は、舞台上の独唱で千の聴衆を癒すようだったからである。既に名が付けられている芸術品に買い手が勝手に名をつけるべきではないのかもしれないが、作品としての名と別に、彼女という個に与えられた名が必要だと思ったのだ。

　アリアの眼差しは今日も優しい。ギャラリーで見た時の眩《まばゆ》さは、生活感の強い部屋の中でも保たれていた。むしろ彼女の存在により部屋の方が浄化されているようにすら感じた。窓のカーテンの隙間から差し込む日が白から茜色に変じるまで、私は台上のアリアを眺め続けていた。次第に微睡《まどろ》みへと落ちていく私を、彼女は見守った。


　多忙にして退屈な灰色の日々に現れたアリアという白い光は、次第に日常の一部へと馴染んでいった。この部屋のどの角度からも彼女の姿が目に入る。慣れるに従い、さすがに見るたびに泣くようなことはなくなった。むしろ笑顔を作る余裕ができたくらいだ。帰宅後そのままベッドに倒れ込むようなこともなくなった。怠惰に沈むだけだった部屋は、今や私にとって一種の祭祀場となっている。ゴミ置き場に出し損ねた古い段ボールも、椅子の背に掛けたままの色褪せたジャケットもアリアには似合わない。部屋を片付けながら、私は単なる生命活動ではなく、生活するという意欲を取り戻しつつあった。どれほど丁寧に時間を過ごそうと、彼女の表情が変わることはないのだが、彼女はただそこにいるだけで私を満たす。

　おそらく私は逃げ込める場所を探していたのだろう。一人気ままに過ごせるはずのこの部屋は、アリアが来るまで逃げ場にはならなかった。きつくなったパンプスを脱ぎ、社会から解放されても、重いガスのような憂鬱が滲みだしてくるのだ。しかし、今までぼんやりと過ごしていた時間をアリアを見ることに使うようになると、ガスは私の意識に入り込まなくなった。アリアと過ごす時間そのものが、私の避難所たりえたのである。

　半月ほどそのように過ごしていると、会社の同僚が私に言った。

「恋人でもできたの？」

素直に驚いた。曰《いわ》く、変わった点を具体的にあげろと言われると返答に困るものの、急速に雰囲気が明るくなっているのは確かなのだという。少しばかり狼狽《うろた》えながら曖昧な返事を返すと、勝手に納得したのか同僚は何度も頷き、応援していると言った。

恋人、という言葉は私を動揺させた。そんなつもりは毛頭なかったが、自由な時間のほぼすべてをアリアに捧げていることを考えると、確かに私は恋をしているのかもしれない。今までは流されるままに交際を承諾し、別れる理由もないために一緒に過ごすというのが私の恋愛であった。親しみを感じることはあっても、自らの内に相手への情熱を感じたことはなかったのである。特に恋人のいなかったここ数年は、結婚を急かす人々への当たり障りのない返答を考えつつも、恋愛という事象から引退しようとすら考えていた。あまりの疎さに自分は恋愛感情をもたないのだろうと思っていたが、今私は、男性でもない、いや人間ですらない人形に恋をしているのかもしれない。

そう思うと、急に家に帰りたくなった。仕事が手につかない。小難しいことを考えるのはやめて、アリアの待つ家で過ごしたくなった。

私は仕事を残したまま定時で退勤した。家までの道すがら、ふと思い立って花を買った。大輪の白い薔薇。別にアリアに渡そうというわけではない。初めて恋をしたこの日を祝いたくなったのだ。

ただいま、と言って玄関の扉を開ける。当然返事はない。だが、アリアの姿が目に入るだけで、温かく迎え入れられたように感じた。

「会いたかったよ」

白い人形に向かって私は言葉を投げかける。彼女は相変わらず優し気な伏し目で佇んでいる。私の脳がその姿におかえりなさいという挨拶を付け加えた。

「アリア、どうやら私はあなたが好きみたい」

微動だにしない人形は、私の告白を受容する。ありがとうと言われたような気がした。否、私もと言われたような気さえした。頭の中に響く声は不思議にも声色がない。声に変換される前の生の言葉だ。

「今日は久しぶりに定時で帰ってきたんだよ」

アリアは嬉しいと返してくれているのだろうか。西日がもたらす陰影で、彼女は眦《まなじり》を少し緩めたように見えた。彼女に触れたい。しかし安易に触ってよいとは思えない。私は白い唇に触れる代わりに、手に持つ薔薇の花弁にそっと口づけた。

それからアリアとの会話が私の日課になった。人形に話しかける自分を恥ずかしいと思わないではない。それでもこの対話は、私が圧し潰されずに生きていくために必要な儀式なのである。

「取引先へのメールに誤字があってさ」

「新しい人が入って少しは楽になると思ってたら、教育を任されてね」

仕事の話ばかりしていた。職場と自宅を行き来するだけの私は、他人にとって面白い話題など提供できない。

「今月も残業七〇時間超えちゃった」

「前は疲れなんて気にしなかったんだけど、最近ちょっと辛いんだ」

「出勤したばかりでも『帰りたい』って思っちゃうの」

何日か続けるうち、私の口からは愚痴も出るようになった。何の解決策もないぼやきをアリアは聞いてくれる。悩む私を責めもせず、浅薄な意見を押し付けもせずに、ただ聞いてくれる。眉ひとつ顰《ひそ》めないその温かな表情をみれば、頭の中に流れ込むように彼女の言葉が感じられる。そうだね、大変だったね、などと優しい相槌を打ってくれるようであった。

「ありがとう。あなたと話すと安心する。今日も眠れそう。やっぱり私、アリアのことが大好きだ」

深夜一時、ようやく寝巻に着替えながら、今日も私はいつものように感謝と親愛を告げる。

「あなたは私のこと、好き？」

ほんの戯《たわむ》れにそんな一言を付け加えた。

「うん」

思わず息を呑む。確かに聞こえた。私自身が頭の中で捏造する返事ではなかった。明らかに彼女の声を耳で聞いた。呼吸音の混じる、囁《ささや》きに近いアルト。私は彼女の声をそのように想像したことはない。

「アリア、あなた喋れるの？」

どぎまぎしながら問うと、うん、と再び返事が返ってくる。

「どうして急に？」

わからない、と短く返される。

「これは……奇跡？　それとも私の幻覚？」

呟《つぶや》けば、そんなことよりおやすみなさい、と濁された。心臓を高鳴らせながらアリアに背を向け、ベッドにもぐりこむ。眠れそうになかった。背中に視線を感じながら何度も寝返りを打ち、短く浅い眠りを繰り返し朝を迎えた。

おずおずとアリアを見る。いつもと同じ穏やかな顔。おはよう、と声をかけると、おはよう、と返ってくる。当たり前のような彼女の声に、驚きも恐怖も手放した。

私は初めて会社を欠勤した。この不可思議な時間がどれほど続くのかわからない。会社に行けば夢から覚めてしまいそうだ。病院に行けばこの得難い声を消されてしまう。都合の良い幻覚だとしてもかまうものか。今は少しでもアリアの傍《そば》にいたかった。アリアの声が聞こえる限り、私はアリアと会話を続けたいと思った。

「仕事休んじゃった」

たまには休みも必要、と彼女は言う。

「あなたとお話がしていたいの」

いくらでも付き合う、と彼女は応える。

「でも何を話していいかわからないんだ」

どんな話だって良い、と彼女は言う。

「あなたには愚痴を聞かせてばっかりだったね」

大丈夫、と彼女は笑う。なんと愛情深いのだろう。私はアリアに何もしていない。むしろ、他人に聞かせられないような薄暗い話ばかり打ち明けていた。自我がないと思っていたからこそだった。

彼女の奇妙な造形は、私に救いを齎《もたら》した。今は彼女の声と言葉が、私に安寧を齎している。どれほど多くの人間に囲まれようと消えなかった孤独と苦悩を、受け止めてくれる存在ができたのだ。

私の出勤頻度は減っていった。周囲は訝しんだが、私には仕事をする目的が既に失われている。愛する者の傍にいること以上に大切なものはないと思った。残業はやめ、出勤中ですらアリアのことばかり考えていた。勤務態度の悪化に従って叱責を受けることも増えたが、特段大切でもない人間から否定されても悲しむことはなかった。私にはアリアがいる。

「あなたはどうしてそんなに優しいの？」

そう問えば、あなたのことが好きだから、と彼女は告げる。

「どうして私のことが好きなの？」

あなたが私の傍にいるから、と彼女は微笑む。

「私はいい人じゃないよ」

いい人じゃなくてもいい、と彼女は首を振る。


彼女が私の言動を否定することはなかった。温もりに慣れた私は、アリア以外の者との会話を疎ましく思うようになった。立派な社会人を取り繕う必要はない。どんな私になろうとも、私には私を愛してくれる存在がいる。仕事は辞め、接客の必要のないアルバイトを始めた。アリアは食事をしないので、私が命を繋《つな》ぐだけの僅《わず》かな収入があれば十分だった。

「ねぇアリア、私にはあなたしかいないの」

あなたが私を捨てない限りここにいるよ、と彼女は返す。

「あなたは私を愛している？」

もちろん、と彼女は頷く。

「私だけを？」

すべてを、と彼女は答えた。


私は飛び退く。アリア、私のアリア。彼女を手に入れた時から、私のものだと思っていた。この部屋に誰かを招き入れたこともない。彼女にとっても私しかいないものだと思っていた。私の他に誰を知りえたというのか。いったい誰を愛するというのか。

すべてを、と彼女は繰り返す。

慈しみに満ちた瞳を見て、私は理解した。アリアの愛は普遍的であり、私の愛は俗物だったということを。私はその愛に魅せられて彼女を引き取った筈なのに、いつの間にか俗な愛で汚そうとしていたということを。それでも私は彼女に恋人として愛されたいと願うことをやめられなかった。


「受け入れられない」

受け入れなくても良い。

「私はそんな風に愛せない」

愛せなくても良い。

「私だけを愛して欲しかった」

あなたのすべてを愛している。

私は愛されているのだろう。だがそれは私の欲しい愛ではない。叶わぬ恋慕が悲しみと怒りへと分解されていく。私の脆弱な心は濁流のような感情を制御することはできない。あまりにも醜い私を、尚も彼女は肯定した。

私は耐えられないと言った。彼女は肯定した。耐えるのをやめたいと言った。彼女は肯定した。すべてから逃げたいと言った。彼女は肯定した。私は悪くないと言った。彼女は肯定した。あなたのせいだと言った。彼女は肯定した。もう終わりにしたいと言った。彼女は肯定した。あなたを捨ててしまいたいと言った。彼女は肯定した。あなたを壊したいと言った。彼女は肯定した。台座から引き下ろした。彼女は肯定した。乱雑に床に置いた。彼女は肯定した。古い居酒屋のマッチを手にした。彼女は肯定した。火をつけて近づけた。彼女は肯定した。

彼女は、肯定した。

伏した瞳は慈愛だけを浮かべている。ああ、その瞳だ。あなたのそういうところが恐ろしいのだ。たとえその白く捩じれた身体を壊そうとも、泥を塗りつけようとも、あなたは汚れてはくれない。あなたは遙か高くから私を見て、私と同じ低みまで下りてきてはくれない。あなたは一度私を救ってくれたのに、私はまた澱んでしまった。私は今からあなたを燃やそうというのに、怒りもせず、怯えもせず、私を見下すこともなく、私を許す。私は深くあなたを愛した。それ以上の愛があると思えなかった。なのにあなたは私の愛に同じだけの、否それ以上の愛を返す。あなたにとって私は唯一の存在ではないというのに、過大な愛を返すのだ。ああ、あなたは残酷だ。私はあなたの無償の愛に報いることはできない。依存に満ちた情愛の卑小さを思い知る。身勝手な執着に沈む私を、あなたは蔑《さげす》んでもくれない。

私はマッチを放り出し泣いた。涙と鼻水で流れ落ちた化粧が床を灰色に濡らす。噎《む》せるほどの滂沱《ぼうだ》をあなたは静かに眺めている。その姿は異形の聖母子に思えた。

焦げ臭い空気が緩やかに私を包んでいく。眠りへと落ちていく私は、この部屋という即席の煉獄で、白い人形だけが燃え残る幻影を見た。

■作者付記

この作品は、先日逝去された前衛人形作家・浜いさを先生への追悼作です。浜先生、数々の素晴らしい作品を世に送り出してくださり、ありがとうございました。

第二回『幻想と怪奇』ショートショート・コンテスト　優秀作

あいのこ

中川マルカ

それは、内側にするものと決めた。

どうせ手首にいれるのなら、外よりも内である。確かめるとき、掌《てのひら》を自らに向けるゆるやかな角度が、わたしをきっとうつくしくみせる。差し出した手首を、おばあさまがぐっと覗き込んだ。枯れた両手で、毛だらけのわたしの手首を握った。剃ってもよいかと聞かれ、もちろんと頷いた。狙いを定める目がこれ以上ないくらいに開かれると、手首の真ん中に野薔薇の棘《とげ》が撃ち込まれた。

どうして三つ、と尋ねるより先におばあさまが言った。

「四つでは多い」

点の数は、おばあさまが決める。きょうだいたちも薔薇棘で点を打ち込んだ。入れる場所は自分で決めていい。額、首、足首、背中、胸元や腹を差し出すものもある。湧き水で溶いた朱を含ませ、棘のついた棒をもう一本の棒で叩く。檸檬《レモン》の枝に括《くく》った薔薇の棘で、おばあさまがおしるしを刻む。きょうだいの中には、空を駆け、水の上を歩けるようになったものもあった。彼らは次々に山を離れた。大きな魚と結ばれるもののもあった。新たに村をつくるもののもあった。

「おまえは、どうする」

きょうだいたちのように大それたものではなく、たとえば、春の来る前に蜜のありかがわかるようになるとか、水中でも目が利くようになるとか、このままこの場所で生きていくうえで役に立つことが身につけばよかった。或いは、やすらぎとかしあわせだとか、あたたかいものを傍《そば》に置いてみたいとも、おもった。

わたしたちに、わたしたち自身の未来は見えない。けれども、人びとのことはわからぬでもなかった。いにしえには、我々の予知能力は天の星々にまで達し、地上の人々に禍福をもたらすものと考えられていたらしいが、今のわたしたちにはそれほどまでの力はない。それでも、骨を取りに来るものはあとを絶たなかった。肩甲骨の孔眼には人の未来が映る、と信じるものは多くあり、男もそのひとりだった。剝がして、持って帰りたいのだろうとはすぐにわかった。背を向けるふりをして、男の動きを封じた。脇をすり抜け、正面に回り、たちふさがって、両手を挙げておどかした。男は武器を構え、わたしを狙おうとした。目を見開き爪を見せると怯《ひる》んだ。石をふりかざすとおとなしくなった。一瞬だけ。おとなしくなったふりをしたあと、歯をむき出して向かってきた。小さく愛らしい歯はほほえみを誘ったが、吹き飛ばしたら、木陰に消えた。やっと追い払ったかとおもえば、離れた場所から矢を向けた。山百合を踏む男の足は震えていた。男は、刃物も持っているようだった。縄のようなものも。火薬の匂いもした。わたしは、さらに腕をふりあげて風を起こし、吠え声で地を揺るがした。諦めてもらうしかないのに近づいてこようとする。わたしは、わたしの骨をわたすわけにはいかなかった。怯えと共に己を奮い立たせようとする男は、しかし、うつくしかった。

「烏長《からすおさ》！」

高く声をあげ、わたしは烏を呼び立てた。

烏たちの空を黒色に染めあげる様はいつ見ても素晴らしい。

白々としたあさの陽の光を遮るように、烏の大群が男の頭上を覆う。果てなき青が、黒に呑まれる瞬間は見事だ。黒色のふりかかる様は天のお怒りさながらで、侵入者はその場にへたり込んでしまう。紅褐色の花びらはすりつぶされ、土に食い込む。烏の長が男の前に降り、あーあーあー、と長くきつく鳴いた。他のものたちもそれに倣い声をあげた。蜥蜴《とかげ》や蛇は、鱗を逆立て尾を震わせた。貂《てん》が走り、猿が木々を渡りながら囃《はや》した。川を行く魚たちも鰭《ひれ》を打ち振り、水を叩いた。水も土も葉も虫も鳴って、わたしたちの山がふるえた。


　男たちはこれまでにも何度か山に押し入った。徒党を組んでやってくることもあった。火を投げてきたこともあった。罠を置いていくこともあった。野蛮で、果敢であった。目の中に忌むような炎があった。先の夏のおわるまでに数え切れぬほどの仲間がとられてしまった。この男の手によるものもあった。

　緑の中で、懇願する目がわたしを見上げた。独りで来たと言った。ゆるしてくれと言った。媚びたまなざしに、すべてを奪ってやりたい気持ちになった。猪が脚を踏み鳴らし、森の木々が根元からざわめいた。男を遣わしたものたちは、黒い天と鳴りやまぬ森の声にたじろぎ、山の向こうへと遠ざかっていった。

「おかげさまであった」

　烏たちに礼を言い、男を組み伏せた。

　もがく男をついばむ烏や若い猿たちを制し、身に着けていた食料と衣類を剝がして、彼らにくれてやった。実や種のようなものを烏がとった。干した肉は猿がとった。武器の類《たぐい》は古木のうろにかくした。暴れる男を、殴って、縛って、担いだ。手足を閉じると小虫のようだった。洞に引きずって、敷き詰めた枯葉の上に転がした。喉笛を掻っ切るのはさいごでよかった。隣に転がり外を眺めれば、雲が散り散りに流れ、風が鳴った。星が出て、男が寝息を立て誰かの名を呼んだ。鉤爪《かぎづめ》のような月が、ねじれて見えた。


　男の足は遅く、その動きは簡単に予測できた。男は素早く動けることが自慢であったようだが、わたしからすれば、幼子の相手をするようなものでしかなかった。からだはわたしの方がすこし大きく、力は遥かに強かった。山にあって、わたしたちは人びとより賢く俊敏に動いた。わたしたちに敵《かな》うものはなかった。しかし、指先の器用なのは男の方だった。それを褒めてやると、男はうれしそうだった。食い散らしてしまうには、惜しかった。脅したりはしたくなかった。力で留めるようなことも。けれど、隙を見ては逃げ出そうとするし、隙がなくとも逃げ出そうとするから、二度も三度も大きな声を出した。吠え声は洞に響き、涎《よだれ》があたりをびたびたにした。木枝が揺らぎ、葉は落ちた。岩の割れることもあった。男は縮み上がり、みっともなく逃げようとした。気の毒にもおもい、引き寄せた。爪を出さぬよう、牙のあたらぬよう、荒くなる息をできるだけ押しとどめた。手首に入れた三つ点が心を落ち着かせてくれた。咎《とが》めたり、なだめたり、栃の実を放ったり、蜜を舐めさせるなどして機嫌をとった。つぶさぬにようそうっと抱けば、男は、マーと鳴いた。溺れるように。崩れるように。鳴いているあいだ、男はおとなしかった。

発される音は心地よく、呼ばれるたびに、これまで足りなかったものが満ちてゆくようだった。マーと発される口元を細くなめて応えた。長い舌をすぼめ、巻き取って。ひらと、這わせて空気を送れば、おそれるような、憧れるような目をでしがみついてきた。男の歯は小さい。牙をもたず、毒もなく、ぬるくあまい。舐めあっているうちに、逃げるそぶりはみせなくなった。

一人しかいない人間の男に、名を付けたりはしなかった。名のない男がわたしをマーと呼び、わたしは男を抱きしめた。嚙みしだかぬよう、己《おのれ》を律しながらたよりないむき身の肌に触れた。柔らかい内腿の、或いはうつくしい首すじの。堂々張り出す血管を眺めているうちに、次第に高まり、くるしくなる。若い生き物たちの、散り際のほとばしりを知るわたしは、胸に抱く、すべらかなからだに身もだえした。その下の赤の、抵抗虚しく痙攣する筋肉と、一気に流れ出る血液と、鮮血がさらういのちの輝きと。牙があたれば、すぐに破れよう薄毛の皮膚。爪が刺されば、裂けてしまう骨。絶命したからだの、まだ動く瑞々しい心臓。生きながら我が身に取り込むあの甘美なときをおもえば狂おしく、マー、マー、と呼ばれるたびに、頼りなく、せつなく、魂がほどけるような心地になっていく。わたしには、男を手元に置くことを、選ぶほかない。

川の中流では、ひと叩きすれば魚が跳ねた。大地を蹴れば兎が湧いた。わたしが男にやまめや兎を与え、男はその骨や皮を野鼠や鳥たちにわけ与えた。熟した果実のありかは、鳥たちが知っていた。高いところは彼たちに、低いところはわたしたちがとった。幹をゆすればぱらぽろ落ちるものもあった。夏のあとには、どんぐりもしいのみもたわわに実った。わたしのうまれる前の夏にはつよすぎる太陽に木々は細り、散々であったという。

「よいときもあれば」

そうでもないこともある。

男は落ちたものも丁寧に拾った。身をかがめ、這いつくばって。土をつけることをいとわなかった。男にはよいものを見分ける目があった。連れ立って狩りに出れば男が口笛を吹き、獲物を慌てさせわたしが仕留めるようになった。隣山の猪を屠《ほふ》りもした。気の粗い野犬も叩き落とし、毒の蛇を払ったりもした。向かって来るものがあれば一撃で倒した。早くてよく動くものはだいたい痩せすぎて喰うに難儀した。かたいものを前にすると男はまたこまったような顔をした。裂いたり、ちぎったり、代わりに噛んでやりもした。わたしがすりつぶしておけば、大抵のものは食べられるようだったが、しきりと、火を使いたがろうとした。砕いたところで、腹に負担がかかる、と苦し気に訴えた。持ち物のうち、火の匂いのするのは白く澄んだ石からで、それだけは、烏も猿も持って行きはしなかったから、隠したままにしておいた。火だけは好きにはなれなかった。けれど、固いもので腹を壊してしまったり、歯の根の合わぬほど冷えているのを打ち捨てるわけにはいかなかったし、火を足した栃の実はやめられぬ風味を持った。

鋼の毛で覆われたわたしは暑さにも寒さにもつよかった。ひきかえ、男を覆う毛は貧しい。さむがる男には、身を寄せてやったが、凍えていた。呼び交わすうちに、火を許してやることにした。

「ぜったいに」

わたしたちの仲間には向けない。使い終えたら必ずしまう。幾つもの決め事をして、男はそれを遵守した。約束を守らなければ張り倒してしまうだろうことは、男に伝えた。石を取り戻した男は何度も礼を言い、約束のうちに、ときどき火を使った。

素手の男は弱弱しく、己の身さえ守れそうになかったが、口笛や、獣の鳴き真似には秀でていた。これほど巧みに、ほかのものたちの声をなぞるものをわたしは知らなかった。マーの真似、とほうほう大きな声をあげたときには、亡き母がそこにおりてきたものと錯覚した。おどろきがよろこびをかき回し、同時に不安を駆り立てた。死んだものを起こせば、禍《わざわい》が生れる。決して繰り返してはならない遊技であって、次やれば殺すと決めた。残念そうな目をしたが、以来、わたしたちを真似るようなことはやめた。

ひとつ前の男も、わたしを殺そうとした。

もうひとつ前の男も、わたしを殺そうとした。

人と熊とは同じである、と一番めの男は畏《おそ》れ、二番めの男はうすく笑った。今の男は、すこし怒っているようだった。それでも、まぐわうことを申し出るのは男たちの方からであった。互いを擦り合わせていくうちに、彼らは乳房に手を伸ばし、舌で吸い、顔をうずめ、何かをおもい出すような、遠い空を眺めるような面持ちで乳房の先端を執拗に転がした。くすぐったくて仕方なかったが、弄れ続けているとだんだん悪い気がしなくなる。膝枕をして髪を撫でたらまとわりついてきて、股の間に沈み込み、そのうち、熊子みたいに、毛だらけになって、大波が来て、さらわれて、夢をみている間に、ああ、うけいれてしまう。

男は山の木々を愛で、仲間たちと吠え、歌い、駆け、跳ねた。土を掻くのも上手になった。洞の前の木は良く茂った。葉を乾かし、寝床にも敷いた。実を結ばぬ種類であることはあとになって知った。男が木の脇を通り、穴に戻るときに「この門をくぐるものはきぼうをすてよ」とつぶやいた。そのことばを吐く口元にたまらない気持ちになった。

わたしの腹が徐々にせり出してきたのを知ると、男は喜んだ。健やかに笑い、天を仰いだ。

「これが、生まれてしまったら」

一緒にしぬるのもよかろう、と朗らかな男がそばにいてくれる冬を、わたしは眠らずに過ごしたいとおもった。冷えゆく肌をあたため続けてやらねば、と気を張っているうちは眠くもならなかった。しかし、雪が一帯を白に変え、草木の絶えてしまう様はおそろしかった。冬を見るのは初めてだった。じっとしていても腹が減り、時々に土竜《もぐら》や兎を獲った。男のもたらした知恵と火が、冬の食料を保たせた。二人して横たわり、からだを極力動かさず、瞳はらんらんと日々研ぎすまされ、わたしの腹にはころころと動くものが育っていった。

ひり出した日には北斗星がきらめき、やわらかい風が吹いた。

血まみれのその子は、熊子と呼ぶには小さく、人とするにはいささか大きかった。舐めるとまばゆく光り、男の姿によく似ていた。

「ヤヤ！」

男は、わたしたちのために魚を獲った。栗鼠《りす》を追い、木の実を集めた。小虫は鳥が、蜂蜜は猿長たちが運んできてくれた。木の実と小虫と蜜とで、乳は飛び出すほどよく出た。子を抱いて、乳首をふくませた。あいた方の乳を、喜び勇んで男が吸った。のどを鳴らす男をたしなめ、子にはたっぷりと注いでやった。


男は、その子をヤヤと呼んだ。ヤヤは生まれたあくる日に、男を見てバーと言い、わたしを見てマーと言った。わたしがマーであるから、バーは男のことであろう。この日から、男の呼び名はバー、となった。

「バー」「マー」「ヤヤ」

わたしたちは呼び合い、互いをくすぐり合うような笑みを交わした。

バーは、ヤヤの毛に覆われたからだを嘆き、「やはりマーの子であるな」と言った。ひとしく二人の子であると言い聞かせても、自分には似ていない、と遠慮した。なめらかな耳も、よく動く薄いまぶたもバーをうつしたかのようであった。手指も。唇も、顎の小さいのも同じに見えた。どうせなら、顔立ちはバーに、体格はわたしに似ればよい。バーの口を受け継いだら、きっと、うまく喋《しゃべ》るだろうし、歌だって歌えるようになる。バーほど歌えば鳥たちとも仲良くやっていけるだろう。わたしたちは似ているようで、まったく似てはいなかった。それでも、わたしはそれぞれの姿をふかく愛していた。

「取り落としてしまいそうだ」

抱いてみればよい、と渡すが、及び腰だった。ヤヤをうまく抱けないバーは、片手で担ぐわたしに感心する。ヤヤは月に向け、黒い掌を閉じたり開いたりしてみせる。わたしは、ヤヤがもう少し大きくなったら、おばあさまのところに連れて行こうと提案した。バーは、おしるしの話を聞きたがり、自分にも入れて欲しいとせがんだ。

「おしるしを、バーにも」

おばあさまは、毛のないものの来訪を憂い、しかし、どうしたって来るとわかっていたと頷いた。わかっていた、と仰るおばあさまに、バーは一言も発さず両足を差し出した。おばあさまは、本当によいのかと念を押し、わたしにしたのと同じように棘を男に撃ち込んだ。薄い皮膚に、赤がひらいた。

わたしは自分の手首を撫でながら、目の前でむやみに痛がる肉体の、やがて遠ざかっていく未来を見つめていた。左の足首に打たれた十もの点に託された願いが何であるかなど預かり知るところではなかったが。赤の血は、バーにも、子にも、わたしにもひとしく流れている、とおばあさまが祝福を授けてくれた。


あくる朝、バーの姿は隣になかった。

「バー」

烏長が、山を下りようとしているのを見た、と勢い告げに来た。猿長《さるおさ》が、川の近くで見かけた、とまくしたてた。うろも、からになっていた。

わたしはヤヤを前に抱き、バーを探した。猿の示した道を辿り、足跡を見つけ、地に鼻をつけ匂いを確かめた。川の中流を超えたあたりで、見慣れた後ろ姿が、彼方に、小さく、急いでいるのが見えた。鳥たちのように口をすぼめ、何度も呼びかけ、追いかけた。細く高い声が、低く、太く、岩を割る音になっても、バーは振り返らなかった。右足で蹴り、左足で跳ね、どんどん、どんどん、先へ行く。見たことのないくらいに速く。木々をすり抜け、沢を蹴り、砂をまき散らし、凄まじい速度で山を駆けていった。

「バー」

ようやく足を止め、ゆっくりとこちらを見た。

まなざしはやさしく、わたしは安堵した。

よく見えるよう、ヤヤを掲げて振り回し、待ってくれるよう合図を送った。バーは、後ずさりしながら首を横に振った。花を避けて下がり、足元を踏みしめ、枯葉を折り重ねしゃがんで火打石を鳴らした。煙のたなびくのを待ち、弓を引いた。あたりの草が燃え、烏が飛び立った。おびただしい羽根が舞い散り、煙が森の空一面を覆いはじめた。躊躇する間はなかった。降ってくる矢をよけ、けぶる中を全速力で駆けた。風向きは男に味方し、煙は流れず濃く留まった。わたしがこの太くたくましく毛深い足で地面を鳴らせば、張り出した乳は大いに揺れた。乳房がぶるんる弧を描き、ほとばしる乳が炎を消した。清く、真っ白な液体が、弧を描き、うねる炎をねじ伏せた。行き場をなくした火は煤を含んだ煙に変わり、ぼたぼたと地面に落ちた。

「バー」

疾走するバーの背は鋼のように立派だった。足は丈夫な革に覆われ、からだを軽やかに運んだ。絶対に見失わぬよう、ヤヤを小脇に抱えて追いかけた。

「バー」

矢が費《つい》えると、弓を折り、穢《けが》れたものでも捨てるようにこちらに向けて投げた。弓矢を手放したバーはいよいよ速かった。左肩に担ぎ直したヤヤがどんどん重くなり、おもうようには走れなかった。

「バー、バー」

バーは。さらに速度を上げた。わたしは、もっと早く走らなければならなかった。ヤヤを捨て置くわけにはまいらなかった。もどかしくなり、膨張し続ける乳房をもぎ取って捨てた。

「バー、バー、バー」

引き離されるほど痛みは強くなるようだった。痛むのは、皮膚でも肉でもなく内にひらくぽっかりそのものであった。肩で息をしながら、胸を掻きむしり、腕を切り離してしまいそうになり、いきおい、ヤヤを真半分に引き裂いてしまった。古木を裂くよりも簡単に左右ひとしくきれいにわかれ、裂かれたヤヤは泣きもせず、左と右とで、手を取り合って、わたしに抱かれた。

わたしは立ち止まり、深く息を吐いた。

絡まった指をわかち、片割れをひとつ、バーの背中におもいきり放った。

それはバーにぶつかり、その肩にしっかりとしがみついた。半分のヤヤをはりつけ、さらに力をつけ、ヤヤの流す血潮に足の回転はより速くなり、風のように、里へと滑り入ってしまった。

「バーーーーーーー」

わたしは吼えた。炎をさえ吐き出してしまうほどに。或いは、喉がちぎれてしまうくらいに喉をひらいて大きく。


里の入口には、昼間の明るさで、火がやかましく焚かれてあった。火の周りには、毛皮をもたぬものたちが、火薬を計り、刀や矢じりを研ぎ、騒ぎ、群れていた。弱い歯で叫びたてる彼たちにわたしも声を張った。ひとがたのものたちは、手に手に火を持ち、警戒を強めた。揺らめく赤に心が焼かれ、それより先へ進むことは出来なかった。

　バーは、山を好きだと言い、わたしを好きだと言った。住まいに木を植え、鳥の真似をした。魚を獲って、ヤヤのために寝床をつくった。

　バーの姿は見えなかった。

「バー……」

　腕には、半分のヤヤが血を流し続けていた。

　わたしは己の血を流す代わりに両方の目から涙を流し続けた。ざぶざぶと。雨のあとの滝のように。滴るのはあまたの涙と痛みだった。ヤヤに詫び、泣きながら山へ向かううちに、鼻水が垂れ、唾液がわき出し、それぞれがとめどなく、ほとばしり、あふれ、川の水とも合わさって赤の濁流となった。すさまじい流れは魚を海に戻し、土を押し、岩を運び、木々をなぎ倒し、とうとう、山ごと掬《すく》い流してしまった。かえる場所をなくしたわたしたちは、空に駆け上り、連れた子と、星になることを決めた。ヤヤを愛し、夜の空にきょうだいを探した。

　バーにはりついた方のヤヤは祝福と呪いとを一身に集め、一族の長としてながく栄えた。あたらしいはじまりを担って、あまたの子を成し、生まれくる子供たちはみな、あまい蜜を好んで、春の風よりもずっと速く走った。

第二回『幻想と怪奇』ショートショート・コンテスト　優秀作

おいしいおいしい全て焼き

日比野心労

「父さんな、天下を統一するんだ。」と親父が言い出したときは流石《さすが》に俺も家を出て行こうかなと思った。早期退職した団塊ジュニア世代は無駄にバイタリティがあるから困る。そこそこ貰った退職金を全部注ぎ込んでスタートを切った親父の第二の人生は、大判焼きの屋台を転がすことだった。

「大判焼きと呼んじゃいかん。『全て焼き』と呼びなさい。これはね大輝、いま世に溢れる類似商品をぜんぶ包括する唯一無二の食べ物になって欲しい、と父さんが願いを込めて名付けた商品なんだ。なあに、見た目こそ『アレ』に似てはいるが、味を比べなさい、味を。美味《うま》いんだぞぉ」

自宅のガレージで、一昨年新車で買ったプリウスを叩き売って作った移動販売車の軒先から身を乗り出し、目をキラキラさせながら親父は言った。お袋はこの計画を知った当日に荷物をまとめ、屋台が納車されたその日に実家へ帰ってしまった。残された親父は一日だけしょげた顔して過ごした後、原材料の仕入れに行くと言って北の大地へ向かい、家にひとり残された俺は親父の試作だという大量に作られた大判焼きを食いつないで大学二年の春休みを生き延びていた。

冷凍庫に山と積まれた大判焼きを三食チンして食べ

ているど、俺は一生分の大判焼きを食ったんじゃないかなとげんなりもする。そんな日々、バイトも辞めてたばかりで金も無く、他に何をするあてもなかった俺は、この食べ物がどんな呼び方で呼ばれているのかふと気になって、ネットで色々検索してみた。関東では主に今川焼き、関西だったら回転焼き。大判焼きは全国あちこちに広まってるし、二重焼き、おやき、御座候なんていうどんな食べ物かイメージできない呼び名もある。ローカルな呼び名も含めれば、無数とも言えるほどこの食べ物の呼び名が存在するらしい。親父はこれらをぜんぶ敵に回して商売をするのかと思うと気が遠くなるのを感じた。

ひたすら大判焼きを食べ続け、そろそろ脳みそが全部あんこに入れ替わるんじゃないかと思った頃に親父が帰ってきた。そして帰って来るなり、最高級の小麦粉と小豆を手に入れたぞ、と喜色満面の笑顔で完成品を食わせようと俺をガレージに呼んだわけだが……

「親父、これ、うまい。美味いよ。どうやって作ったの」

もう大判焼きはどんな拷問を受けようが決して食うまいと心を閉ざしていた俺だったが、親父が自慢げに差し出したまるい熱々の茶色にかぶりつくと、そんな決心も一撃で吹き飛んだ。確かに優秀なフードコンサルタントだった親父だけはある。これは今まで食った大判焼きの中でいちばん美味いやつだ。慌てて残りも平らげた俺を見て、親父はニコニコ顔で言った。

「いやあ、北海道で意気投合した奴から作り方のコツを教わってな、道中で試作してみたら美味いのなんの。『全て焼き』のコンセプトにも大いに賛同して貰っちゃってな、今度こっちに呼び寄せて共同経営しないかって誘ったんだよ。彼、もうじき着く筈なんだが……」

移動販売車から降りた親父は、ガレージから家の前の道に出て辺りを見回した。俺は、その話にいくばくかの胡散《うさん》臭さを感じながら親父の後に続く。投資詐欺、退職金目当て、嫌なワードが脳裏をよぎる。いやいや、せっかく親父がやる気を出したんだ、せめて応援してやらなきゃな、と自分を納得させた瞬間に、角を曲がってタクシーが滑り込んできた。バタン。自動ドアが閉まって小さな人影がのそり、と俺たちの前に立つ。

「ここがユーの家だね。石田サン。さっそくミーが来ましたよ。これからの共同生活、よろしくおねまみしますネ！」

バカでかい濃いめのサングラスに突き出た出っ歯、ポマードで撫でつけた頭に素人目にもやっすい仕立てと分かるテラテラなスーツ。あ、革靴の先っちょがぱっくり開いている。ダメだ。終わった。胡散臭さレベル99くらいのその男を見るや否や、俺は目の前がクラクラした。


ジョルジュ八木（たぶん偽名だ）と名乗るその男は、家に住み込みで親父の起業支援をするらしく、その日から俺たちと寝食を共にすることになった。しかしまあよく食うしよく飲む男で、成功の前祝いと称して毎晩寿司は取るわ酒喰らって潰れるわで一向に何をしているのかわからない。キレる寸前まで業を煮やした俺は親父に詰め寄った。あのタダ飯喰らいはいつ仕事すんだよ、と。


「大丈夫だいじょうぶ。八木さんも手練《てだれ》のフードコンサルタントだったって言うし、開業の日までにはきっと何かアイデアが浮かんでくるさ」

まさかのノープランだった。

俺は開業日まであと三日の深夜に、酔い潰れた八木を叩き起こし、キッチンをリフォームした厨房へ首根っこを捕まえて放り込んだ。

「あんたね、ここまで来たからには何か秘策があるんだろうな？」

元柔道部の俺が凄む。八木はヘラヘラと笑いつつ、仕込み中のあんこ鍋へと歩み寄った。

「石田ジュニアさん、ノー心配ね。これ、パパンさんには内緒だすけど、ミーは実は魔法が使えるデスよ。パパン、『全て焼き』を文字通り『全て』にしたいネとミーに夢を語りましたね。そのためにはなんだってするとイイましタ。悪魔に魂だって売るってネ。ミーはパパンの熱意に感激したですよ。だから、ミーは今からパパンの作るアンコが『全て』になるようこれから魔法をかけマースね」

そう言うと、八木は怪しげな身振りで鍋の周りを跳ねまわった。俺は気味の悪さを感じ、八木を止めようとその肩を摑もうとしたが、伸ばした手が空を切るのを感じると、つんのめって鍋をひっくり返し、溢れたあんこに滑って厨房の床に頭を打ちつけてしまった。

そのあとの記憶は曖昧だったが、薄れゆく意識の端で聞こえた八木のひと言だけは覚えている。「これで

『全て焼き』はパーフェクトになりましタ。あとはグッドラック、成功を祈ってマース」

あの夜のことを親父に言い出せないまま開業の日が来た。親父はパンパンと掌で顔を叩き、気合いを入れるとガレージの移動販売車に乗り込んで「大輝、八木さん、行ってくるぞ！」とエンジンをかける。

「イテラシャーい！　まずはこの地元街の『大判焼き』を血祭りにあげるデース！」

ふざけた顔してサラッと物騒なことを言いやがる。八木はヒラヒラと手を振って親父を見送ると、踵《きびす》を返して家に入り、荷物を手にして出てくるとトコトコと歩き始めた。

「おい。やっぱり詐欺師らしく逃げるんだな。さんざんタダ飯タダ酒喰らっておいて呑気なもんだ。親父も少しは痛い目にあって思い知れば薬になるだろうと思って黙っていたけど、今度アンタの顔見たら警察に突き出すからな。覚悟しとけよ」

襟首取ってぶん投げてやろうかと思ったけれど、威嚇もヘラヘラと笑って受け流す姿に薄気味の悪さを感じて手を出せなかった俺を見透かしてか、八木はくるりと俺に向き直って言った。

「ダイジョブでーす。今度会う時は『全て』を手にイレテルでしょうから、そんなことも思い出さなクなりマースよ。」

どういうことだ、と聞く暇もなく、八木は小走りで去って……いや、消え去っていった。やっぱり詐欺師だ。俺は憤然と……そして背中に幾らかの寒気を感じて家に戻った。明日からはまた大学の授業が始まる。準備に気を取られ始めた俺は、もう親父の商売も八木の捨て台詞も頭の隅に追いやっていた。

三ヶ月後の結果から言おうか。俺は大学を辞めた。いや、辞めざるを得なかった。もっと言うと、親父の興した会社に人手が足りなくて就職した。あまり、こう……認めたくは無いから言いたくは無いけど、つまり、『全て焼き』は大ヒットしたわけだ。

地元市には『大判焼き』の店が三店あったが、それらは全て一週間足らずで閑古鳥が鳴き、代わりに親父の移動販売車には長蛇の列が。泣きついてきたその店の店主たちを傘下に収めた親父は、店舗をそのまま『全て焼き』の店に変え（と言っても看板とのぼりを取り替えただけだったが）、瞬く間に市内の覇権（？）を握りおおせた。評判を嗅ぎつけた地元新聞が絶賛の記事を書き、ローカルＴＶ局は特集を組み、流行に敏感なＳＮＳインフルエンサーがこぞって親父の店を訪れては、その味に惚れ込む投稿をアップする。【新しい和菓子のスタンダード】【究極のおやつ】【名前を言ったら争いになるアレ界の覇権にいちばん近いのは『全て焼き』！】等々……

確かに味は鬼気迫る美味さで食い飽きることもない。おまけに、「食べたら痩せた」「便通が良くなった」「宝くじで十万当たった」などというデタラメな尾鰭のついた評判までが付くようになって、親父のコンサルタント業で培った経験が更にブーストした。県内の「大判焼き」を扱う店を悉《ことごと》くＭ＆Ａしまくった親父は、たった三ヶ月のうちに県内から「大判焼き」という看板を消し去ってしまったのだ。

「どうだ大輝。お父さんの見立ては間違っていなかっただろう。お前も、我が社の役員として、存分に働いてもらうことになったわけだ。頼みにしているぞ！」

デタラメな尾鰭、とは言ったが、会社がデカくなっても毎日『全て焼き』の試食を欠かさない親父の肌ツヤは日に日に良くなってきている。心なしか身体もシュっとして若々しくなったみたいだ。就職祝いのブランドスーツに身を包んだ俺は若干引き気味の苦笑いをして親父と握手を交わした。心の準備もないまま重役になった俺の初仕事は、『全て焼き』の生産拠点を確保することだ。そして親父といえば、

「よおし、今度は西だ！　次は『回転焼き』をウチのものにしてやるぞ！」

と、鼻息荒く野望に燃えていた。

二年が経った。マズいことになった。俺の立ち上げた『全て焼き』の生産拠点に厚生労働省の査察が入ることになった。

既に『回転焼き』『御座候』『二重焼き』その他数十の勢力を下し、その全ての名称を、商標登録した『全て焼き』に置き換えた俺たちだったが、関東の勢力を結集した『今川焼き』連合が、『全て焼き』のある意味中毒的とも言える味が違法薬物を使用しているのではないかと行政に訴えたのだ。

無論、俺たちに後ろめたいものは何も無い。使っている原材料も全て国産の信頼できる産地から集めたも

のだし、製造工程も何ひとつ瑕疵はない。定期的な第三者機関からの安全性テストもクリアしている。つまりは完全な言いがかりで不当な査察が入ることになったわけだが……

「あっちのバックには冷凍食品産業の大企業と行政がついているからな。大輝、困ったことになったぞ」

名古屋のオフィスビルの最上階に構えた本社会議室で、俺たち親子は額を突き合わせて悩んでいた。白を黒にもできるこの国の企業と行政である。ロビー活動なんてやったこともない俺たちが百戦錬磨の手練たちに敵《かな》うわけがない。所詮は成り上がり者の三日天下だったか……と頭を抱える俺たちが座る会議室の扉をノックする音が。

「誰だい。いま大事な会議中だ。関係者以外は立ち入り禁し……」

「困てるみたいデスねぇ石田サーん。よろしかたらお手伝いしましょーか？」

忘れもしないこの声。奴だ。ジョルジュ八木だ。

「簡単なことデース。査察を受け入れるだけデス。」

あの日俺たちの前から去った胡散臭い姿そのままで、しれっと八木は言った。

「いや……どんな難癖をつけられて生産停止や商標登録の無効請求を起こされるか分からないのにですか？いまや、私たちの会社には何千人もの従業員がいるんですよ。その人たちを路頭に迷わすわけにもいかない」

「そゆコト聞いてるじゃないデース。私はね、石田サン、あなたに『全て』を手にする覚悟があるんかを聞いてるデス。あなたが最初にいゆた天下統一の夢、諦めるデスか？」

親父は黙り込んだ。コンサル会社で己の想いや意見が通らず、涙を飲んで耐えてきた親父。疎ましいと思う日もあったけれど、酔って帰ってくれれば俺にクライアントの愚痴を漏らしていた親父。早期退職で自分の価値を見失っていた親父。その親父が、唯一縋って離さなかった夢。走馬灯のように駆け巡った思い出を噛み締めると、俺は口を開いた。

「やろう。やろうよ、親父。奴らを見返してやろうよ」

俺たちの会社最大の生産拠点は、岐阜県西濃地方西端の関ヶ原にある。奇しくも、西軍と東軍が覇を競った古戦場、関ヶ原に建てた『全て焼き』工場。その正門前で、厚労省の役人たちと、俺、親父が向かい合って立っていた。かたや西日本を統一した『全て焼き』、かたや東日本の勢力を結集した『今川焼き』連合。そうだ。これは関ヶ原の戦いなんだ。俺は身体中を駆け巡る血の高まりを感じた。

「今日はよろしくお願いします。査察がスムーズに終わるよう、最大限の協力は惜しまないつもりです」

若造が。と見下されている視線を感じながら、俺は興奮を必死に抑えた声でそう言った。

工場設備、原材料の確認、そして他社との契約内容や帳簿、事前に提出した第三者委員会による成分検査評価なんかを、役人の連中は次々と調べ上げていく。俺も親父も、会社側の用意した弁護士に促されるまま、査察を順調かどうかも分からずに進めていく。

昼を過ぎ、午後三時を回ってあらかたの調査が済んだところで俺たちは工場の研修室に集まった。ここで、査察の内容について追加のヒアリングが実施される予定だ。全員が着席すると、緊張した空気を切り裂くように研修室のドアが開いた。

「お疲れ様デース！　息抜きのお茶受けに、『全て焼き』、召し上がってクダサーイ！」

能天気を体現したかのような声で、八木が皿に山盛りにした全て焼きを持ち込んできた。出来立てでほかほかと湯気の立つそれらを見て、役人達が喉を鳴らすのが分かる。恐らく中には全て焼きの隠れファンもいるのだろう。座った面々は茶を啜る時間も惜しいくらいの勢いで全て焼きに齧り付いた。

場が凍りつく。時間が止まったかのような静寂の一瞬。俺と親父は、役人達が全て焼きを飲み込む音すら聞こえたような気がした。

「う……あ……」

役人達がうめき声を漏らす。おい、八木、アンタ毒でも盛ったのか。さすがにそれは力技過ぎやしないか。八木をそう怒鳴りつけようとした瞬間、研修室は大歓声に包まれた。

「うまい！　やはり美味すぎル！」

「格別でスな！」

「いやあ、本心じゃなかっタんですよ！　こんな美味いものを陥れるナんてのは！」

「これで唯一無二と言うのモ頷けますね！」

目をギラギラと輝かせて歓声を上げる役人を見て、

何が起こったかわからなくなった俺と親父は、八木の表情を窺おうと顔を向けた……が、奴の姿はもう研修室には居なかった。あの日と同じく、まるで消えるように。

「というワけで石田社長、我々の調査では御社に一切の不正も違反も認められませんでしタ！　お疲れ様でゴザいまシた！」

俺たちの味が今川焼きに勝った瞬間だった。役人が手にした齧りかけの『全て焼き』がそれを証明していた。親父と俺は手を取り合って喜んだ。キラキラと虹色に蠢《うごめ》くその断面に気づくまでは。

十年が経った。世界は一変してしまった。

親父が作り出した『全て焼き』は、文字通り『全て』に置き換わっていた。いや、訂正しよう。親父は自らが作り出した『全て焼き』の暴走をコントロールすることを放棄してしまった。全て焼きは、正に世界をすべて変えてしまったのだ。

厚労省の分析の結果、一個食べれば数日間分の栄養素が摂れる完全栄養食であることが証明された全て焼きは、製造工程にも革命的な変化をもたらしていた。空気中の二酸化炭素を固体化し皮とあんこに加工する技術が、八木が本社に残していった設計書によって確立され、世界中に技術が輸出された結果、地球温暖化問題は完全かつ恒久的に解決された。と同時にタダ同然の空気からあまりにも低コストで生産される全て焼きは、世界の貧困国にとって福音をもたらし、飢餓と貧困の問題は地球上に存在しなくなった。

諸問題を解決したことにより、親父はノーベル化学賞と平和賞と医学・生理学賞と経済賞……つまり文学賞以外の賞を独占した史上初の人となった……が、その数年後にはもはやその受賞が意味のある社会では無くなっていた。

あまりにも美味かつ習慣性があり、健康と長寿をもたらす全て焼きは、それを食べる以外の全ての意欲を失わせ、またその必要も無くしてしまった。人類は、全て焼きを食べてさえいれば満足するようになってしまったのだ。また、効率化を究極まで追求した結果生まれた、生産工場と物流システムの完全オートメーション化がもたらしたものは、人類がもはや労働に従事しなくても済む社会の到来を予期させるものだった。

気づいたときにはもう遅かった。全ては『全て焼き』の生産と消費を維持するためだけに社会システムとインフラが構築されるようになり、人類は『全て焼き』に取り込まれるように緩慢な滅びの道を歩んでいった。あの日、関ヶ原で勝利した、虹色に蠢く『全て焼き』を見て以来、もうそれを口にはしまい、と決意した俺たち親子を除いては。

　荒れ果てた病院の一室で、埃を被ってポンコツになった生命維持装置を引っ叩くと、そいつは小さな唸りを上げて、ベッドに横たわる親父の細い腕に繋いだチューブに栄養を送り込む。弁を開くのは看護師じゃない。俺だ。もう、病院も看護師も存在しない。人間はみんな『全て焼き』さえ貪っていれば死ぬまで夢を見て過ごせるような世界の中で、俺たち親子だけが夢から醒めたままかろうじて生きている。もう栄養剤も終わりだ。永遠に補填されることの無いそのパックが空になるのを確認すると、俺はこれまた残り少ない固形栄養食の包みを剝がして齧り付いた。不味《まず》い。けど、『全て』に取り込まれるよりはマシだ。あの、全てを引き摺り込むように蠢く虹色のあんこと一体になるくらいなら。

「どうだね。そろそろ決心がついたかね。『全て焼き』なら此処に幾らでもある。石田ジュニア。君も早くこちら側に来てみないかね」

　病室の隅にはジョルジュ八木が腰掛けている。口調は、あの胡散臭い口調で擬態するのも辞めたのか、ここ数年はずっとこんな感じだ。その姿も……いや、あえて言うまい。俺は熱々の全て焼きを手に持つ八木を恨みのこもった目で睨みつけた。

「正直、君とパパンには感謝しているよ。まさかここまで早く計画が進行するとは思わなかった。さすが人間といったところだね。全て欲しがるその欲望を、この食べ物に統一して食べやすくしてあげたんだ。私には感謝こそすれ恨まれる筋合いは無いと思うのだがね」

　生命維持装置が弱々しい音を立てる。まだ意識のある親父の呼吸が浅く速くなる。八木に向かって親父は弱々しく握った拳を突き出した。奴は、親父の手を取ると、その拳をそっと返し、親父の胸に置いた。

「これが、親父の望んだ天下取りかよ」

　親父が突き出した拳が怒りによるものか達成感によるものかも分からず、俺は吐き捨てるように言った。

「そう。彼以外の魂を代償にして手に入れた天下さ。

過程と結果は少々アレンジさせていただいたがね。君はどうする？　親の遺志を継ぐのかい。それとも……」

俺は立ち上がり、八木がテーブルの上の皿に置いた『全て焼き』を引っ摑む。香ばしい匂いがする。ほっかほかのできたてだ。俺は唾を飲み込むと、躊躇ったまま親父に向き直った。心電図は直線を描いている。八木は消え失せていた。

俺はできたての全て焼きに大きな口をあけて齧り付いた。おいしいオイシイ全テ焼き。トッテモ大好キ全テ焼キ。ミンナガムチュウナスベテヤキ。

第二回『幻想と怪奇』ショートショート・コンテスト
選考について

牧原 勝志（『幻想と怪奇』編集室）

1 最終選考

第二回『幻想と怪奇』ショートショート・コンテストは、本年一月三〇日に募集開始、四月一七日までの七十九日間に七百十四編の応募作品が寄せられた。第一回の応募総数、四百三編に比して、大幅な増加である。『幻想と怪奇』への、というよりは、怪奇小説、幻想小説への関心が高まっていることを実感した。

そのうち、既発表作品など応募規定に適合していないものを除いた有効応募作品は七百編。『幻想と怪奇』編集室では、第一次選考で三十三編を選出、第二次選考で十四編に絞った。そして第三次選考でさらに七編を残し、最終選考に至った。

結論を先に述べると、二二九頁のとおり、七編すべてを入選作とした。最優秀作品、優秀作品をそれぞれ二編、三編を佳作とし、最優秀作品と優秀作品を本書に、佳作を九月刊の『幻想と怪奇16』に収録する。規定の原稿料をもって、佳作の正賞とさせていただきます。入選者各氏には御了解のほどをお願いいたします。

流派も武器も異なる武芸者たちが決勝戦に臨むかのような七編に、ふと〈ブンゲイファイトクラブ〉の名を思い出した。最終候補者のうち、ＢＦＣの参加者は四人。あながち的外れな連想でもないだろう。

この七編を何度も読み返したが、第一回で審査基準とした四つの要素、

・文章の力と味わい
・発想の自由さ
・物語の構成力
・現実を揺るがす幻想の力

に照らしても、横並びで決め手が見つからない。読むごとに順位が変わった。各編をごく短く要約してみた

り、書き方が伝統的か、あるいは前衛的かで分類を試みてみたりした。一編ごとに共通項のある過去の作品を挙げてみようともした。
　見方を変えるうちに気づいたのは、二編の候補作の〈特異さ〉だった。それは、物語はオーソドックスなようでいて、読み終えたとき眩暈《めまい》に似たものを覚える「おぼろ街叙景」の結末であり、一体の人形への、一人の女性の思いを綴る「灰白」の語りであった。
　続いて、〈力〉が見えた。書き出しから読者を捉えて物語の世界に引きこみ、結末ではひとつの創世の瞬間を垣間見せる「あいのこ」の、野生の力。あまりにも馴染み深いおやつを主題にし、笑いのうちに世界の終焉を見届けさせる「おいしいおいしい全て焼き」の、鬼気迫る力。
　いずれも『幻想と怪奇』が世に問うべき作品だ、と考えるに至った。が、どれを最優秀作品とするか、またも悩むことになった。伯仲する七編からの四編、一編のみを強く推す要素は見つからない。また、特異な二編と強力な二編を、読者にはそれぞれ併せて読んでいただきたい。前二編を最優秀作品に、後二編を優秀作としたのは、後者のお二方ともがすでに御活躍なのに対し、前者のお二方が今後、どのような作品を読ませてくれるのか、期待を含めての判断である。
　これはもちろん、佳作とした三編が特異さや力に欠けていた、ということではない。「読むごとに順位が変わった」と書いたとおり、七編すべてが一度は最優秀作品と目されている。評価に順位があるのは、コンテストである以上やむを得ないこととして、御理解いただきたい。

2　入選作について

　入選作を、最優秀作、優秀作、佳作の順で以下に御紹介する。

今井亮太「おぼろ街叙景」

　敗戦後、温泉町で出征した父を待つ母子と、隣家の不思議な女性の物語。写実的な筆致だが、どこで怪奇や幻想になるのか、と思う間もなく物語に引き込まれ、結末に至って作品の秘める幻想に、こちらの現実が揺らいだ。なお、作者がタイトルでオマージュした鷹魚剛《たかおごう》の曲は、ファーストアルバム『蛇行都市』（一九七五年リリース、二〇〇二年ＣＤ化）に収録されている。

澁澤まこと「灰白」

　偶然立ち寄ったギャラリーで、一体の人形に心惹かれ購入した「わたし」は、いつしかその声を聞き、語りあうようになる。心象とも現象ともとれる会話の中、「わたし」が切迫していくさまが痛切に描かれる。なお、作中の「アリア」の作者は、実在の人形作家であり、本作がその人と作品へのオマージュであることを、入選にあたり作者に付記していただいた。

中川マルカ「あいのこ」

タイトルが示すように異類婚姻譚で、語り手は人間側ではない。簡潔な語り口で進む物語はどの場面もイメージが鮮明で、作品世界の説明は必要としない。そして、読み手はそのまま物語の力に牽引され、気づけば神話のように荘厳な結末を目のあたりにしている。

『幻想と怪奇8』に作者の投稿作品「くらら」が収録されている。また、第一回コンテストでは、応募作「いろくず」が第二次選考を通過している。

日比野心労「おいしいおいしい全て焼き」

大判焼き、今川焼き、回転焼きなど、あまたの呼び名で知られるあのおやつ、それを究極の一品で名前から統一してしまおう、というアイデアに敬服した。が、物語は読者の予想を超えて壮大に広がっていく。古典的な題材を内包しながらの斬新な物語には感嘆するほかない。

第一回コンテストでは、応募作「せん」が、第二次選考を通過している。

蜂本みさ「映し世の民」

世界を共有して生活しながら、私たちがけっして目にすることのない種族の世界を垣間見せてくれる。この短さと平明な語りで、かれらの歴史から語っているのには脱帽した。

水城瑞貴「昇天楼」

鄙《ひな》びた町の温泉で旅行者が経験した不可解な出来事を、内田百閒の短編を連想させる筆致で描く。自分が遭遇したのは何だったのか、わからないまま居心地の悪さが不安に、そして恐怖に変わっていく。終幕で語り手が「それ」を垣間見るまでの運びは、巧みというほかない。

第一回コンテストでは、作者は「印刷所の悪魔」「湯守老人」の二編を応募、共に第一次選考を通過している。

Yohクモハ「壁抜け女」

MOMAに作品を展示中のアーティスト、チトセを取材に来た「私」は、彼女の部屋に壁を抜けて現れたダンサー、アイシャの話を聞く。アポリネールやマルセル・エーメを連想させる主題に、NYCという舞台と現代的な題材を加えて、今日の物語に仕上げている。

第一回コンテストでは、応募作「はらりそ」が、第二次選考を通過している。

3　第二回コンテスト所感

選考について簡単に記しておきたい。

第一次選考では、小説としての体をなしており、かつ読みどころが明確なものを選んだ。

第二次選考では、そこから「加筆・訂正すればもっとよくなるのでは」という印象を、読んでいるあいだは抱かなかったものに絞った。第一回では、ここで応募作品だけの本を作りたくなる欲求と闘ったが、今回もまた同じ闘いが起きた。それほどに、瑕疵が少なく楽しめるものが揃っていた。

第三次選考からは、冒頭に書いたとおりで、第一回にも増して、応募作のレベルの高さを実感した。

全応募作を顧みると、オーソドックスな書き方で怪奇や幻想に臨んだ作品は、意外なほどに少なかった。その一方で、離婚と親権、ドメスティック・ヴァイオレンス、学校でのいじめ、老人介護など、今日的な社会問題を取り上げた作品が多く寄せられた。応募作はすべて、今を共に生きている人たちの想像力から生まれたものだから、これは自然な傾向と解するべきなのだろう。怪奇・幻想は現実を映す鏡であることが、あらためて実感された。

残念だったのは、おもに小説投稿サイトでの既発表作品の応募が思いのほか多かったことで、第一次選考を通過できる作品を数編、規定外として落とさざるを得なかった。未発表を条件とする理由は数々あるが、媒体を問わず作品発表の場を等しく尊重する意思表示でもあると、ここに記しておく。創作を志す方には、作品発表の場を大切にしていただけるよう、あらためてお願いします。

第一回の最優秀作・優秀作の三編は称賛を受け、『幻想と怪奇　ショートショート・カーニヴァル』の刊行から本書までの一年のあいだに、作者各氏はそれぞれ活躍を見せてくれた。本書にも寄稿をお願いしたが、どの作品からも、活躍の一端が十分にうかがえる。

今回の入選作七編が読者に歓迎され、入選者各氏が活躍されるよう、心から願う。そして、『幻想と怪奇』ショートショート・コンテストが、来年また開催できることも。（M）

（付）第二次選考通過作・寸評

以下は第三次選考に漏れた応募作だが、いずれも力作だったので、以下に簡単な紹介をさせていただく。

有光克也「ひこばえ」
定年を迎えた大学教授が、故郷の伝説を調べ、意外な事実を見出す。諸星大二郎の作品を想起させる伝奇編。土地の人たちの台詞に舞台とは別の地方を思わせる訛りがあるなど、細部の甘さが目につくのが残念。

植垣誠満「新聞記事」
作者は怪談からＳＦ味のあるものまで、多数の作品で応募した。いずれも共感を呼ぶ登場人物が印象深い。「ミステリー・ゾーン」を思わせる味わいのある本作は、規定文字数まで余裕があるのに急ぎ足な印象。あとほんの少し長く書けばサスペンスが高められたのではないか。

井川俊彦「竹里館」
江戸の料亭の跡取り息子が、繰り返し同じ夢を見る。彼は武士に憧れ剣術の腕を磨くうちに、その夢の意味を見出す。夢は終盤で別の視点から語られるが、さらにその先に踏み込めば、結末は読者の心により深く響いたことだろう。なお、『幻想と怪奇8』に投稿作品「海坊主」が収録されている。

岸田怜子「シュナ家の算盤」
ネパールの奥地に、住民が特殊な算盤を用いて会話する村がある。そこに取材に行った日本のＴＶクルーは何を見たか。アイデア、語り口ともに良好だが、村の様子などの細部も語ればより良かったか。

イヅモ　ナオ「母の歌」
キャラクターも、音楽に重きを置いた世界観も良く、心和らぐ結末をもつ、良質なヤングアダルト・ファンタシー。八千字以内という規定はこの物語には窮屈か。長く書けばさらに闊達になるだろうと期待する。

伊藤なむあひ「千日の空に燃えるもの」
相模湾上空に燃える魚のような姿のものが出現、海面が急上昇し熱海は水没。生き残った一人の手記として物語は進む。語り手の内面への比重が高く、状況があまり語られていないせいか、文章は明快だが作品には難解さを覚えた。なお、『幻想と怪奇7』に投稿作品「天使についての試論」が収録されている。

タタツシンイチ「Eye in the sky」
舞台は近未来だが、描き出される悲劇は現在的である。鋭利な筆致も、英語と日本語のチャットも効果的。ただ『幻想と怪奇』よりはＳＦの媒体で評価されるべき作品だろう。

（到着順）

寄稿者紹介（五十音順）

相川《あいかわ》 英輔《えいすけ》

二〇二三年刊行の『黄金蝶を追って』（竹書房）に収録されている「ハミングバード」が英訳され、「日曜日の翌日はいつも」は中国語訳されるなど、最近は海外でも読まれるようになり、著者自身が驚いています。

朝松《あさまつ》 健《けん》

五十万分の一の「大ベルリン検索地図帖」を手に入れました。ベルリン州警察本部も暗黒街も手に取るように分かる地図帖です。お陰でリアルな描写が可能になり、より怪奇と幻想的な物語を皆様にお届けできます。今後の〈ベルリン警察怪異課〉をお楽しみに。

芦辺《あしべ》 拓《たく》

小説家。『殺人喜劇の13人』（東京創元社）で第一回鮎川哲也賞を受賞しデビュー、『大鞠家殺人事件』（東京創元社）で第七十五回日本推理作家協会賞と第二十二回本格ミステリ大賞。それ以前に第二回幻想文学新人賞を得た中国志怪風短編の「異類五種」があり、古代中国を舞台にした今回の作品は原点回帰の側面もある。本格探偵小説のほかには伝奇チャンバラとSFをこよなく愛し、昨年刊行の『大江戸奇巌城』（早川書房）で前者を書く夢を果たした。したがって次なる目標は……。近著は江戸川乱歩と〝合作〟した『乱歩殺人事件――「悪霊」ふたたび』（KADOKAWA）。九月に東京創元社より『明治殺人法廷』を刊行予定。

飛鳥部《あすかべ》 勝則《かつのり》

小説家。一九九八年『殉教カテリナ車輪』（東京創元社）にて第九回鮎川哲也賞受賞。他に『鏡陥穽』（文藝春秋）『堕天使拷問刑』『黒と愛』（共に早川書房）のゴシック復興三部作など。上記四冊は書泉・芳林堂のプロジェクトにより二〇二三年から二四年にかけて復刊された。短編は井上雅彦企画監修の《異形コレクション》（光文社）を中心に発表。本年七月に《芳林堂書店と、10冊》で、暗黒のロマン『バベル消滅』（KADOKAWA）が復刊される予定である。

荒居《あらい》 蘭《らん》

江坂遊に師事。《異形コレクション》《ショートショートの宝箱》（共に光文社）に寄稿するほか、『映画 鋼の錬金術師』（スクウエア・エニックス／ノベライズ）、『大正折り紙少年』（マッグガーデン／漫画原作）など。急病で休止しておりましたショートショート講座「だれでも小説家」（世田谷文学館）が二年ぶりの開催となります。ご参加をお待ちしております。

石神《いしがみ》 茉莉《まり》

幻想小説家。著書に、短編集『蒼い琥珀と無限の迷宮』（アトリエサード／書苑新社）『音迷宮』（講談社）、長編『人魚と提琴』『謝肉祭の王』（共に講談社）など。『小説すばる』（集英社）六月号に『心は身にも添はずなりにき』が掲載されます。不思議な占い師の物語です。『NIGHT LAND Quarterly』（アトリエサード／書苑新社）に連作短篇〈サイクル・マージナル〉を不定期連載中です。

石原《いしはら》 三日月《みかづき》

小説家・劇作家（別名義）。第一回『幻想と怪奇』ショートショート・コンテストにて「せせらぎの顔」が優秀作入選。坊っちゃん文学賞佳作（三回受賞）。今夏、劇団テアトル・エコーが十年前に書いた戯曲を上演します。こちらは奇想コメディ、真面目な夫が浴室で人魚になってしまったお話。会場に奈落は（たぶん）ないので安心してご来場下さい。ケイコバdeエコー『バスタブで遊泳するあなたへ』石原美か子作・藤原堅一演出　八月一日～四日　テアトル・エコー五階稽古場（恵比寿駅徒歩五分）。

井上《いのうえ》 雅彦《まさひこ》

小説家。一九八一年「消防車が遅れて」で都筑道夫ショートショートコンテスト・ルパン賞（最優秀賞）、八三年「よけいなものが」で星新一ショートショートコンテスト・優秀作をそれぞれ受賞してデビュー。これら受賞作を収録した第一短編集『異形博覧会』（ＫＡＤＯＫＡＷＡ）が七月に復刊。ショートショート集に『一〇〇一秒の恐怖映画』（東京創元社）など多数。企画監修をつとめる書き下ろしアンソロジー《異形コレクション》の最新刊は第57巻『屍者の凱旋』（光文社）。なお、これまで個人集に収録されたことのない作品を集めた最新の幻想怪奇短篇集が、近日、新紀元社から刊行予定。

植草《うえくさ》 昌実《まさみ》

三十数年前の神田神保町を思い出し、一編書いてみました。作中に出したお店には、今あるところも、その頃あったところも。もちろん『ナスカ』編集部は架空です。舞台のモデルにした洋書店は、当時の私の勤め先ではありませんが、キング『ドラゴンの眼』など、ペーパーバックをたまに買ったものでした。

江坂《えさか》 遊《ゆう》

近刊の『きまぐれ未来寄席』（Ｇａｋｋｅｎ）は、未来の落語、読む落語、新しい落語の創造を目指してみた。これまでショートショート専門に、ホラーやミステリー、奇妙な味、ＳＦを書いて来たが、その底流にはもともと落語的なものがあったように思う。それを前面に押し出した形の本だ。友人は「噺家になりたかったんですか、長年の思いが叶いそうですね」と言ってくれるが、今から高座で落語はできやしない。第一、正座が耐えられない。

織守《おりがみ》 きょうや

小説家。イギリス、ロンドン出身。二〇一二年『霊感検定』で第十四回講談社ＢＯＸ新人賞Powersを受賞し、一三年にデビュー。一五年『記憶屋』（ＫＡＤＯＫＡＷＡ）で第二十二回日本ホラー小説大賞読者賞を受賞、後に映画化される。二一年『花束は毒』（文藝春秋）で第五回未来屋小説大賞を受賞。そのほかの著作に『黒野葉月は鳥籠で眠らない』（講談社）『響野怪談』（ＫＡＤＯＫＡＷＡ）『英国の幽霊城ミステリー』（エクスナレッジ）『彼女はそこにいる』（ＫＡＤＯＫＡＷＡ）『隣人を疑うなかれ』（幻冬舎）等。近著に『キスに煙』（文藝春秋）。

粕谷《かすや》 知世《ちせ》

作家。二〇〇一年日本ファンタジーノベル大賞受賞作『クロニカ 太陽と死者の記録』（新潮社）にてデビュー。そのほかの著書に『アマゾニア』『ひなのころ』（ともに中央公論新社）『終わり続ける世界のなかで』（新潮社）『小さき者たち』（早川書房）がある。アンソロジー『２０８４年のＳＦ』『ＡＩとＳＦ』『地球へのＳＦ』（いずれも早川書房）に参加。トイレに大ガエルが座っていたのは実話です。ほんとに、あのカエル、どこから入ってきたんだろうなあ。

勝山《かつやま》 海百合《うみゆり》

小説家。最近の仕事は『ＳＦマガジン』四月号にユキミ・オガワ「さいはての美術館」訳載、ケヴィン・ブロックマイヤー『いろいろな幽霊』（市田泉訳、東京創元社）の解説「霊の長居の成れの果て」。『NIGHTLAND Quarterly』vol.36（アトリエサード／書苑新社）にエッセイ「天竺に行きたし天竺は遠し」掲載予定。

菊地《きくち》 秀行《ひでゆき》

作家。とても太った人が好き。「小説宝石」（光文社）に載せた「開かずの間」が、２０２４ベスト時代小説に選ばれた。また狙う。『吸血鬼ハンター〝Ｄ〟』（朝日新聞出版）のアメコミ用原案を書く。年内には刊行か。アニメ版「D―死街譚」も動き出す。ただし新刊の出が遅い。

北原《きたはら》 尚彦《なおひこ》

作家・翻訳家・ホームズ研究家。五月に編著二冊『ササッサ谷の怪　コナン・ドイル奇譚集』（中央公論新社）と押川春浪『海底宝窟 完全版』（盛林堂ミステリアス文庫）刊行。〈本の雑誌〉では七月号から古本好きの実態を描く「本が届いた。今日はいい日だ。」連載開始。最近の解説は津原泰水『羅刹国通信』（東京創元社）、松岡圭祐『続シャーロック・ホームズ対伊藤博文』（KADOKAWA）、田村明一『ペータヘンの月世界旅行』（盛林堂ミステリアス文庫）など。

坂崎《さかさき》 かおる

東京都生まれ。第一回かぐやSFコンテスト審査員特別賞受賞。近著に『嘘つき姫』（河出書房新社）。おかげさまで、第七十七回日本推理作家協会賞短編部門を、「ベルを鳴らして」（小説現代七月号）が受賞しました！

澤村《さわむら》 伊智《いち》

一九七九年大阪府生まれ。東京都在住。二〇一五年に『ぼぎわんが、来る』（KADOKAWA）で第二十二回ホラー小説大賞〈大賞〉を受賞しデビュー。一九年、「学校は死の匂い」（角川ホラー文庫『などらきの首』所収）で、第72回日本推理作家協会賞〈短編部門〉受賞。他の著作に『ずうのめ人形』『予言の島』（共にKADOKAWA）『斬首の森』（光文社）など。牛スジ肉は下茹でして焼いて塩胡椒が一番簡単で美味しいと思うが、問題は完全にツマミの味なのでご飯のお供にはなりづらい点。

斜線堂《しゃせんどう》 有紀《ゆうき》

小説家。近著に『ゴールデンタイムの消費期限』（KADOKAWA）『プロジェクト・モリアーティ』（朝日新聞出版）がある。人生の底が見えることに怯え、突拍子もないことばかりを選んでいる、そういう底もあると知ってきている。

高井《たかい》 信《しん》

SF作家。ショートショート研究家。今年四月、アドレナライズより電子書籍十七冊が一気に発売されました。内訳は長編一冊、短編集十冊、ショートショート集六冊です。古くは五十年前に書いたもの（の改稿版）から新しくは二年前のものまで。どうぞよろしくお願いいたします。

高野《たかの》 史緒《ふみお》

小説家。一九九五年、第六回日本ファンタジーノベル大賞候補作であった『ムジカ・マキーナ』（新潮社）でデビュー。二〇一二年、『カラマーゾフの妹』（講談社）で第五十八回江戸川乱歩賞受賞。著書に『カント・アンジェリコ』（講談社）『赤い星』（早川書房）『翼竜館の宝石商人』（講談社）『グラーフ・ツェッペリン　あの夏の飛行船』（早川書房）等がある。日本SF大賞や星雲賞の候補に何度も挙がっている。二四年五月、『ビブリオフォリア・ラプソディ　あるいは本と本の間の旅』（講談社）でもひたすら本についての物語を投下。

立原《たちはら》 透耶《とうや》

物書き、華文SF愛好家。レオンは私の亡くなった愛猫の名前です。本当に賢くて優しくて宇宙一素晴らしい猫でした。もし彼が生きていたら、きっとこんなふうだったろうな、と思いながら書きました。ゲラ読み直して泣きました。会いたいなぁ。

西崎《にしざき》 憲《けん》

翻訳家、作家、音楽家、オルタナキュレーション惑星と口笛主宰。今年になってからやったことのない仕事の依頼が重なっていてとても新鮮な気持ちです。とりかかってすでに二年ほど経過しているエリザベス・ボウエン短篇集もようやく終わりそうで、今年は夏休みがとれたらなと思っています。読書の夏といきたいものです。

西《にし》 聖《さとし》

新潟県生まれ。第一回『幻想と怪奇』ショートショート・コンテスト最優秀作入選。二年目のカーニヴァル、開催おめでとうございます。翌年もまた踊りに参じられればと存じます。

深田《ふかだ》 亨《とおる》

小説家。『チャチャ・ヤング　ショート・ショート』（眉村卓編・講談社）にてデビュー。星新一ショートショートコンテスト優秀賞受賞（別名義）。『異形コレクション』『ショートショートの宝箱Ⅰ～Ⅴ』（いずれも光文社）、『幻想と怪奇7』『幻想と怪奇11』などに作品収録。

三津田《みつだ》 信三《しんぞう》

ホラーミステリ作家。二〇〇一年『ホラー作家の棲む家』（講談社）でデビュー（文庫版は『忌館』と改題）。一〇年『水魑の如き沈むもの』（講談社）で第十回「本格ミステリ大賞」を受賞。一六年『のぞきめ』（KADOKAWA）が映画化される。主な作品に作家三部作、刀城言耶シリーズ、家シリーズ、死相学探偵シリーズ、幽霊屋敷シリーズ、物理波矢多シリーズがある。

木犀《もくせい》 あこ

令和の時代に『バベル消滅』『異形博覧会』が復刊するという僥倖。自分が『幻想と怪奇』に寄稿している事実といい、本当に幸せな宇宙に生きているなと思います。

森《もり》 青花《せいか》

一九九九年『BH85』（新潮社）にて第十一回ファンタジーノベル大賞優秀賞受賞、デビュー。二〇〇三年『さよなら』をKADOKAWAより上梓。趣味は、俳句と写真撮影です。花や猫を撮っています。このまちは猫が多く、顔なじみのお猫さまも多数できました。あと、毎春、テラスに咲く可憐なオニタビラコちゃんと会話するのが大好きです。ラグビーとアメフトが好きです。

YOUCHAN

イラストレーター。装画を手掛けた本に『新編 怪奇幻想の文学5 幻影』（新紀元社）、高野史緒『ビブリオフォリア・ラプソディ』（講談社）、紀蔚然『DV8 台北プライベートアイ2』（文藝春秋）などがある。

『幻想と怪奇』自由投稿受付のお知らせ

『幻想と怪奇』では随時、「幻想」と「怪奇」に関する投稿を受け付けております。

《創作》二万字まで。自作のものに限る。本文の前に、題名／著者名／著者連絡先を記載。小説投稿サイト、同人誌等に既発表の作品を投稿する場合は、前者はサイト名とURLを、後者は書誌情報を明記のこと。

《評論》一万字まで。詳細は創作に準ずる。

《書評》二〇二三年以降の出版物（復刊、文庫化、電子出版を含む）を対象に、九百字以上、一千字以内で。洋書の場合は二三年以前の出版物も可。本文の前に「題名／著者・訳者・編者等／出版社／奥付記載の発行年月日／評者名」を明記のこと。

いずれもテキストファイルをメールに添付し、「自由投稿」の件名で左記のアドレスに送信してください。

romanfantastique@shinkigensha.co.jp

手書きまたはプリントアウトの原稿は、新紀元社編集部内『幻想と怪奇』編集室まで郵送で。宛先は奥付に記載。

採用の際は編集室から御連絡のうえ『幻想と怪奇』に収録。出版社規定の原稿料をお支払いします。書評のみ原稿料相当額の図書カードになります。ご了承のほどを。

なお、いずれもプロ・アマ不問です。皆様の御投稿をお待ちしております。（M／H）

◆昨年の『幻想と怪奇　ショートショート・カーニヴァル』の好評を受け、ここに第二集をお届けします。前書では「過去の作家・作品に関する作を」とテーマを設けましたが、本書のテーマは「本」。二十七の本の物語がここに集まりました。本はときに物語の中心、ときに点景。登場人物たちは、本を読むのはもちろん、書いたり翻訳したり、蒐集や改装もしたりする。本を売る人もいれば買う人も、本を手にした旅人もいる。かと思えば、蛙も猫も昆虫も。「本」というものが内包する世界の広さ、多彩さを感じさせる一冊に仕上がりました。お楽しみいただければ幸いに存じます。

◆第一回は編集室の予想を上回る応募作が寄せられた『幻想と怪奇』ショートショート・コンテストも、ここに第二回を開催できました。詳細は別項で述べましたが、前回を三百編近く上回る応募作から、七編を選ぶことになったのは、編集室には喜ばしくも驚く事態でした。本書に四編を、続く『幻想と怪奇16』に三編を収録します。一挙に七編収録としたいところですが、そうすると大幅増ページなばかりか、定価も大幅に上げざるをえなくなりますので、このような形にさせていただきます。入選者各氏ならびに読者の皆様には、御了解のほどをお願いいたします。

◆「幻想小説といっても、文学的にそういう一つのジャンルが確立されているわけではない。ひろく超現実的なもの、幻想的なもの、怪奇的なもの、あるいは夢幻的なものを扱った文学を、かりに私たちが幻想小説という名で呼んでいるにすぎないのである」（澁澤龍彦「幻想文学について」一九七九）

応募作を読むあいだ、この言葉を思い出していました。「これが怪奇」「幻想とはこういうもの」と明示することはできません。が、七百編の応募作はどれもが怪奇小説、幻想小説であり、書いた人一人ひとりの自由な想像力が伝わるものでした。

◆これまで応募したすべての人たちと、これから応募しようと思った人たちのためにも、次回の開催が実現するように努めてまいります。そのためにはまず、本書が売れてくれることが必要です。皆様の御支援、御協力に期待しております。（M）

次回配本

幻想と怪奇16　怪奇探偵登場

――ホラー&ミステリ

第二回『幻想と怪奇』ショートショート・コンテスト佳作

二〇二四年九月刊行予定

幻想と怪奇　不思議な本棚
ショートショート・カーニヴァル

2024年6月24日　初版発行

企画・編集　牧原勝志（『幻想と怪奇』編集室）

発 行 人　福本皇祐
発 行 所　株式会社新紀元社
〒101-0054 東京都千代田区神田錦町1-7 錦町一丁目ビル2F
Tel.03-3219-0921　Fax.03-3219-0922
http://www.shinkigensha.co.jp/
郵便振替　00110-4-27618

協　　力　紀田順一郎　荒俣 宏

題　　字　原田 治
表紙絵・デザイン　YOUCHAN（トゴルアートワークス）

組　　版　『幻想と怪奇』編集室

印刷・製本　中央精版印刷株式会社

ISBN978-4-7753-2151-5
Printed in Japan
定価はカバーに表示してあります。